강대진 장로의 자전 에세이

새벽의 응답

"내 영광아 깰 지어다. 비파야, 수금아 깰 지어다.
내가 새벽을 깨우리로다. (시57:8)"

새벽의 응답

강대인 장로의 자전 에세이

도서출판 온샘

추천사

강대진 장로님의 '자서전' 원고들 ~ 한 넘기다가 마지막까지 내려 놓지를 못하고 단숨에 읽어버렸습니다. 영화나 소설이 아닌 일반인의 인생 여정이 이토록 많은 걸 포함함에 놀라며, 그리스도인의 삶에 하나님이 개입하신 기록들이 가슴 뭉클하게 전해져 옴을 느꼈습니다. 그러면서 제 머리에 몇 단어가 남았습니다.

하나는 '기도'입니다.

한국교회 길지 않은 역사에 일었던 놀라운 부흥을 기도의 힘이었다고 하면, 강 장로님은 그 능력 있는 기도의 역군으로 삶을 살아오셨습니다. 특히 새벽기도로 많은 은혜와 축복을 받으며, 응답하시는 하나님과의 대화의 맛을 알아 매일 '새벽'을 놓치지 않고 살아오신 모습을 봅니다. 그래서 이 자서전의 제목도 '새벽의 응답'입니다.

또 하나는 '성실' 입니다.

한결같고 변함없는 신실함, 마음을 다하는 충성을 포함하는 성실을 삶의 모토로 삼은 듯, 장로님은 매일 어디서나 성실하게 살아오셨습니다. 가정에서나 교회에서 그렇게 사신 것뿐만 아니라 일하던 직장 현장에서도 똑같이 성실했음을 글을 읽으며 감탄했습니다. 하나님

새벽의 응답

강대진 장로의 자전 에세이

도서출판 온샘

추천사

　강대진 장로님의 '자서전' 원고를 몇 장 넘기다가 마지막까지 내려놓지를 못하고 단숨에 읽어버렸습니다. 영화나 소설이 아닌 일반인의 인생 여정이 이토록 많은 걸 포함함에 놀라며, 그리스도인의 삶에 하나님이 개입하신 기록들이 가슴 뭉클하게 전해져 옴을 느꼈습니다. 그러면서 제 머리에 몇 단어가 남았습니다.

　하나는 '기도'입니다.
　한국교회 길지 않은 역사에 일었던 놀라운 부흥을 기도의 힘이었다고 하면, 강 장로님은 그 능력 있는 기도의 역군으로 삶을 살아오셨습니다. 특히 새벽기도로 많은 은혜와 축복을 받으며, 응답하시는 하나님과의 대화의 맛을 알아 매일 '새벽'을 놓치지 않고 살아오신 모습을 봅니다. 그래서 이 자서전의 제목도 '새벽의 응답'입니다.

　또 하나는 '성실' 입니다.
　한결같고 변함없는 신실함, 마음을 다하는 충성을 포함하는 성실을 삶의 모토로 삼은 듯, 장로님은 매일 어디서나 성실하게 살아오셨습니다. 가정에서나 교회에서 그렇게 사신 것뿐만 아니라 일하던 직장 현장에서도 똑같이 성실했음을 글을 읽으며 감탄했습니다. 하나님께서는 이렇게 신실하고 충성된 장로님께 많은 축복을 내려 주신 것입니다. 장로님의 이러한 삶의 여정은 성실하게 사는 모든 분들에게 소망이 되리라 믿습니다.

마지막으로 '체험'입니다.

그냥 스쳐 지나갈 수 있는 삶에 의미와 노력을 더해 남다른 체험을 만들어 낸 장로님이기에 이렇게 기록되고 이야기꽃을 피우게 함을 봅니다. 성경 지식도 마찬가지입니다. 아무리 성경을 읽더라도 삶에서 예배의 체험, 기도, 십일조, 봉사의 체험이 이루어지지 않으면 신앙이 건조했을 텐데, 장로님은 이 모든 것들을 힘을 다해 순종하는 가운데 생기 있는 신앙생활을 지켜감으로 이어오셨습니다. 한때 성경에 나오는 믿음의 사람 욥처럼 육신의 질병으로 고통과 시련을 겪었지만 그 또한 하나님의 강력한 만지심으로 회복되는 체험을 경험했습니다.

인생은 흔적을 남깁니다. 신앙은 삶으로 말합니다. 누구나 이야기가 남습니다. 그런 면에서 한 사람의 인생과 신앙여정에 아름다운 흔적으로 남긴 강대진 장로님의 '새벽의 응답'은 하나님이 함께 하신 해피엔딩의 책이라 말할 수 있습니다. 이 책은 읽는 모든 사람에게 큰 감동을 줄 것입니다. 적극적으로 읽기를 추천합니다.

2018년 3월
서해원목사(대광교회 담임목사)

추천사

"내가 당신을 사랑하는 이유는 이슬이 꽃을 사랑하는 것과 같고, 새들이 햇살을 사랑하는 것과 같고, 물결이 바람을 사랑하는 것과 같고, 천사들이 마음속의 순결을 사랑하는 것과 같소. 나의 키스와 축복의 기도를 받아주오. 내가 영원히 당신의 것이라는 사실을 받아들여주오."

소설가 마크 트웨인이 첫눈에 반한 친구 여동생 올리비아 랭던에게 보낸 애틋한 구애편지다. 그는 189통의 연애편지를 보낸다. 무려 열일곱 번의 프러포즈를 한다. 드디어 올리비아 랭던과 부부의 연을 맺는다. 그녀가 눈감은 그날까지 45년 세월을 끔찍이도 사랑했다. 트웨인은 이렇게 고백한다.

"인생은 너무 짧아서, 다투고 언짢아하고 책임 추궁하고 그럴 시간이 없다. 오로지 사랑할 시간, 순간들밖에 없다"

나는 강장로님이 주고받았던 수백 통의 편지 사연을 가장 먼저 접했다. 순간 마크 트웨인이 내 앞에 나타난 것으로 착각할 정도였다. 나는 주저 없이 책으로 펴내라고 권했다. 가정사역자의 눈에는 그 책이 또 하나의 가정사역 교본이라고 여겨서였다. 그도 싸웠다고 한다. 어떻게 안 싸울 수 있겠는가?

나침반은 흔들리면서 북쪽을 가리킨다. 흔들리지 않고 정북(正北)을 가리키는 나침반은 고장 난 것이다. 강장로님에게 남 다른 것 하나가 있었다. 그것은 '한 방향'을 바라보는 시선이었다. 그 한 방향이 '튜닝'의 새벽시간이었다.

바이올린 연주자들은 연주전에 튜닝(음정 고르기)을 한다. 반드시 한다. 연습 때도 한다. 바이올린은 네 줄로 되어 있는데 밑에서부터 솔-레-라-미, 즉 완전 5도 간격으로 되어있다. 연주자는 두 줄씩 같이 켜면서 두 음이 정확한 완전 5도가 되도록, 즉 자연의 순수한 2:3 음향이 되도록 조정한다. 새벽 튜닝은 어느새 장로님의 영적 리추얼(ritual)이 되어 있었다. 바로 그 열매가 <새벽의 응답>으로 나타난 것이다.

책을 펼쳐든다. 개구쟁이 어린 시절부터 70 노인이 되기까지 삶의 여정이 파노라마처럼 펼쳐진다. 흥미롭다. 무엇보다 두 분이 주고받았던 편지가 책의 근간이다. 그래서 꾸밈이 없다. 담백하면서 콧잔등을 시큰하게 한다.

우리는 편지로 소식(消息)을 주고받는다고 한다. 소식이란 '잃어버린 것(消)'과 '얻은 것(息)'을 말한다. 강장로님이 버리고 잃었던 것을 알게 될 때 우리는 비로소 강장로님의 '올라온 높이'가 아닌 '헤쳐 나온 깊이'를 잴 수 있다.

장로님은 무엇을 잃고 무엇을 얻었을까? 이 책을 읽어가는 동안 던져야 할 질문이다. 그 때 나도 그의 행복에 접속된다. 나는 이 행복이 온 누리에 미나리의 생명력으로 피어나는 것을 꿈꾼다. 행복 오스카상이 있다면 단연 그의 몫이다.

송길원목사

(가족생태학자, 행복발전소 하이패밀리 대표, 청란교회 담임)

책머리에

농촌의 두메산골 중학교 교정에서 예수 잘 믿는 소녀를 동갑내기
한 소년이 만나 사랑을 하고 결혼한 지 어느새 44년이 지나 칠순을
맞이하였다. 그리고 '새벽의 응답'라는 이름의 자전 에세이를 내놓게
되었다.

내 삶을 출판하게 된 계기는 우연이었다. 딸과 아들을 시집장가 보
내고 나니 방 하나에 아이들의 어린 시절 추억들이 상자 안에 가득 쌓
여있었다. 하루는 아이들의 성적표, 그림일기들이 들어있는 상자들을
정리하다가 나와 아내의 오래된 연애편지를 보게 되었다. 몇 십 년 동
안 보물처럼 간직하고 있던 편지들이었다. 타임머신을 타고 20대로
돌아가 마치 처음 읽어 보는 편지처럼 아내와 함께 때론 웃으며 때론
울컥하는 맘으로 밤이 늦도록 읽었다.

작은 처남 한인섭 교수와 아내와 함께 저녁을 하는 자리에서 편지
얘기를 하면서 우리가 살아온 얘기를 쓰면 대하소설이 되겠다는 말을
농담처럼 했더니, 작은처남은 귀한 보물이 될지 모르니 컴퓨터로 정리
해보면 어떻겠느냐는 제안을 했다. 작은 처남은 대학교 입학 후 결혼
할 때까지 우리와 함께 생활해 누구보다 우리 부부를 잘 알고 있었다.

처음에는 개인의 얘기를 써놓은 것이라 부끄럽고 민망하기도 해
서 망설이다가 가족들이라도 볼 수 있게 정리해보자는 생각이 들었

다. 나는 직장에 출근하고 있던 때라 아내가 시간 나는 대로 가필하거나 정정하지 않고 편지 그대로를 컴퓨터 워드에 작성해 나가기 시작했다. 몇 달 만에 A4 용지 335쪽으로 완성되었다. '베트남 편지'(1972. 3~1974. 2)로 제목을 붙여 가족들에게 선물했더니 가족들은 나와 아내가 주고받은 편지에 열광하며 책으로 엮어보자고 했다. 생각만 있을 뿐 실천에 옮기지 못하고 있었다.

2년 전 8박 9일 동안 북유럽과 러시아를 여행하던 중에 KBS작가 박천희 작가를 만나게 되었는데 '베트남 편지'에 대한 얘기를 듣고 관심을 갖게 되었고, 현재 드라마작가로 활발한 작품 활동을 하고 있는 박경희 작가를 소개받았다. 박경희 작가에게 베트남편지와 내가 상세히 써놓은 자술기록, 그리고 기도문들을 건넸다. 박 작가는 이 기록을 읽고 섬세하게 인터뷰를 진행했고, 기록과 인터뷰를 토대로 이 책의 초고를 정리했다. 그 초고를 읽으면서 또 서로 의견을 나누어, 이렇게 한 권의 책으로 완성되게 되었다. 모두 1년 3개월 정도의 시간이 들었다.

'새벽의 응답'은 25년 전 1993년 8월 여름휴가 일주일간 경기도 남양 대광교회 강희 수양관에서 아들딸의 대학 진학을 위해 기도하던 중에 떠오른 제목이었다. 만약에 내 삶을 엮어 책으로 만들게 된다면 '새벽의 응답'으로 하리라 결심했는데, 우연은 필연이 되어 내 삶의 궤적이 고스란히 드러난 자전 에세이 '새벽의 응답'이 세상에 나오게 되었다.

'내 영광아 깰 지어다. 비파야, 수금아 깰 지어다. 내가 새벽을 깨우리로다.(시57:8)'라는 말씀과 같이, 결혼 후 지금까지 출석하고 있는 개봉동 소재 대광교회에서 44년간 한결같은 믿음으로 새벽을 깨우며 기도한 것에 대한 하나님의 응답이었다. 그 믿음의 응답으로 죽음 직전까지 갔던 희귀 피부병 '수포성 천포창'도 성경의 욥처럼 이겨낼 수 있었다.

이 책에 실린 모든 내용은 하나님께서 나의 삶에 역사하신 이야기이다. '일을 행하시는 여호와, 그것을 만들며 성취하시는 여호와, 그의 이름을 여호와라 하는 이가 이와 같이 이르시되 너는 내게 부르짖으라. 내가 네게 응답하겠고 네가 알지 못하는 크고 은밀한 일을 네게 보이리라.(렘33:2-3)'는 말씀처럼 이 책을 읽는 당신에게도 동일한 역사가 일어나기를 믿는다. 또한 열심히 기도하는 용사가 되어 복음의 통로, 축복의 통로가 되게 해달라고 새벽마다 진심을 다해 기도드릴 것이다.

그동안 수고를 아끼지 않은 박경희 작가에게 진심으로 고마운 마음을 전한다. 그리고 이 책을 시작하도록 아이디어와 조언을 준 처남 한인섭 교수에게도 진심으로 감사의 마음을 전한다.

끝으로 평생 믿음의 동역자요 천생연분, 현모양처이며 현숙한 여인, 나의 아내 한희숙 권사와 딸 희진 가족과 아들 성진 가족에게 깊은 사랑과 감사의 마음을 전한다.

2018년 3월

강대진

목차

제1부 베트남 편지

제1부

베트남 편지

개구쟁이 어린 시절

　내가 태어나고 자란 길성리는 우리나라 어디에서나 봄직한 풍광을 지닌 전형적인 농촌마을이었다. 평야가 아닌 약간 높은 자리에 위치해 집 앞쪽으로 동글동글하게 뻗어 내린 지리산 자락이 보이고, 뒤뜰엔 병풍처럼 둘러쳐진 만수산이 우뚝 솟아있었다. 마을 어귀에는 큰 새미와 작은 새미라 불리는 샘이 두 군데 있었는데 가뭄에도 마르지 않았고 비가 많이 와도 넘치지 않았다. 숲을 지나 들녘으로 흘러나가기 전 넉넉하게 머무는 샘물은 마을 사람들이 모여 빨래하고 머리를 감는 사랑방이 되어 주었고, 개구쟁이들에게는 물장구치기에 맞춤한 놀이터였다. 만수산 아래에는 2개의 저수지도 있어 흉년이나 태풍 등의 자연재해가 없는 아주 조용한 마을이었다. 6·25 전쟁의 피해도 그다지 크지 않았다. 동네 멀리에 폭탄이 떨어졌는데도 아버지와 큰형이 서로 살아보겠다고 본능적으로 밀쳐내며 몸을 숨기더란 얘기, 거제도 수용소가 가까이에 있어서 전쟁 포로들이 마을에 잠깐 머물렀다는 얘기 정도가 자라면서 들었던 전쟁 이야기의 전부였다.

　나는 1949년, 길성리에서 6남매 중 다섯째로 태어났다. 요란하거나 특별한 태몽도 없이 태어난 나는 아버지의 외모를 닮아 잘 생겼다는 말을 많이 들으며 자랐다. 이발소에서 머리를 깎고 나오는 날이면 마주치는 아주머니들마다 하얀 내 얼굴을 어루만지는 통에 얼굴이 닳아 없어지는 것 같았다.

우리 마을은 강씨 집성촌으로 150여 가구 정도 살았다. 모두가 친척이다 보니 함께 자란 친구가 셋이었다. 호호, 호구, 호문 이 셋은 죽고 못 사는 죽마고우였지만 항렬로 따져보면 내겐 손자뻘이었다. 어른들 앞에선 나를 할아버지라고 부르면서도 우리끼리 있을 때는 이름을 부르며 장난치던 것이 지금 이 나이까지도 이어지고 있다.

학교 갔다 오면 우리는 가방부터 던져놓고 30분 정도 떨어진 언덕으로 부리나케 소를 몰고 나갔다. 소들이 풀을 뜯는 동안 짚으로 꼰 새끼줄을 둥그렇게 말아 뽈치기 놀이를 했다. 땀을 뻘뻘 흘리며 정신없이 놀다보면 어느덧 해는 뉘엿뉘엿 서산으로 저물어갔다. 먹물이 번지듯 나무들의 긴 그림자가 덮이는 숲과 들판은 말로 형언할 수 없이 신비로웠다.

나무를 하고 소꼴을 베다가 낫에 손가락을 베어 피가 뚝뚝 흐르기도 했고, 냇가에서 물장구치다가 빠져죽을 뻔한 적도 있었다. 어느 날은 제법 키가 큰 소나무에 날다람쥐처럼 올라갔다가 한 녀석이 등짝을 후려치는 바람에 뚝 떨어지고 말았다. 다행히 다치지는 않았는데 얼마나 질겁했는지 쌩 똥을 싸서 놀림을 당하기도 했다. 별의 별일들이 다 벌어졌지만 친구들과 만나 재미나게 놀 생각만 하면 저절로 신이 나 언덕으로 달려 나가곤했다.

특히 호호랑 만나면 천하의 개구쟁이가 되었다. 마을 어귀에 있는 큰 대추나무에 반질반질하고 푸른 대추가 열리기 시작하면 그냥 지

새벽의 응답

나치지 못했다. 무조건 돌멩이를 던지거나 가지를 흔들어대 대추가 떨어져야 직성이 풀렸다. 그러다 그만 사달이 나고 말았다. 누가 던진 건지 모르지만 돌멩이 하나가 지나가던 할머니 머리를 정통으로 맞히고 말았다. 머리를 감싸 쥐며 주저앉는 할머니를 보고 얼마나 놀랐는지 호호와 나는 그 자리에 얼음처럼 굳어버렸다.

아버지에게 눈물 쏙 빠지게 야단맞고 나서야 대추나무에 돌멩이를 던진다거나 흔들어대는 일을 그만 두었다. 그렇다고 얌전해진 것은 아니었다. 출출해진 난 호문이와 닭서리를 하기로 작당했다. 아래 동네에 사는 가산 친구들과 합심해 닭 두 마리를 잡았는데, 포식도 하기 전에 그 닭 주인한테 걸려 혼뜨검이 나고 말았다. 알고 보니 닭 주인은 고종형이었다. 괘씸한 내 행동을 고종형에게 낱낱이 들은 아버지는 당장에 낫을 들라며 호통을 쳤다.

"나무를 해서 닭 두 마리 값을 갚아라!"

개구쟁이였지만 건강하고 튼튼하게 자라던 내게 평생 잊지 못할 사건이 터졌다. 초등학교 4학년, 11살 때였다. 그날은 이웃집에 제사가 있는 날이었다. 집안에 경조사가 있는 날이면 온 마을 사람들은 내 일처럼 모여 함께 도왔다. 아버지와 어머니는 그 집에 가면서 혼자 남은 내게 소죽을 끓여놓으라 일렀다. 갈비라 불리는 소나무 잎을 모아 불을 붙이고 나서 출출해진 나는 불앞에 앉아 생고구마를 먹기 시작했다. 허겁지겁 먹느라 왼쪽바지 끝자락에 불똥이 튄걸 몰랐다. 휘리릭 불길이 올라오자 무심코 툭툭 쳐 꺼보려고 했는데 오히려 불길은 더욱 커졌다. 당황한 나는 바지에 불이 붙은 채 밖으로 뛰쳐나왔다. 솟구친 불은 이내 정강이 살까지 태우기 시작했다. 둘러봐도 주위엔 아무도 없었다. 겁에 질린 나는 살이 타는 고통에 팔딱팔딱 뛰며 비명을 질렀다. 천운이었는지 성경 속에 나타난 선한 사마리아인처럼 마침 생선장수 아주머니가 지나가다 보고 달려와 바지에 붙은 불을 꺼 주었다. 왼쪽 발목부터 무릎 바로 아래까지 30cm 정도나 되는 큰 화상을 입었음에도 병원에 갈 생각은 하지도 못했고 변변한 치료도 받지 못한 채 보냈다. 다 낫는 데만 3년이 걸렸고 왼쪽 다리에 큰 흉터가 지고 말았다. 조금만 늦었더라면 다리를 절단하고 불구자가 됐을지 모른다는 말을 들을 때마다 난 진저리를 쳐야했다. 아이들은 내 흉터를 보고 비단뱀 다리라고 놀릴 때마다 마음의 상처는 쓰리도록 아팠다. 그날 이후, 내 상처가 드러날까 짧은 반바지는 절대로 입지 않았다. 커서도 혹시 흉터를 본 사람들이 나에 대해 실망하지 않을까 전전긍긍할 정도로 상처는 아주 깊었다.

중학교도 시험을 치르던 때였다. 난 공립인 반성중학교 시험에 떨어지고 사립 이반성중학교로 들어갔다. 같이 개구쟁이 짓을 하던 호호와 호구는 반성중학교에 붙었다. 속은 상했지만 인정해야했다. 공부 안 하고 열심히 논 내 탓이었다. 중학교 1학년 때까지도 난 공부보다는 집안일을 더 많이 했다. 그때 잘 나가던 둘째형이 명문인 경기나 서울 고등학교에 합격하면 서울로 유학을 보내주겠다는 말에 고등학교는 서울로 가는 것도 좋겠다는 생각이 들었다.

2학년이 되었다. 집에서 2시간이나 걸리는 만수산에 올라가 지게한 짐 가득 나무를 하고 오던 날 밤, 내 방으로 들어가려는데 불이 환하게 켜진 호호의 공부방이 눈에 들어왔다. 내 방에서 빤히 보이는 호호의 공부방을 보면서 불현 듯 서울로 고등학교를 가고 싶었다. 그 길로 가족들에게 선언했다.

"나무하고 소꼴 베고 소죽 끓이는 일 그만 두고, 공부만 하겠습니다!"

그 날 이후 난 방문을 걸어 잠그고 열심히 공부하기 시작했다. 한 번 방에 들어가면 밖에서 누가 불러도 나가지 않았다. 등하교 때도 영어단어장을 손에서 놓지 않았고, 점심시간을 아껴 공부했다. 호호 공부방에 불이 꺼지기 전에는 절대로 잠을 청하지 않았다. 호호는 한 번도 날 경쟁상대로 생각하지 않았는데, 나 혼자 호호와 선의의 경쟁을 하며 서울로 유학 갈 마음을 다잡곤 했다. 부모님도 갑자기 공부에 매진하는 내 모습이 대견했는지 하는 대로 두고 보았다. 그리고 마침내 서울 유학 소원을 이루게 되었다. 영등포구 본동에 있는 5년제인 동양공업전문대학(현, 동양미래대학교) 기계과에 진학한 것이다.

처음 학교에 입학하여 등교 시에는 당시 유일한 교통수단이었던 전차를 이용했는데 동대문에서 영등포까지 왕복 운행하는 전차를 반대방향으로 잘 못 타서 몇 번씩 지각했던 일과 경상도 촌놈이 사투리로 질문, 발표하면 친구들이 웃어서 얼굴이 붉어질 때가 많았다.

그러나 열심히 공부하여 상위권 성적을 유지할 수 있었으니 촌놈도 점점 공부하는 재미가 있었다.

동양공전 기계과 5학년에 올라가자, 당시 서울에 올라와 사업으로 승승장구하던 둘째형이 내게 말했다.

"전문대 나와 봤자 월급이 얼마나 되겠냐? 대학 때려 치고, 롯데나 농심 대리점을 하는 게 어때?"

둘째형 사업이 불처럼 일어나고 있을 때였다. 틀린 말이 아니었다. 둘째형과 함께 사업에 뛰어들면 빨리 돈을 벌 수 있겠다 싶었지만, 전문대 졸업 후 4년제 대학에 3학년으로 편입할 계획도 세우고 있었고 졸업도 해야 했다. 어떻게 하는 것이 좋을지 고민하다가 동양공전 기계과, 이집찬 주임교수를 찾아가 상담했다.

"사업은 언제 어느 때든 할 수 있지만, 공부는 때가 있는 법. 학교를 졸업 한 후에 사업을 해도 늦지 않을 거 같구나."

내 생각도 다르지 않았다. 후회하는 상황을 만들고 싶지 않았다. 결심을 굳히고 둘째형을 찾아갔다.

"형, 아무래도… 학교는 졸업해야 할 거 같아. 그 다음에 다시 얘기해."

둘째형은 좋은 기회를 놓치는 것이라며 아쉬운 표정으로 입맛을 다셨지만 강요하지는 않았다. 둘째형의 권유를 받아들이지 않은 건 천만다행이었다. 둘째형은 마지막 학기가 시작되고 얼마 지나지 않아 잘 나가던 사업이 유탄을 맞아 부도를 맞게 되고, 지방으로 도피 생활을 해야 했다. 넉넉했던 둘째형의 집에서 함께 살던 난 졸지에 혼자가 되었는데 성난 사람들이 곧 집으로 들이닥칠 것만 같았다. 나에게 아무런 책임이 없는데도 잡혀갈까 무서워서 이태원 누나 집에도 갈 수 없었다.

이러지도 저러지도 못하고 있는데 대학 친구 규태가 거처가 정해질 때까지 자신의 집에 있으라고 했다. 규태 아버지는 당시 최고의 직장이었던 한전의 오류변전소장이었다. 먹고 사는데 걱정 없는 집이었다. 규태 어머니는 딱한 내 사정을 듣고 흔쾌히 허락했다. 딱히 다른 대안을 마련할 수도 없는 처지라 감사하게 받아들이고 더부살이를 시작했다. 규태 아버지는 일이 바빴는지 늦게 들어오고 아침 일찍 출근하느라 얼굴을 볼 수 없어, 내가 같이 사는 줄 몰랐다. 일주일쯤 지났을까? 규태 어머니가 외출하고 규태도 잠깐 볼 일을 보느라 나가 있었다. 나 혼자 있는 사이에 규태 아버지가 퇴근해 들어왔다. 인사를 하고 방으로 들어가 공부를 하고 있는데 규태 아버지가 들어와 뜻밖의 말을 했다.

"대진아, 너 왜 집에 안 가고 우리 집에 있냐?"

난 순간 가슴이 철렁 내려앉았다. 날 빤히 바라보며 대답을 기다리는 규태 아버지에게 어떻게 대답해야 할지 몰라 쩔쩔 맸다. 내가 집에 머무는 이유를 규태 아버지는 모르고 있는 듯 했다.

"네… 이제 곧 갈 겁니다."

나도 모르게 툭 튀어나온 말이었다. 그리고 공부하던 책을 덮고 짐을 챙기기 시작했다. 지금 생각하면 아무 일도 아닌데, 당시에는 그 순간 왜 그렇게 막막하고 서럽든지… 가슴이 천 갈래 만 갈래 찢어지는 듯 아팠다. 잠시 후, 돌아 온 규태에게 나가겠다고 하자, 규태는 무슨 소리냐며 펄쩍 뛰었다. 뒤늦게 들어온 규태 어머니는 내가 갈 데가 없으면서도 나간다는 말을 했다고 눈물까지 글썽이며 규태 아버지에게 내 사정을 설명했다. 그제야 규태 아버지는 사태를 파악하고 미안해하며 내게 있어도 좋다고 허락했다. 규태 어머니는 고맙게도 내가 있는 동안은 규태에게 하듯 똑같이 도시락도 싸주고 할 테니 염려 말라고 했다. 그리고 두어 달 후, 인근에 살던 규태 고모네 가정교사로 들어갔다. 취업하고도 방을 얻어나갈 때까지 한동안 신세를 졌다. 어려울 때 온 맘으로 도와준 규태 네를 생각하면 지금도 그 고마움을 잊을 수가 없다.

1969년 12월에 기업체 실습생 중 첫 번째로 한국타이어제조(주)에 취업을 했다. 성적순으로 교수의 추천을 받아 간 3명 중 나 혼자 된 것이다. 취업과 함께 한양대학교 기계공학과 야간으로 편입시험을 쳐서 합격하는 행운도 가졌다. 이제 3학년으로 편입해 학업을 계속해야 했다. 그러나 첫 학기 학비가 없었다. 마침 어머니 생신이었다. 선물을 들고 고향을 찾았다. 아버지와 어머니에게 취업 소식을 알리자 뛸 듯이 기뻐하였다. 그리고 어렵게 대학 편입계획을 알렸다.

"아버지, 내년 한양대학교에 편입하는 학비, 한 번만 대주십시오."

아버지는 약간 난감한 얼굴이 되어 날 바라보았다.

"네 형들은 중학교도 가지 못했어. 넌 그나마 전문대를 나와 좋은 직장엘 들어가지 않았느냐? 무슨 대학을 두번이나 다닌다고 하느냐?"

"회사 다니면서 야간부로 갈 거니까 앞으론 손 벌리는 일 없을 겁니다."

"내일 다시 얘기하자."

아버지는 한숨을 쉬며 즉답을 피했다. 둘째형의 부도로 집이 다시 어려워진 것을 잘 알고 있었다. 남아있는 재산이라곤 마구간에 매어있는 황소가 전부였다. 집안 사정을 모른 체 하고 내 욕심만 챙기는 거 같아 미안한 마음도 없지 않았지만 전문대 졸업으로 만족할 수 없었다. 다음 날 아침, 아버지는 의외로 명쾌한 결론을 내렸다.

"마구간에 있는 황소를 팔아 줄 테니, 학비에 보태거라. 더 이상은 해 주고 싶어도 해 줄게 없으니, 앞으로는 다 네가 벌어 해라."

공부를 계속 할 수 있다는 기쁨에 난 무조건 그렇게 하겠노라 대답했다. 직장생활 착실하게 해서 부모님 서운하지 않게 할 자신도 있었다.

동급생 희숙에 대한 분홍빛 감정

"희숙이는 대진이꺼!"

호문이가 툭 던진 말이었다. 부끄러웠지만 딱히 부인하고 싶지 않아 그냥 배시시 웃고 말았다. 이반성 중학교 3학년 때였다. 호문이가 한씨 집성촌인 평촌리에 집안 어른의 심부름을 간다고 하기에 냉큼 따라나섰다. 혹시나 희숙을 만날까 해서였다. 호문이가 심부름을 전하는 동안 난 희숙의 집안을 연신 기웃거렸지만 희숙이는 눈에 띄지 않았다. 담벼락 아래엔 호박 넝쿨이 얼크러져 주황색 호박꽃이 벙그러져 있었고, 탐스런 애호박이 주렁주렁 열려 있었다. 아마도 공부벌레답게 방안에서 공부를 하고 있는지도 몰랐다. 희숙이가 집에 있는지 물어보고 싶은 마음이 입술 끝을 간지럽히는데도 끝내 물어보지 못하고 아쉬운 발걸음을 돌려야했다. 서운해 하는 내 마음을 읽은양 호문이는 재차 느물거리며 말했다.

"희숙이는 대진이꺼! 동숙이는 내꺼!"

"야~ 들겠다."

난 정말 희숙이가 들을까 아무도 없는 마을길을 연방 두리번거렸다. 희숙이나 동숙이는 나와 호문이가 이런 말을 주고받는지 꿈에도 몰랐을 것이다. 희숙이는 언제나 1등을 놓치지 않는 모범생이었다. 내 앞자리에 앉아 흐트러짐 없는 자세로 수업 내내 집중하는 희숙에게 호감이 일었다. 어느 날, 희숙이가 없는 사이에 책상에 놓인 노트를 들어 스르륵 펼쳐보았다. 선생님이 칠판에 쓴 글은 물론 선생님의 말을 한 글자도 놓치지 않고 깨알같이 정리한 것이 마치 인쇄를 한 것처럼 정갈해서 경외감이 들 정도였다. 공연히 1등이 아니었다. 또한 희숙의 논리정연한 말솜씨는 이반성 중학교를 통틀어 누구도 따를 사람이 없었다. 선생님들한테도 예외가 아니어서 희숙의 송곳같이 똑 부러지는 질문에 답하지 못해 쩔쩔 매는 선생님들도 가끔 있었다. 그런 희숙의 모습이 친구들에게 공부 좀 하는 교만한 아이로 비춰졌겠지만 나는 선생님들조차 꼼짝 못하게 하는 희숙을 막연하게나마 동경하고 있었다.

희숙은 1949년, 동장군이 막바지 기승을 부리던 2월 중순에 태어났다. 큰 키에 잘 생긴 아버지와 지체 높은 양반가문의 어머니의 맏딸이었다. 첫 딸을 잃고 나서 3년 후에 태어난 딸이어서 희숙은 보물단지보다 더 귀한 딸이었다.

"날 때부터 효녀."

희숙이 어린 시절부터 많이 들었던 말이었다. 땔감이 부족한 한겨울에 아이를 낳아 자칫 산모와 아기가 추위에 건강을 잃을까 봐 아버지는 우리산에 올라 마침 누군가가 도벌해 놓은 나무를 잔뜩 싣고 왔다. 산모가 따습고 아늑한 방안에서 몸조리를 하게 되자 아기도 건강하게 무럭무럭 자랐다. 희숙은 이처럼 날 때부터 부모 걱정을 끼치지 않은 효녀였고, 삶에 대한 의욕을 솟구치게 하는 희망이었다.

희숙이 아버지는 강직한 인품의 소유자였고, 늘 말끔하고 단정한 양복에 칼 같이 줄을 세운 바지를 입고 출퇴근하는 멋쟁이 젠틀맨이었다. 자식들을 끔찍이 사랑했던 아버지는 명절이 되면 당시 자매였던 희숙과 여동생 혜숙을 예쁜 호박단 한복을 입혀 직장으로 데려가 인사를 시켰고, 돌아오는 길에는 귀한 선물을 한 아름 받아올 정도로 희숙의 유년시절은 행복하고 유복했다고 한다. 부산의 초등학교에 입학할 때 가죽 책가방에 가죽 부츠를 신고 갈 정도로 남부러울게 없었다. 하지만 희숙이 초등학교 4학년 때, 아버지가 근무했던 군부대가 철수하게 되었고 아버지는 실직자가 되었다.

유난히 자식 사랑이 많았던 희숙의 아버지는 첫 아들 용섭이가 태어난 기쁨도 누리지 못하고 식구들을 데리고 고향 평촌으로 이사를 왔다. 정수초등학교 4학년으로 전학 온 희숙은 모든 것이 이방인처럼 낯설기만 했다. 보자기에 책을 싼 책보를 메고 고무신을 신고 다니는 동급생들은 처음 보는 희숙의 가죽 책가방이 신기했는지 툭툭 치고 만졌다. 심지어는 이게 뭐냐고 비웃기까지 했다. 그러나 희숙은 졸지에 시골 생활을 하게 된 것이 영 못마땅해서, 처음엔 아이들과 잘 상대하지 않았다.

좋은 중학교에 진학할 거라는 포부를 가지고 3년 간 열심히 공부해 고대해 마지않던 명문 진주여중에 합격했다. 멋진 교복을 입고 통학열차를 타고 다니는 자신의 모습을 상상했지만 이도 잠시 뿐, 희숙의 꿈을 실현하기엔 집안형편이 너무나 가난했다. 어쩔 수 없이 면 소재지에 있는 이반성중학교에 가게 되었는데, 희숙은 명문 진주여중에 합격한 자존심을 굽히기 싫어 1등만은 절대로 놓치지 않았다. 그 누구에게도 실망과 아픔을 표현할 수 없어 매일 등굣길에 작은 평촌교회에 들러 무릎을 꿇고 간절히 기도하곤 했다. 때로는 하나님께 일러바치는 독백이기도 했다.

"하나님! 전능하신 하나님! 못 이루실 것이 없는 하나님! 전 공부하고 싶어요! 꼭 대학까지 공부할 수 있도록 길을 열어주세요."

그때 나는 서울로 유학 가겠노라 마음을 굳힌 후, 공부 하느라 곁눈도 팔지 않을 때였다. 군 대항 배구 시합 때문에 많은 학생들이 운동장에서 배구 연습을 하고 있어도 난 교실에 남아 공부를 하고 있었다. 화장실을 다녀오는데, 한 친구가 양동이를 내 머리에 씌우고 두드리는 장난을 쳤다. 짜증이 난 나는 그 양동이를 벗어서 던져 버렸는데, 하필이면 학생들과 배구연습을 하고 있던 담임선생님 앞으로 데구르르 굴러 갔다. 화가 난 담임선생님은 자초지종은 듣지도 않고 몽둥이를 들고 와서 내 어깨를 사정없이 때렸다. 요즘이야 말도 안 되는 학교폭력이었지만, 그땐 그런 일이 예사로 벌어지던 때였다. 아프고 억울해서 교실로 들어와 훌쩍이고 있는데, 희숙이가 갑자기 들어왔다.

"대진아, 음악선생님께서 교무실로 오라는데?"

난 주먹으로 눈물을 훔치고 희숙을 따라 나섰다. 교무실로 향하는데, 음악선생님은 탁구장에서 탁구를 치고 있었다. 그런데 희숙은 음악선생님 쪽으로 가지 않고 교무실을 향해 걸어갔다. 무슨 일인가 싶어 주춤 서서, 어리둥절한 표정으로 음악선생님과 희숙을 번갈아 보았다. 앞서 가던 희숙은 내 손을 잡더니, 아무 말 않고 교무실 옆 양호실로 날 끌고 갔다.

양호실에는 아무도 없었다. 학교 운동장 옆 수양버들 밑에서 친구들과 놀면서 내가 맞는 걸 봤다고 했다. 희숙은 피멍이 든 내 어깨를 한참을 바라보았다. 나보다 더 분해 하는 표정이 그대로 읽혔다. 어떻게 그럴 수 있느냐고 말하는 듯 했다. 그리고 말없이 약솜에 소독약을 묻혀 정성스레 치료해 주었다. 억울했던 맘이 풀리면서, 치료해 주는 희숙의 손길이 따뜻하다고 느꼈다.

"고맙다, 희숙아."

"뭘, 이깟 것 가지구."

희숙은 군더더기 없이 깔끔하게 대답하고 양호실을 나갔다. 옷을 여미며 뭐라도 한 마디 더 하고 싶었으나 도저히 할 말이 생각나지 않았다. 역시 공부 잘 하는 모범생은 행동도 묵직하다는 생각이 들었다.

나는 그 일을 호문이에게 슬쩍 말했는데, 녀석은 희숙이만 보이면 곁눈이나 코끝으로 가리키며 '희숙이는 대진이꺼'라는 말을 해댔다. 사실 나도 양호실에 갔다 온 이후부터 희숙이가 내 마음 속에 더 많이 들어왔다. 희숙만 보면 나도 모르게 입가에 미소가 머금어지고 어느 땐 도도하고 정갈한 희숙의 표정을 따라해 보기도 했다. 소풍 가서도 늘 희숙이 옆이나 앞뒤에 서서 사진을 찍은 걸 보면 호문이가 하는 말이 결코 쌩뚱 맞은 게 아니었다. 난 이미 희숙에게 애틋한 감정이 싹트고 있었는데, 그런 감정을 끝내 고백하지 못하고 서울로 유학을 떠났다.

5년 만에 만난 첫사랑 희숙

중학교 시절 희숙(오른쪽)

희숙과 연락이 끊어진 채 5년의 세월이 흘렀다. 새롭게 시작하는 서울 생활과 학교에 적응 하느라 바쁘게 보냈다. 취업을 했고, 한양 대학교 3학년에 편입도 했다. 그 사이에 미팅도 해 보고, 내게 관심을 보였던 여학생들과도 만났다. 그러나 눈에 들어오는 여자는 없었다. 예쁘고 깜찍한 친구의 여동생들도 만나봤지만 배우자감은 아니었다. 실망만을 가득 안고 집으로 돌아오는 버스 안에서 늘 드는 생각이 있었다.

'희숙이가 내 옆에 있다면 얼마나 좋을까.'

희숙과 헤어진 지 5년이나 되었지만, 양호실에서 피멍이 든 어깨를 치료해 주었던 희숙과 연결된 인연의 끈을 단 한 번도 놓아버리지 않고 있었음을 깨달았다. 아니 그 끈을 놓으면 안 될 것만 같았다. 희숙이 부산 어딘가에 살고 있다는 얘기를 듣고 겨울방학엔 한 달 동안 부산 사촌 누나 집에 머물면서 행여 희숙을 만나지 않을까 공연히 부산 시내를 돌아다녀보기도 했지만 만날 수는 없었다.

"외삼촌, 그렇게 찾아 헤맨 여자 동창한테 사귀는 남자친구가 있다면 어떡하죠?"

옆에서 지켜보고 있던 사촌누나의 큰딸(숙대 3학년)이 어느 날, 불쑥 물었다. 그 말을 듣는 순간 가슴이 철렁 내려앉았다. 그러고 보니 난 꿈에도 그런 일은 일어나지 않을 거라 단단히 믿고 있었다. 그럴 리가 없다며 고개를 가로저었다. 조카는 그런 내모습이 소설이나 영화의 주인공 같다며 웃으며 말했다.

"아니길 바라지만… 만약 그렇다면, 그리움으로 간직해야죠."

한 번 발동이 걸리자 희숙을 만나야겠다는 열망은 더욱 커져만 갔다. 그래, 희숙을 찾자! 일단 희숙을 만나보고 나서 사귈지 말지를 결정하기로 하고 이반성중학교에 다니고 있던 막내 동생 대주에게 희숙의 연락처를 알아봐 달라고 부탁을 했다. 마침 같은 반 옆자리 친구 한혁섭이가 희숙의 사촌동생이라고 했다. 대주는 혁섭이에게 '대진이 형이 희숙이 누나를 찾는다'는 말을 전했고, 사촌동생은 내 말을 희숙에게 전했다. '희숙이는 대진이꺼'라는 호문의 말이 씨앗이 되어 남동생 대주와 희숙의 사촌동생이 그 싹을 틔워주는 중매쟁이 역할을 한 것이다.

　희숙은 내가 찾는다는 말을 듣고 단순히 중학 동창 친구가 자신을 찾는 줄 알았다고 한다. 개교기념일엔 우리 동네 사는 음악선생 집에 친구들과 모여 환경미화 준비도 했고, 우리집에서 밥을 먹은 적도 있는, 질문하기 좋아했던 깔끔한 미소년으로 기억하는 친구가 자신을 찾는다는 말을 전해 듣고 희숙은 선선히 대답했다.

　"대진이? 강대진이라면, 주소 가르쳐 줘도 돼."

　희숙의 주소를 받아든 나는 터져버릴 듯한 가슴을 억누르며 한동안 서 있었다. 혹시 주소를 알려주지 않으면 낭패다 싶었던 염려가 눈 녹듯 사라지면서, 아찔한 기쁨이 온몸을 관통해 정수리를 꿰뚫었다. 그날 밤, 떨리는 마음을 담아 그립고 그리웠던 희숙에게 편지를 쓰기 시작했다. 구구절절 사랑한다는 고백을 담은 연서가 되었다. 날이 밝으면 부끄러움에 찢어버릴까 싶어 다 쓰고 나서 바로 봉투를 봉했다. 며칠 뒤 내 사랑의 편지는 희숙에게 배달되었다. 눈을 빼고 기다리던 희숙의 답장이 왔다. 나의 일방적인 사랑 고백에 과연 어떤 반응을 보일까 궁금했는데, 뜻밖의 내용에 당황했다면서도 담담하게 자신의 마음자리를 열어 보였다. 거절의 뜻이 아니라는 걸 단번에 알 수 있었다. 편지로 시작된 희숙에 대한 사랑의 감정은 5년간 갇혀있던 봇물이 터진 것처럼 걷잡을 수 없이 솟구쳐 올랐다. 편지를 주고받으며 희숙의 현재 상황에 대해서도 자세히 알게 되었다.

　희숙은 부산의 중심가인 중앙동에 위치한 넥센 타이어에서 근무하고 있었다. 고등학교를 졸업하고 넥센 타이어에 입사한 희숙은 직장을 다니며 유능한 직원으로 인정받았고, 장차 야간이라도 대학에 입학할 계획을 세웠다. 그러나 그 마음 속 계획 또한 온 가족이 부산으로 이사 오면서 당장 실현할 수 없었다. '날 때부터 효녀'였던 희숙은 부모님을 도와 여러 동생들의 공부 뒷바라지에 도움을 주어야하는 맏이었다. 대학 가는 걸 포기하고 집안의 가장 아버지를 도와 남동생들을 위해 힘을 보태야만 했다.

다행히 동생들은 누구랄 것 없이 우등생을 놓치지 않았다. 부산고등학교에 다니는 용섭이가 독서실에서 공부를 하고 있으면 희숙은 퇴근할 때 빵과 통닭을 사 들고 가서 격려하곤 했다. 어찌나 맛있게 먹는지 지켜보는 것만으로도 배가 부르고 행복했다. 월급날이면 동생들의 옷을 사 주기도 했고, 휴일엔 동생들과 함께 금정산에 올라가 사진을 찍으며 놀았다. 손에서 책을 놓지 않았던 인섭에겐 책을 많이 빌려 주고 또 사 주었다. 동생들은 집에서 그 책들을 읽고 또 읽으면서 자기 세계를 닦아갔다. 레미제라블은 300번 이상 읽었을 정도였으니…

역시 내가 생각하던 희숙이었다. 자신이 처한 상황을 받아들이며 믿음직하게 살아가고 있었다. 난 희숙을 빨리 만나보고 싶어 안달이 났다. 지금이야 KTX가 있어 부산을 3시간도 안 돼 갈 수 있지만, 당시 부산은 편지도 3일 만에 도착하는 천리 길 머나먼 곳이었다. 마침내 편지를 주고받은 지 6개월, 군 입대를 위해 마산에서 신체검사를 받는 날에 희숙과 만나기로 했다.

새벽의 응답

희숙을 만나던 날, 그 가슴 떨림을 어찌 필설로 다 표현할 수 있으랴. 마산에서 신체건강한 장정으로 갑종을 받아들고 부산에 있는 대연동 누님댁 근처 버스정류장에서 오매불망 희숙을 기다리고 있었다. 마침내 육교위로 검정 미니스커트 정장을 입고 걸어오는 희숙은 너무 멋진 숙녀가 되어 있었다. 방망이질 치는 가슴은 도무지 진정이 되지 않았다. 겁도 났다. 그동안 편지를 주고받으며 나에 대한 희숙의 마음을 알긴 했지만 직접 만난 희숙이 과연 어떤 반응을 보일지, 날 어떻게 생각할지 자신이 없었다. 두근거리는 마음을 애써 진정하며 서 있는데 희숙은 나를 보고 놀라움을 감추지 않았다. 자그마하고 해끔한 소년이 22살의 멋진 청년이 되어 왔다며 환하게 웃었다. 왠지 내게 반했다는 말로도 들렸다. 그 순간 확신이 들었다. 호문이 말처럼 희숙은 '내꺼'였다! 희숙에게 그동안 혼자 간직했던 내 사랑을 어떻게 전할까 전전긍긍하느라 손에 땀이 흐를 정도였다. 바지춤에 손바닥의 땀을 닦아내고 희숙의 손을 가만히 잡았다. 희숙은 내 손을 뿌리치지 않았다.

우리는 서로의 손을 꼭 잡은 채 해운대 백사장을 걸었다. 어둠 속에서 하얗게 밀려왔다 밀려가는 파도소리를 들으며 그동안 밀린 이야기를 하느라 시간 가는 줄도 몰랐다. 희숙은 날 자연스럽고 편하게 대해 주었다. 나는 기회를 놓칠 새라 이런 저런 많은 얘기를 나누었다. 우리의 사랑에 화답이라도 하듯, 별들은 숨을 죽였고 파도소리마저 장단을 맞추어 주었다. 아아, 우린 이제 본격적으로 연인이 된 것이다.

3일 후, 나와 희숙은 서울행 기차에 함께 올랐다. 나는 서울로, 희숙은 고등학교 친구들과 함께 삼랑진에 있는 딸기밭에 가기 위해서

희숙

였다. 친구들은 구경거리라도 난 듯 날 쳐다보며 반갑게 인사를 했다. 부산 인근에 모여 사는 친구들은 남자친구가 생기면 모임에 데려오곤 했는데 난 서울에 있어서 자주 볼 수 없겠다며 앞으로 예쁘게 잘 지내라는 덕담도 잊지 않았다. 삼랑진에서 친구들과 함께 내리는 희숙이 보이지 않을 때까지 차창에 붙어 서서 손을 흔드는 것으로 아쉬운 이별을 대신했다.

숙에게

여름밤의 장막이 드리워지고 수많은 별들이 미소 짓는 지금, 숙이는 무엇을 하고 있을까.

동생들의 공부를 지도하며 오순도순 이야기꽃을 피우고 있는지?

진이는 숙이의 염려덕분으로 무사히 서울에 도착했어. 학교에서 돌아오면서 편지를 써야지 생각했는데, 집에 들어와 보니, 책상 위에 벌써 숙의 편지가 기다리고 있기에 반갑고 미안한 마음으로 편지를 읽었지.

친구들과 삼랑진 딸기밭에 가서 숙이 혼자 많이 먹은 만큼, 좋아하는 것 더 많이 사 주겠다니 고마워. 언제 서울에 올 수 있으면 서울 구경하면서 숙이 좋아하는 과일을 한 아름 사 줄게.

새벽의 응답

숙아!

지난 5년 동안 그토록 그리워하던 숙이를 만난 기쁨이 아직도 가시지 않는구나. 숙인 더 즐거운 시간을 갖지 못해서 미안하다고 썼지만, 내겐 정말로 뜻 깊고 즐거운 3일이었어.

숙이 보내준 사진은 숙이가 생각나고 보고 싶을 때마다 쓰다듬으며 바라보곤 하는 나의 소중한 보물이 되었어.

7월 5일부터 학기말 시험이 있어. 열심히 공부해서 좋은 성적 얻도록 할게.

숙의 좋은 머리로 내 공부를 대신 해 준다면 얼마나 좋을까.

1970년 6월 10일 밤 서울에서 진

프러포즈와 군인 데이트

희숙과 난 서울과 부산으로 멀리 떨어져 있는 데다 특히 내가 직장과 학교생활을 병행하느라 만난다는 건 꿈도 꾸지 못하고 편지와 전화로 그리움을 대신했다. 전화를 하고 받는 것조차 쉽지 않던 시절이었다. 한번은 사무실에서 멀리 떨어진 공장에서 일을 하고 있는데, 부산에서 시외전화가 왔다는 연락을 받았다. 그 얘기를 듣자마자 바람처럼 사무실로 달려가 숨이 턱에 닿은 채로 희숙의 전화를 받기도 했다.

그러는 사이 1년 연기했던 입대 날은 속절없이 다가왔다. 다니던 직장과 학교에 휴직계와 휴학계를 냈다. 그리고 시간을 내 화려한 실내장식으로 유명한 부산 광복동의 자이언트 다방에서 희숙을 만났다. 입대 전에 프러포즈를 하기 위해서였다. 희숙을 사랑하는 진실된 마음이 있었기에 백만 송이 장미나 특별한 이벤트는 굳이 필요 없다 여기고, 단정하게 양복을 챙겨 입고 나갔다.

"숙아, 선배들 말 들어보니까 군대를 가면 사귀던 여자들이 거의 다 고무신 거꾸로 신는다는데, 숙인 그러지 않을 거지?"

단도직입적으로 묻는 내 말에 순간 당황했는지 희숙은 눈을 크게 뜨고 날 바라보았다. 나는 헛기침을 크게 하고 기세 좋게 다음 말을 이어갔다.

"혹시라도 내가 싫다거나, 나보다 열 배 백 배 더 나은 사람이 있다면 떠나도 좋아. 그렇지 않으면 나한테 있어라, 난 절대로 변하지 않고 잘 해 줄 테니까!"

자신 있게 큰소리치는데 희숙은 감정을 드러내지 않은 채 가만히 앉아있었다. 의외의 반응에 난 그만 긴장하고 말았다. 희숙의 마음을 붙잡기 위해 단단히 쐐기를 박아야 했다.

"일 년 쯤 지나 상병이 되면 그때 우리 물이라도 떠 놓고 약혼식하고… 제대하자마자 바로 결혼하자. 지킬 수… 있지?"

사내답던 내 목소리는 점점 작아지고 파르르 떨리기까지 했다. 희숙은 복잡한 얼굴이 되어 움츠러드는 내 어깨를 일별했다. 그 짧은 순간이 영겁처럼 길게 느껴지고 입술이 바짝 마르더니 초조해지기까지 했다. 희숙은 마침내 고개를 끄덕이며 짧게 한 마디 했다.

"기다릴 수 있어. 기다릴게."

됐다! 나도 모르게 주먹을 불끈 쥐었다. 희숙의 그 한 마디에 천하를 얻은 듯 했다. 희숙을 찾아 헤매던 날들이 주마등처럼 스쳐갔다.

"숙아, 우리 절대로 헤어지지 말자."

희숙은 고개를 끄덕이며 대답했다.

"진의 맑은 눈빛은 죽을 때까지 사랑해도 좋을 사람이라는 확신이 들어. 언제나 깨끗한 기운이 느껴지거든."

희숙의 믿음직한 확답이었다.

"고마워."

그 말밖에는 더 이상 할 말이 없었다. 희숙은 뒤이어 궁금한 듯 물었다.

군입대전 약속사진

"근데 왜 상병 때 약혼식을 해야 해?"

"아, 상병이 되면 휴가를 세 번 정도 나온다고 하니까, 두 번째 휴가쯤에 했으면 하고…"

희숙은 발그레한 미소를 띠었다. 그 모습이 어찌나 사랑스럽고 예쁘든지 희숙의 손을 와락 움켜잡고 끝까지 지켜 주리라 다짐했다.

스마트폰과 이메일이 발달한 요즘 젊은이들은 이런 우리들의 사랑을 상상이나 할 수 있을까. 사랑의 순수한 힘은 예나 지금이나 앞으로도 영원히 변함없으므로 충분히 이해할 수 있으려나. 어쨌든 희숙은 그날의 프러포즈를 잊을 수 없다고 종종 말하곤 했다. 반짝이는 눈망울로 떨리는 목소리를 숨기지 않은 채 자신을 바라보던 내 모습이 감동적일 만큼 인상적이었다니 우린 천생연분이 될 수밖에 없었다.

우리는 그길로 사진관에 들러 약혼사진이나 다름없는 사진을 찍고는 태종대로 올라갔다. 손을 잡고 굽이굽이 휘어진 길을 걸어 올

새벽의 응답

라가는데, 부산지구대에 근무하고 있는 군인들이 눈에 들어왔다. 희숙은 군인들을 지나치며 혼잣말처럼 중얼거렸다.

"진이도 부산에서 근무했으면 좋으련만…"

나도 그랬으면 좋겠다고 자신없이 말했다. 훈련이 끝난 뒤 자대 배치가 어디로 될지 모르는 일이었기에 실현 불가능한 일이란 걸 잘 알았기 때문이었다.

1971년, 강추위가 물러가고 꽃샘추위가 기승을 부리던 3월의 마지막 날, 마산에서 논산훈련소로 가는 입영열차에 올랐다. 군인으로서 새롭게 마주할 앞날에 대한 막연한 불안감이 찬물을 끼얹듯 밀려들었다. 오 분 정도 지났을까? 기차내 방송에서 내 이름을 불렀다. 처음엔 내가 아닌가 싶어 긴가민가했는데, 분명 날 찾는 방송이었다.

군입대전 태종대에서

"강대진 장정, 강대진 장정은 1호차 방송실로 오기 바란다."

안 좋은 일이 생겼나싶어 가슴이 철렁 내려앉았다. 1호차 방송실로 달려갔다. 그 짧은 순간에 별의별 생각이 다 들었다. 방송실엔 팔뚝에 완장을 찬 병장이 기다리고 있었다. 긴장된 표정으로 다가갔더니 병장이 대뜸 물었다.

"강호호 알지?"

"예! 어릴 적 친굽니다!"

"호오, 그래?"

"무슨 … 일로 부르셨습니까?"

"강호호 상병이 널 잘 데리고 오라 했어. 그래서 얼굴이나 보려고."

"…예?"

"가도 좋아!"

생각지도 않은 호호 얘기가 뜬금없었지만 별일 아니라니 다행이었다.

입영열차는 달리고 달려 밤 11시 경 논산에 도착했다. 훈련소로 들어가는데 뜻밖에도 정문에서 호호가 날 기다리고 있었다. 어찌나 반가운지 말문이 막힐 지경이었다. 1년 전 입대하여 상병을 단 호호는 수용연대 인사과 소속이었다. 훈련소 안 연무대 다방의 운영과 관리도 맡아 하고 있었다. 훈련병에게 상병이면 하늘같은 직급이었는데, 호호는 끗발도 있어보였다.

하루는 훈련을 하고 돌아왔는데 인사과에 있는 호호가 날 찾아왔다.

　　　　　　　　　　　　　　　　　새벽의 응답

"대진아, 여기 논산 훈련소에 있을래, 카투사 갈래?"

자대배치 때 참고하겠다며 물었다. 카투사는 미 8군 예하 한국군 지원단 소속인데 한미 연합과 관련된 임무를 수행하는 군인으로, 내가 제일가고 싶어 하는 곳, 소위 꿀 보직이었다. 당연히 카투사에 가고 싶다고 했다. 요즘엔 토익이나 텝스 등에서 일정 성적 이상을 따야 지원 자격이 주어지고 추첨으로 결정된다고 하는데, 그때는 그렇게 까다롭지 않았다. 훈련을 받으며 15일을 기다려도 카투사 자리가 나지 않았다.

"카투사 말고, 가고 싶은데 있냐?"

"부산!"

바로 부산이라는 말이 튀어나왔다. 망설일 이유가 없었다. 자리가 없으면 다른 곳으로 배치 될 수 있다는 말에 김이 샜는데 희숙이 있는 부산으로 가고 싶다는 간절한 내 마음이 통했는지 나는 부산 광안리 소재 군수기지사령부 산하 육군측지부대 작전과로 가게 됐다. 희숙에게 이 기쁜 소식을 제일 먼저 알렸다.

신록이 푸르른 5월, 광안리 해수욕장이 한 눈에 내려다보이는 풍광 좋은 곳에 위치한 부대로 희숙이 첫 면회를 왔다. 아직 배치소에 있을 때였는데, 부모님 면회도 오기 전이라 희숙의 면회는 동기들의 부러움을 사기에 충분했다. 희숙은 정성스럽게 준비한 오색 김밥을 내어놓았다. 예쁜데다 맛 또한 일품이었다. 희숙은 행복한 얼굴로 만족해하며 허겁지겁 먹는 내 모습을 미소로 바라보았다. 호호 덕분에 자신의 소원이 이루어졌다며 면회하는 동안 내내 신기해했다.

육해공군 지도를 민간인들과 함께 만드는 일을 하는 부대에서 내가 맡은 보직은 작전과 정훈담당 연락병이었다. 군수기지사령부에 가서 전우신문을 받는 일을 주로 했다. 영화필름을 수령해 일주일에 한 번씩 밤 8시부터 1시간 30분 동안 부대원들에게 영화를 틀어주기도 했다. 부산이 해수욕장이 있는 여행지라서 군인들의 주말 외출은 금지였다. 전우신문을 받기 위한 외출도 월요일부터 목요일까지였다. 오전 10시에 나와 할 일을 재빨리 끝내고 나면 부대로 돌아가기 전까지 시간이 조금 남았다. 그 짬을 이용해 중앙동에 있는 희숙에게로 달려가 희숙과 함께 점심을 먹었다. 짧은 만남이었지만 함께 먹는 점심 맛은 진정 꿀맛이었다.

주일에는 희숙이 면회를 왔다. 예배를 드리고 오면 오후 두세 시쯤 되었다. 평일엔 점심데이트를 하고 주일엔 희숙의 면회를 기다리는 것이 이등병 강대진이 누릴 수 있는 큰 행복이었다. 면회는커녕 아직 편지 한 통도 받지 못한 동기들이 수두룩했는데, 매주 희숙이 면회를 오자 동기들은 부러워 어쩔 줄 몰랐다. 희숙이 펼쳐 놓는 깨죽, 김밥 등의 음식은 보기만 해도 아찔한 행복이었다. 나는 군인이 되고나서야 비로소 희숙과 본격 데이트를 시작했다. 한 가지 미안했던 점은 데이트 비용은 물론 내가 필요한 책이나 기타 비용까지 희숙이가 부담한다는 것이었다. 넉넉하지 않은 희숙의 사정을 잘 알면서도 어쩔 수 없이 도움을 받으면서 결혼하게 되면 다 갚아주겠노라 다짐했다.

크고 작은 마음의 부담은 있었지만 우리의 사랑은 날이 갈수록 단단해지고 빛나기 시작했다. 누가 봐도 아름답기 그지없는 한 쌍이

　　　　　　　　　　　　　　　　　　새벽의 응답

되어 부산 시내를 주름잡았다.

지금 돌아봐도 씁쓸한 이야기 한 토막. 장맛비가 주룩주룩 쏟아지던 날 휴가를 받은 나는 희숙과 함께 우산을 쓰고 문현동 로타리를 걸어가고 있었다. 뭐가 그렇게 즐거웠는지 한 번 터진 웃음을 참을 수가 없었고, 우리의 탱탱한 웃음소리는 우산을 튕겨나가 빗소리에 섞였다. 그때 다짜고짜 헌병이 우리의 앞을 가로막았다. 위협적으로 나의 팔을 붙잡더니 말도 없이 헌병대로 끌고 갔다. 마른하늘에 날벼락 같은 일이었다. 그런데 헌병이 하는 말이 걸작이었다.

"군인은 비가 와도 우산을 쓰지 않는다!"

차려 자세로 복창을 두어 번 시키고는 나가라고 했다. 밖에서 걱정스런 얼굴로 기다리고 있는 희숙을 보는데 어이없기도 하고, 연인 앞에서 자존심을 구긴 것 같아 창피스럽기도 했다.

"비 오는 날 군인은 데이트도 못하겠다."

쓴웃음을 지으며 헌병의 말을 희숙에게 전했더니 희숙도 어이없는 표정으로 날 바라보았다.

"우리가 너무 행복해 보였나 봐. 샘 나서 그랬을 걸?"

딴은 그럴 수도 있겠다 싶었다. 난 한 손으로는 우산을 받쳐 들고 다른 한손으로는 희숙의 어깨를 와락 끌어안고 비가 주룩주룩 쏟아지는 거리로 나섰다. 우리의 행복한 데이트는 가을이 될 때까지 계속 되었다.

혈서

    우리는 하루가 멀다 하고 만나면서도 일주일에 두어 번 편지를 썼다. 입대하기 전 자이언트 다방에서 희숙과 한 금석맹약이 있기에 우리의 사랑이 흔들릴 거라곤 단 한 번도 생각하지 않았다. 제대 후 펼쳐질 우리의 앞날에 대한 계획과 청사진을 그려보는 것만으로도 행복했다. 그러나 23살의 희숙의 마음은 그렇지 않았나 보다. 당시엔 23살이면 여자는 결혼할 나이였다. 선남선녀들의 결혼이 봇물을 이루던 10월이었다. 반가운 희숙의 편지가 왔다. 바빴던 탓에 편지를 품에 넣고 하루 일과를 끝내고 밤 11시경, 철조망가에서 야간 보초를 서며 네온사인 불빛 아래서 편지를 읽어 내려가다가 그만 큰 충격에 빠지고 말았다.

> 읽어주셨으면.
>   싱그러운 푸르름이 붉고 아름다운 낙엽으로 뒹구는 계절.
> 소리 없이 내리는 가을비에 젖어드는 낙엽은 마치 전쟁을 치르고 난 후의 허무함처럼 너무나 맥 빠져 보이는군요. 울적하게 빗소리를 듣고 있다가 기운을 내, 참고 참았던 마음을 펜

으로 옮기고 있어요. 쓰다가 찢어버릴지라도 그래도 계속 적어보려 합니다.

참고 참아야만 한다는 굳은 신념의 푯대를 기다림 위에 올려놓아 보지만, 자꾸만 허물어지는 내 자신을 잡아주지 못하는 진이. 아니, 진의 현재가 원망스러운 오늘이에요. 온유하지 못한 내 마음에 스며드는 허무함을 진이가 앗아가 주었으면… 하는 염원도 있습니다.

사실 진은 언제 어디서든 숙을 이해하고 누구보다 따뜻하게 감싸주어 감사하기만 한데… 숙은 진에게서 멀리 떠날 수만 있다면 떠났다가, 진이 군 복무를 마치는 영광스런 그날에 다시 만났으면, 하는 생각이 듭니다. 이런 저의 마음을 용서해 주길 바랍니다.

아아, 숙이가 진의 군 복무를 나눠 할 수만 있다면, 그 기간을 절반으로 단축시킬 수 있을 텐데… 이럴 수도 저럴 수도 없는 현실이 답답하기만 하군요.

진, 내가 왜 이렇게 적어 내려가는지 스스로를 이해할 수 없네요. 순간적으로 든 내 안의 반항이겠죠? 이런 나를 진의 따뜻한 아량으로 감싸주었으면 합니다.

외롭고 그리움 가득한 이 허무함을 극복하고 진과 숙의 보람된 결실을 위해 착실한 생활인이 되어야겠죠. 그리고 누구보다 숙을 사랑하는 진이 있기에, 더 참된 숙이가 될 것을 약속하고 싶네요. 진이 수고하는 만큼 숙이도 열심히 노력하겠

　편지를 들고 있는 내 손이 사시나무 떨리듯 떨고 있었다. 흐릿한
네온사인의 불빛아래에서 읽고 또 읽어봐도 희숙이 내게서 떠난다
는 말이었다. 제대까지 3년이라는 그 긴 세월을 기다리기가 너무 외
롭고 힘드니 떠나는 날 용서해 달라는, 앞뒤 볼 것 없이 헤어지자
는 말로 해석이 되었다. 순간 뒤통수를 맞은 듯 멍해졌다. 들고 있던
M16총을 잠깐 내려놓고 안절부절 어쩔 줄을 몰랐다. 하늘이 무너지
고 땅이 꺼지는 충격이었다. 난 회한에 빠져들었다. 23살에 이제 겨
우 이등병. 군대도 1년이나 늦게 와서 아름다운 광안리 해수욕장을
바라보며 편안한 군 생활을 하면서 희숙에게만 늘 큰 부담을 지게
하고, 가까이 있어도 사랑하는 사람의 외로움 하나 달래주지 못하고
있다! 옳지 않은 행동이었다. 가슴속까지 쓰리고 아팠다. 병영수첩을
꺼내 오른쪽 엄지손가락 끝을 이빨로 깨물었다. 선홍색 피가 솟구쳤
다. 떨리는 손가락으로 혈서를 썼다.

　'내가 떠나자!!!'

　희숙을 힘들게 하기 보다 내가 부대를 옮기자는 생각이 퍼뜩 들

었다. 순간 전쟁이 한창이던 베트남이 떠올랐다. 이역만리 머나먼 남쪽나라 베트남에 자원해 명예롭게 군복무를 마치고 제대한 다음 희숙을 만나는 것도 좋지 않을까, 아니, 그 먼 곳으로 떠날 필요가 있을까… 등등 오만가지 생각으로 머릿속은 헝클어진 실타래처럼 복잡했는데 그런 내 마음을 희숙에게 내비칠 수 없었다. 그 자리에서 바로 희숙을 위로하고 우리 사랑의 결실을 아름답게 맺자는 내용의 편지를 썼다.

숙이에게

　밤안개가 산자락을 흘러내려 막사를 삼키고 있는 지금, 경계근무 중에 숙의 모습을 떠올리며 편지를 쓴다. 보내 준 편지 잘 받았단다. 숙이 보내주는 편지는 언제나와 같이 반갑고 즐거워. 숙의 편지는 진에게 안위가 되고 삶의 활력소 역할을 하고 있지. 아마 숙이도 역시 그런 맘으로 내 편지를 기다렸을 텐데, 그동안 바쁘게 지내다 보니 한동안 연락이 뜸했어. 그러나 그것이 숙을 잊고 있던 세월의 틈이었다고는 생각지 말아 줬으면 좋겠다.

　가을의 하늘 아래 피어난 가녀린 코스모스처럼, 떨어지는 낙엽처럼 숙이 고독하고 우울해 한다는 거 잘 알고 있어. 다시 한 번 바쁘다는 핑계로 편지를 자주 쓰지 못했음을 진심으로 사과하고 싶구나.

숙아!

언제나 변함없이 따뜻한 정성과 미소로 반겨주는 숙에게 늘 고마워하고, 그런 숙을 내가 얼마나 사랑하고 있는지 잘 알고 있으리라 믿어. 숙의 큰 사랑의 부채를 진이 꼭 갚으리라 다짐해 본단다.

지금 우리가 맞고 있는 이 가을은 우리에게 허무함과 서글픔을 느끼게 하는 계절임에는 틀림없지만, 우리 그런 감정에 휘말리지 말고 누구보다도 더 알차고 보람된 결실을 향해 계속 노력하자. 그래 줄 수 있지? 얼마 남지 않은 71년도 보다 풍성한 결실을 거두길 바래.

숙의 앞날에 건강과 안녕을 빌면서 안녕히.

숙을 그리는 진이 71. 10. 5.

파원장병으로 자원하다

희숙이 내게 면회를 왔다. 편지와 달리 평소와 다름없이 행동하는 희숙의 마음이 어떤지 궁금하기 짝이 없었다.

"숙아, 군인이랑 연애하기 힘들지?"

희숙은 기다리고 있었던 듯 고개를 끄덕이며 말을 이어갔다.

"제대하려면 아직 3년이나 남았는데, 불안한 마음이 없다면 거짓말이지. 서울에 있는 은행으로 옮겨볼까 하는 생각도 있고…"

머리가 띵했다. 어쩌면 헤어지잔 말을 하러 온 것인데 내색하지 않는 건지도 몰랐다. 면회를 끝내고 희숙이 돌아갈 때쯤 불쑥 말을 꺼냈다.

"내게 용돈을 좀 빌려 줄 수 있니?"

희숙은 느닷없이 돈을 달라는 날 뜨악하게 바라보았다.

"제대 후 복학하려면… 책을 사서 미리 공부해야 할 거 같아서…"

얼른 둘러댄 말이었지만 실은 내 말을 믿은 듯 더 이상 물어보지 않고 마련해 주었다.

그 날 이후 인사과 인사담당 병장과 같이 군수기지사령부를 오가면서 육군본부에서 베트남 차출 명령이 부대로 내려오기만을 기다렸다. 드디어 소식이 왔다. 그 소식을 듣자마자 부대에서 오 분 거리에 있는 인사담당 주임상사에게 달려갔다.

"파월병 티오 한 명이 내려온 것 같은데, 절 보내주시면 안 되겠습니까?"

주임상사는 말도 안 된다며 단호히 고개를 저었다. 이등병은 순서도 안 되고 당시 과장으로 직속상관이었던 강대위의 초등학생 아이들 영어 과외를 하고 있어서 절대로 안 된다고 했다.

"과장님은 제가 책임지고 설득할 테니, 명령만 내려주십시오."

몇 번이나 계속된 나의 부탁에도 주임상사는 원칙에 위배된다며 요지부동이었다. 더 이상 앉아있다간 안 될 것 같아 준비해간 간단한 선물을 내려놓고 도망치듯 빠져나왔다. 다음날 오전 11시, 게시판에 내 인사명령이 나붙었다. 됐구나 싶어 강대위의 퇴근을 기다려 따라 나갔다.

"과장님, 같이 가겠습니다."

"왜?"

"집에 가서 드릴 말씀이 있습니다."

캔맥주 몇 개를 사 들고 차에 올라탔다. 과외 날이 아닌데 내가 들어가자 시동생처럼 잘 해주던 사모님이 깜짝 반가워했다. 두 아이들도 반갑게 안겼다. 아이들과 재미나게 놀아주고 있는데 강대위가 물었다.

"무슨 일 있나?"

잠깐 망설이다가 용기를 내 말했다.

"…월남차출 명령을 받았습니다."

"뭐야? 누구 맘대로?"

"자원했습니다!"

강대위는 그 위험한 전쟁통엘 왜 자원했느냐며 깜짝 놀란 표정을 지었다. 사실이었다. 각 부대에 파월자 명령이 내려오면 용감하게 받아들이는 장병도 있었지만 온갖 방법과 수단을 동원해 빠지려는 장병들이 더 많았다. 몇 백만 원을 써서라도 전쟁터로 차출되는 것을 막아보려는 분위기였다. 게다가 내가 근무하는 육군측지부대는 이름만 대면 알만한 내로라하는 집안의 아들들이 많을 정도로 좋은 곳이었다. 자원하는 이유를 뭐라고 설명해야 할지 난감해 하다가 자궁암으로 투병 중인 어머니가 떠올랐다.

"어머님이 편찮으셔서, 병원비가 필요합니다. 제대 후 학비도 벌어야 하구요."

강대위는 2시간이 넘도록 엄하게 야단을 치고 설득도 하며 날 뜯어말렸다. 그러나 내가 뜻을 굽히지 않자 버럭 소리를 질렀다.

"누구야! 어느 놈한테 부탁했는지 내 당장 알아보겠다!"

쿵! 심장이 내려앉았다. 나 때문에 죄 없는 주임상사한테 불똥이 튕길지 몰라 입을 꾹 다물고 고개를 숙였다. 그런 내 모습을 딱하게 보고 있던 사모님이 보다 못해 거들었다.

"여보, 얼마나 간절하면 저러겠어요. 모른 척 들어줘요."

이윽고 그는 포기한 듯 말했다.

"말을 강가에 끌고 갈 수는 있어도 물은 못 먹이는 법, 일주일 휴가를 줄 테니까 부모님께 잘 다녀오겠다 말씀 드려라."

당시, 베트남전쟁은 중동전쟁과 함께 세계의 화약고였다.

베트남은 제1차 세계대전 이후 프랑스 식민지에서 벗어나기 위한 독립운동을 활발히 전개하였다. 그러나 프랑스는 베트남의 독립을 인정하지 않고 1946년 11월 23일 하이퐁 항구에 함포 사격을 가해 제1차 인도차이나 전쟁을 일으켰다. 전쟁은 1954년 5월 7일 프랑스군의 거점인 디엔비엔푸가 함락될 때까지 9년 동안 지속되다가 그해 7월 제네바 휴전협정이 성립되어 북위 17도선을 경계로 남과 북으로 분단되었다.

제네바 휴전협정에는 1956년 국제감시위원회의 감독 아래 베트남 전역에서 자유선거를 실시하도록 규정했으나, 1955년 미국의 지원을 받은 남베트남(베트남공화국)의 초대 대통령 응오딘지엠의 통치는 남베트남 전역에 민중봉기를 일으키는 도화선이 되었다. '베트콩(Viet Cong)'이라 불리는 북베트남의 게릴라 군사조직은 1960년 12월 20일 남베트남민족해방전선을 결성해 정부군과 본격적으로 맞섰다.

남베트남의 잇따른 쿠데타로 정세가 악화되자 미국 정부는 남베트남에 주둔하는 미군의 숫자를 늘렸다. 그리고 미국의 구축함이 북베트남의 어뢰 공격을 받았다는 이른바 '통킹만 사건'으로 1964년 8월 7일 북베트남에 폭격을 가해 전면전으로 확대되었다. 미국은 그 뒤 1968년까지 북베트남에 약 1백만 톤에 이르는 폭탄을 퍼부었고 약 55만 명에 이르는 지상군을 파병했다. 그리고 동남아시아조약기구(SEATO) 등에 파병을 요청, 오스트레일리아, 뉴질랜드, 태국, 필리핀과 우리나라의 참전을 이끌어냈다.

우리나라는 베트남전쟁에 미국 다음으로 많은 병력을 파병한 국가이다. 박정희 대통령은 케네디 대통령과의 회담에서 우리나라가 인적자원을 제공하는 대신 저금리로 AID차관을 해주겠다는 '브라운 각서'를 받았다. 1964년 9월 의료진을 중심으로 한 비전투요원을 시작으로 맹호부대와 청룡부대, 그리고 백마부대 등 30만 명이 넘는 전투 병력을 베트남에 파병했다. 그 과정에서 1만6천여 명의 사상자가 발생했고, 지금도 많은 참전 군인들이 고엽제 피해 등의 후유증에 시달리고 있다.

우리나라의 청장년들이 목숨 걸고 베트남에 참전한 대가는 월 75불로 계산되었다. 원래 미국에서 우리 장병들에게 지급한 액수는 월 250달러였는데, 박정희 대통령은 그 나머지 차액을 나라 경제를 부흥시키는 명목으로 썼고, 600억 달러에 달하는 경부고속도로 건설 비용에도 일부를 썼다고 한다.

막상 차출명령이 떨어졌지만 병색이 짙은 어머니 얼굴을 보자 차마 전쟁터로 떠난다는 말을 할 수가 없었다. 부모님에게 서울 남한산성 행정학교에 파견교육차 6개월 동안 갔다 온다는 거짓말을 했다. 6개월 쯤 뒤에는 부모님이 알아도 어쩔 도리가 없겠지 하는 생각에서였다.

희숙을 만났다. 웬 휴가인가 싶어 좋아라 나온 희숙에게 베트남으로 가게 됐다는 말을 하게 되었다. 충격을 받은 듯 희숙의 눈빛이 흔들렸다. 희숙은 터져 나오려는 눈물을 참느라 눈을 질끈 감았다 떴다. 왜 베트남을 가려하는지에 대해 묻고 또 묻는 희숙에게 '네가 떠날까 봐 내가 떠난다'는 내 본심을 얘기하지 않고 달래주느라 밤이 깊은 줄도 몰랐다. 내 목숨이 전쟁터에서 어떻게 될지 모른다는 생각이 들자, 사랑하는 희숙과 온밤을 함께 하고 싶은 마음이 간절해 졌다.

"숙아, 우리 사랑 한 번만 허락해 줘."

"아버님께서 순결을 지키라 하셨잖아. 그게 무슨 소리야?"

희숙은 아버지가 한 말을 상기시켜주며 내 통사정에도 전혀 흔들리지 않았다.

입대 전 아버지한테 결혼할 여자라며 희숙을 소개했을 때, 아버지는 복을 가득 머금은 보름달 같은 인상이라 우리 집에 복을 안겨줄 거라며 무척 맘에 들어 했다. 그러면서 결혼 전까지는 선을 넘지 말고 잘 사귀다 결혼하라는 당부를 했었다. 희숙의 마음을 존중해 더 이상 조르지 않고 헤어졌다.

전투훈련을 받으러 강원도로 떠나기 전인 1971년 12월 24일, 크리스마스이브인데 면회를 온 희숙이 슬픈 표정으로 물었다.

"지금이라도 월남 가는 거 취소하면 안 돼?"

남자로서 혈서까지 쓰고 떠나려고 한 결심이었다.

"무사히 잘 마치고 올 테니까 나 없는 동안에도 건강하게 생활해. 그리고 날 위해 기도 부탁해."

희숙은 한글로 '숙'자를 새긴 금반지를 끼어 주면서 참고 참았던 눈물을 흘렸다. 희숙을 꼭 안아주었는데도 눈물을 그칠 줄 몰랐다. 가슴이 천 갈래 만 갈래 찢어지는 듯 아팠다. 금반지는 그때부터 지금까지 한 번도 내 손가락을 떠난 적이 없다. 죽을 때 나의 관속에까지 끼고 갈 소중하고 귀한 이 반지는 강원도 오음리와 베트남의 인사과 담당자들이 좋은 곳으로 보내주겠다며 눈독을 들이는 물건이

기도 했다.

강원도 춘천 오음리는 영하 20도를 넘는 혹한의 눈보라가 몰아치고 있었다. 살을 에이는 추위 속에서 30일 간 매일 총을 잡아야 하는 전투훈련은 상상 이상으로 고되고 힘들었다. 내가 살아야 하는 훈련이었기에 숙소로 돌아오면 바로 곯아 떨어졌다. 희숙에게 편지조차 쓸 시간이 없었다. 30일 만에 병장 계급을 달았는데, 월급을 많이 받기 위한 진급이었다. 다행히 공병으로, 주특기가 측량인 관계로 건설과 의료지원을 담당했던 비전투부대인 비둘기부대로 배치되었다. 태극기를 달고 20kg 군장을 꾸려 부산으로 향하는 트럭 위에 올라타는데, 비로소 죽을지 살지 모르는 전쟁터로 떠난다는 게 실감이 났다. 교관들이 힘주어 강조했던 말들이 떠올랐다.

"너희 선배들이 월남에서 흘린 피는, 경부고속도로를 몇 번이나 오갈 수 있는 양이다!"

부산 제 3부두에 베트남으로 향하는 뱃고동 소리가 울려 퍼지자 부두에 모여 있던 수많은 사람들 모두가 눈물바다가 되고 말았다. 병사든 장교든 계급에 상관없었다. 그 많은 환송인파 중에 내 부모형제는 물론 희숙이도 없었다. 희숙의 반지를 어루만졌다. 전투훈련을 받으러 가기 전 면회 와서 반지를 끼워주며 눈물 흘리던 희숙을 다시 볼 용기가 나지 않아 희숙에게 연락을 하지 않았다. 배에 오르기 30분 전, 지나가는 아주머니한테 희숙에게 써 둔 편지를 품에서 꺼내 부쳐 달라 부탁했다.

숙이에게

온 대지가 하얀 눈으로 뒤덮인 훈련장의 설경이 한 폭의 그림과 같이 아름답기만 하네.

숙, 그동안 몸 건강히 잘 있는지? 진이는 숙의 염려 덕분에 한 달 간의 훈련을 끝내고 건강한 몸으로 3일 후면 부산 제 3부두에서 출국하게 된단다. 지금은 출국 준비를 마치고 대기하고 있지. 첩첩산골 강원도에서 훈련하면서 '인내'라는 두 글자를 마음에 새길 수 있었어.

진이는 전투부대인 맹호, 백마, 청룡이 아닌 비전투부대인 비둘기부대로 가게 되었어. 얼마나 다행인지 몰라. 이 모두가 숙의 정성어린 기도와 염려 덕분이라고 생각하니 진심으로 고맙고 감사한 마음뿐이다.

헤어진 지 벌써 한 달, 숙의 모든 것이 그립고 궁금하구나. 추운데 피아노 치느라 힘들고 수고스럽지만 열심히 계속해야겠지. 숙의 행복한 앞날을 위해서 말이야.

2월 4일에 부산의 제 3부두에서 출국하면 꼬박 1주일 간 항해를 해야 월남에 도착하게 된단다. 소속부대에서 2주간 새로운 교육받는다고 하니, 한 달 후면 월남에서 보내는 진의 편지를 받을 수 있을 것 같구나. 그때까지 궁금하겠지만 잘 지내길 바래.

끝으로 숙의 앞날에 건강과 행운이 함께 하길 빌면서 글을 줄인다.

출국을 앞둔 진이 72. 2. 1. 밤 8시

새벽의 응답

이 편지는 내가 떠난 뒤인 7일만에 희숙에게 배달되었다. 강원도에서 온 편지인 줄 알았다가 이미 떠났다는 내용을 읽고 왜 그렇게 떠나야 했는지 모르겠다는 마음을 절절하게 써 내려간 편지는 3개월 후 베트남에서 받았다. 그리고 5개월 후, 베트남으로 떠난 이유가 자신의 편지 때문이었다는 걸 알게 된 희숙은 너무나 큰 충격을 받아 죄인이 된 듯한 심정이었다고 했다. 그저 외롭고 울적한, 그야말로 센티멘탈한 가을의 정서를 떠오르는 대로 쓴 편지 때문에 내가 전쟁터로 떠났다는 게 도무지 믿어지지 않았지만 희숙은 진심으로 나를 사랑하고 있음을 강조하는 편지를 보내왔다. 그 편지를 읽으며 내가 변하면 변했지 희숙은 절대로 변하지 않고 날 사랑할 거란 나의 믿음이 틀리지 않았음을 확인하고 정말로 기뻤다.

배를 탄지 3일 만에 배 멀미가 시작됐다. 똥물까지 토해내던 토악질은 5일째에 멈추었다. 그러자 망망대해의 아름다움과 햇빛에 반짝이는 윤슬의 기둥이 눈에 들어왔다. 밤하늘에는 보석 같은 수억 개의 별들의 잔치가 벌어졌다. 오리온자리의 붉은 별 베텔게우스는 바로 손에 잡힐 듯 머리 위에서 반짝였다. 그리운 희숙의 얼굴을 그 별 속에 채워가며 편지를 썼다.

숙이에게

뱃고동 소리를 울리며 부산을 떠난 배는 상하이와 타이페이를 지나 지금은 태평양 위를 항해하고 있단다. 구름 저 너머로 끝없이 펼쳐지는 수평선 위를 날아오르는 흰 갈매기, 상어 떼가 솟구쳐 오르는 바다는 마치 영화의 한 장면을 보고 있는 듯한 착각이 들어.

런닝셔츠도 덥다는 듯 벗어버리고 갑판에 누워있는 전우들의 모습을 보니 영하의 눈보라 속에서 교육받던 며칠 전이 까마득한 옛날처럼 생각이 드는구나.

숙아, 추운 날씨에 감기는 걸리지 않았는지… 부디 무리하지 말고 충분한 휴식과 수면으로 건강을 잃지 않도록 해 다오. 진이 있을 때와는 달리 주말이 한가해졌으니, 다른 바쁜 일이 없다면 앞으론 충분히 쉴 수 있겠지?

지금 이 순간에도 배는 말없이 파도를 헤치며 항해하고 있고, 진이도 숙의 생각에 잠겨 항해 중이란다. 숙인 지금쯤 무얼 하고 있을까. 숙아, 무엇을 하고 있는지 대답 좀 해 다오… 아, 너무 멀리 떨어져 있어 대답이 들리지 않는구나.

아, 그리고 진이 부산 있을 때 숙에게 전화 걸 때마다 친절히 받아 주던 학생에게 안부 좀 전해 줘. 월남에 도착해 소식 전하기로 하고, 진이가 용기와 힘을 낼 수 있는 편지, 많이 보내 줄 거지?

행운과 건강을 기원하며, 안녕히.

태평양을 항해하면서 숙의 진이가 1972. 2 7.

새벽의 응답

월남파병 2주 후 현지 훈련모습

1주일간의 항해 끝에 베트남에 도착하여 비둘기부대의 주둔지였던 비엔호와로 이동했다. 당시 베트남의 수도였던 사이공에서 자동차로 약 1시간 정도에 위치한 비엔호와는 서울에서 부천이나 안양 정도 떨어진 곳이었다. 2주의 훈련을 받고 모두들 연병장의 야자수 나무 아래 앉아 쉬고 있는데 보안부대의 까만 찜차가 우리 앞에 섰다. 그리고 권총을 찬 보안부대원이 내려서며 큰 소리로 외쳤다.

"대학을 졸업했거나 재학 중이며, 대령급 이상 대장님을 모셨거나 당번 역할을 한 사람 손 들어라."

난 대위의 당번병이었다. 대령 근처는 가보지도 않았는데 말이 끝나자마자 번쩍 손을 들었다. 군대에서는 기회가 오면 무조건 잡아야

월남파병 중 비둘기 기념관 앞에서

한다. 나를 포함한 5명이 손을 들었다. 운이 좋았는지 비둘기 보안부대장 이광일 중령의 당번병으로 내가 뽑혔다.

보안 1호차를 타고 프랑스식으로 지어진 3층 건물 숙소로 가서 사복과 권총을 받았다. 운전병과 취사병, 그리고 요리사와 잡무를 하는 베트남 아주머니가 있는 숙소에서 바로 근무에 들어갔다. 고국으로 돌아갈 때까지 이광일 중령의 당번병으로 최선을 다하리라 다짐했다. 하지 말라는 일은 절대하지 않았고, 하라는 일은 말이 떨어지기 무섭게 해 놓았다. 돈 문제도 정직하고 바르게 처리했다. 6개월 정도 지나자 이광일 중령은 신실한 나를 신뢰하게 되었다. 특히 돈에 대한 한 치의 어긋남 없는 태도는 이후의 인생에서도 변하지 않았다. 결혼한 뒤로 지금까지 아내에게 1원 한 장 속인 적이 없었고, 직장생활에서 받았던 수많은 돈의 유혹에 한 번도 넘어가지 않았다.

진과 숙의 베트남 편지

가만 생각하니, 희숙과 나는 다시 만나 2년이 안 되는 세월 동안 여느 연인들처럼 마음 편하게 만나본 적이 없었다. 군인 신분으로 본격적인 데이트를 했다고는 하지만 잠깐사이 짬이 나는 점심시간이나 면회 때 만난 것이 전부였다. 그러다보니 우리는 다 못한 이야기나 사랑은 편지로 나누게 되었다. 요즘 스마트폰 세대의 연인들은 이해하지 못할 순수하고 소박한 아날로그 감성이었다. 편지를 쓰고 보낼 때의 설렘과 답장을 기다리다 마침내 편지를 받아들던 그 감동은 지금 생각해도 너무나 행복하고 기분 좋은 추억이다. 희숙의 직장에서 근무하던 학생은 내 편지가 오면 희숙보다 더 좋아하고, 신동아 등의 월간 잡지를 내게 부쳐 달라 부탁하면 자기 일처럼 신나하며 도왔다고 한다.

이역만리 남국의 베트남에 떨어져 있으니 희숙의 편지는 몇 십 배의 감동으로 다가왔다. 가슴이 터질 듯한 떨림을 누르며 봉투를 열어보는 순간은 표현할 말이 부족할 정도였다. 편지를 보내는 짬짬이 귀국하는 휴가병에게 선물을 들려 보내면 휴가병은 희숙이 보낸 선물을 건네주었다. 그 선물 속에는 낭랑한 희숙의 음성과 함께 희숙이 직접 피아노로 연주한 '소녀의 기도', '엘리제를 위하여'가 녹음된 테이프도 있었다. 테이프가 늘어져서 소리가 변형될 때까지 수십 번, 아니 수백 번도 더 들었던 것 같다. 하루는 희숙이 보내 준 피아노 연주를 들으며 편지를 쓰고 있는데 이광일 중령이 다가왔다.

"강병장, 애인한테 편지 쓰나?"

"네, 그렇습니다!"

"이것 애인 줘라. 예쁜 사랑 계속하고."

이광일 중령은 선물꾸러미를 주며 내 등을 두드려 주었다.

베트남에서도 나와 희숙의 편지는 이미 화제가 되었고, 많이들 부러워하였다. 열정을 다해 써내려갔던 편지쓰기는 결혼하고 나서 뜸해졌지만, 생일이나 집안의 주요 행사가 있을 때마다 우리 부부는 잊지 않고 편지를 썼고, 희진이와 성진이가 커서는 편지쓰기에 동참했다. 하나도 버리지 않고 차곡차곡 모아둔 편지들 중에서 지금 들여다봐도 가슴이 벅찬 베트남 편지는 희숙과 나의 '참사랑의 결정체'였다.

숙이에게

불타는 듯 했던 뜨거운 태양은 서산으로 넘어가고 어둠이 깃든 고요한 밤, 남지나해에서 불어오는 바람이 시원하게 창밖의 야자수 잎을 흔드는데… 진이는 고국의 숙이 생각에 잠겨 그리움을 전하고 있단다.

도착 즉시 편지 보내려 했으나 주소가 정해지지 않아서 늦었어. 그동안 얼마나 애태우며 소식을 기다렸을까. 진이는 전쟁터가 아니라 안전하고 편안한 곳에서 근무하게 되었어. 이 모두가 숙이의 기도로 이루어진 거라 생각해. 펜으로나마 숙이에게 감사를 드린다.

　부모님과 동생들, 그리고 진이 떠나오기 전 뜨거운 전송의 인사를 해 준 친구들, 모두에게 안부 인사 전해주렴.

　숙아, 이제 곧 고국에도 봄의 기운이 전해지겠구나.

　그리고 바쁜 업무 틈틈이 피아노도 계속 잘 치고 있는지?

　추운 날씨에 부디 몸조심하고 건강하고 튼튼한 진의 숙이가 되길

　아직 집에는 연락하지 못했는데, 혹시 그동안 우리 집 소식은 들은 적 있는지 궁금하구나.

숙을 그리는 진이가월남에서 72. 3. 9.

　숙이에게

　숙아, 그동안 감기는 걸리지 않았는지? 이역만리 월남에 있어도 진이는 늘 숙의 건강을 염려하고 있단다. 숙이에게 며칠 전 보낸 편지는 지금 어디쯤 가고 있을까. 가슴 조이며 애타게 기다리는 숙이의 손에는 아직 닿지 않았을 테지.

　하나부터 열까지 한국에서 근무할 때보다 더 좋은 환경이고, 좋은 보직으로 근무하니까 애로사항은 없지만 단 한 가지, 진이 제일 사랑하며 아끼고 존경하는 숙이를 볼 수 없고, 대화를 나눌 수 없어서 안타까움과 그리움이 쌓이네. 진이가 없어서 숙이는 얼마나 허전하며 외로울까? 진이도 역시 마찬가지야.

진이는 그런 외로움을 잊으려고 일주일에 한 번씩 고국에서 오는 책들을 시간이 나면 많이 읽으려고 노력한단다. 그래야 내 사랑 숙의 기대에 어긋남 없는 진이가 될 것이기에…

숙아, 어젯밤 꿈속에서 숲이 우거진 산모퉁이를 진이와 대화하며 걸어가는 숙이를 보았지. 꿈은 반대라고 하던데… 혹시 걸어가는 진이가 내가 아니라 다른 사람은 아닐까하는 걱정이 되더라. 숙인 절대로 그렇지 않겠지만… 대답 좀 해 봐, 응? 진이 들을 수 있게 말이야.

아프지 말고, 부디 쌀쌀한 날씨에 몸조심하고.

잘 있어요, 내 사랑. 이만 안녕.

월남에서 숙의 진이가 72. 3. 14.

숙이에게

숙을 향한 그리움이 더해지고 더해져서 펜을 들었다.

왜 이렇게 소식이 오지 않는지. 그동안 별고 없이 잘 있는지 궁금하기만 하다.

지금쯤 오고 있는 것일까? 얼마만큼 왔을까… 3개월간 아무런 소식을 받지 못하니 미칠 것 같구나.

고국에는 지금쯤 보리냄새 싱그러운 봄이겠구나.

청춘 남녀들이 들로 산으로 바다로 나가는 계절에 숙인 누구와 함께 봄맞이를 할까?

진이와 함께 마음만이라도 봄맞이 가자. 아지랑이 아물거리는 아름다운 들로 산으로…

곁에 있다면 다정하게 식사라도 함께 나누며 생일을 축하 할 텐데.

이렇게 멀리 이국땅에 와 있으니 마음뿐이구나.

펜으로나마 숙의 생일을 진심으로 축하한다.

월남에서 진이가 72. 3. 31.

진.

숙은 지금 반가움에 떨고 있습니다. 어제 진의 편지 4통을 한꺼번에 받고, 너무 벅찬 기쁨에 어찌할 바를 모르겠습니다.

어둠의 흑암에 새로운 빛이 비추는 듯 하고, 마음은 다시 환해집니다. 저 밑바닥에 머물고 있던 기쁨이 풍선처럼 부풀어 일어납니다. 기다림에 지쳐 서러움도 메말라버린 뒤에 온 반가움이라, 지금 숙인 진의 편지를 바라보고 또 바라보며 마냥 즐거운 마음으로 몇 번이고 다시 읽고 있어요.

숙이가 이토록 그리워하는 진은 먼 이국의 하늘 아래서 숙을 그리워하고 있다는 사실을 도저히 믿을 수가 없네요.

진이 이미 떠나버리고 없는 2월 7일의 오후. 반가움에 얼른 열어본 진의 글은 숙이를 너무 실망시키고 말았어요. 이토록 진이를 그리워하는 숙이를 외면한 채 왜 그렇게 목석같이 떠나야 했느냐 원망했습니다. 너무나 보고 싶고, 만나고 싶고, 함께 얘기 나누며 손잡고 거닐고 싶은 마음이 숙일 휩싸고 돌았어요. 몰려오는 그리움을 가슴에 안고 괜스레 거리를 걸어보기도 했지만 짝 잃은 외기러기의 애달픈 외로움은 도저히 가시지 않았습니다. 그렇게 정처 없이 걸어간 곳은 11층의 아카데미 음악실이었어요. 그곳에 오르면 머-얼리, 진을 바라볼 듯했는데, 너무 번잡하고 소란스러워 돌아 나오고 말았습니다.

숙이 진을 다시 만날 수 있는 그날이면… 다시는 놓치지 않을 기쁨의 그날이 오면… 지금 이 자리에 함께 앉아 숙의 마음을 얘기해 줄 거예요. 그러면 그 괴로움이 떠올라 눈물이 흐를까요? 그러면 진은 따뜻한 말로 숙을 감싸 주겠지요.

진. 지난 설날 전에 마산 집엘 다녀왔어요. 어머님, 아버님, 형수님, 조카들 모두 안녕하셨어요. 형님들도 안녕하시다고 하셨어요. 숙이나 다름없이 진의 소식을 기다리고 계시니, 집에 소식을 전하지 않았다면 빨리 글을 드려야죠.

진의 글을 받고 한 번 더 다녀올 예정이었는데 좀체 시간이 나질 않았어요. 강호호씨 동생호제에게서 전화가 왔는데 안부 전해달라고 하더군요.

그동안 많이 기다렸지요. 이제 이 편지 봉하고 바로 진이 필요로 하는 물건들 보낼 게요.

곁에 있는 듯 한동안 중얼거렸는데… 진은 너무 멀리 있군요.

진, 안녕히 잘 있어요. 숙이도 잘 있을게요.

72. 4. 2. 진의 숙이가 전합니다.

숙!

진은 지금 이 순간 기쁘고 행복해서 어쩔 줄 몰라 하고 있단다. 그토록 기다리고 기다리던 숙의 소식을 받아 무엇보다 기뻐. 어제 밤만 해도 기다림에 지쳐 맥이 빠진 채 잠 못 이루었는데, 오늘 오후에 편지를 받아들고는 모든 괴로움과 외로움은 사라지고 이 세상의 모든 행복을 혼자 다 가진 것 같다.

얼마나 기다렸던 편지였는지… 우리 운전수가 장난치느라 숙의 편지를 빨리 주지 않아서 결국 맥주 10캔을 사 주고 받을 수가 있었단다.

진이도 없는데 설에 마산 집에 다녀왔다니 무척 고맙구나. 정말 고마워. 집엔 어제 편지를 보냈다. 2월 15일, 고국은 설날 명절을 쇠고 있었을 텐데, 전쟁터인 월남에서는 그와는 아무런 상관 없이 군에서 제일 고된 훈련인 유격훈련을 받았단다. 아마 평생 잊지 못할 설날 명절이야.

월남의 맛있는 음식이나 과일을 먹을 때면 숙이와 나눠 먹지 못해 안타깝지. 혼자만 많이 먹어서 미안해.

고국에서 찾아오는 위문공연단의 무대 위 아가씨를 볼 때면, 숙이 더 그리워지곤 한다.

숙의 반가운 글을 몇 번이고 다시 읽은 진이 쓰다.

월남에서 숙의 진이가 72. 4. 10. 03시

진.

봄의 대지를 차분히 적시는 봄비를 바라보며 그리움을 삭이고 있는 숙에게 반가운 진의 소식이 2통이나 찾아왔답니다. 어김없이 잘 있음을 전하여 주니 더, 더욱 반갑습니다.

숙이도 진의 염려 덕에 건강히 잘 있으며, 오늘에 충실하고 있어요.

진, 아름다운 우리의 젊은 사랑이 그리움이 되기엔 너무 안타깝네요. 진이랑 맘껏 노래하고 얘기하고픈 마음을 알기는 하나 모르겠네. 아, 물론 원망하는 건 아니랍니다.

어제 밤엔 봄비답지 않게 번갯불에 우렛소리까지 울려 괜히 무서워 이불을 덮느라 야단법석을 했어요. 그 순간엔 모두가 무서워 떨었을 거에요.

진은 이국의 전쟁터에서 쉬지 않고 울려대는 무서운 포성 속에서 어떻게 지내고 있을까?

72. 4. 19. 진의 숙이가

숙에게.

오늘이 24번째로 맞는 내 생일날이었어.

아침에는 찹쌀밥과 도미고기로 생일밥을 해 먹었단다.

벌써 군에서 두 번째 맞는 생일, 한번만 더 생일을 맞으면 그 다음부터는 내 사랑 숙이가 해 주는 따뜻한 생일밥을 먹을 수 있 겠지. 낮에는 생일을 기념하는 사진도 찍고 탁구경기를 하는 등 그런대로 보람된 하루였어.

사진이 현상 되는대로 숙이에게 보내주마. 사진을 보면 얼마나 평온하고 안전한지 숙이가 걱정하지 않아도 될 거야.

진이는 숙이 건강만을 염려하고 있어.

9일 집에 다녀왔다고 했지? 바쁜 중에도 시간을 내 주어 무척 고맙다.

월남에서 숙의 진이 72. 4. 21.

진.

맑고 깨끗한 물이 흐르는 바위 위에 앉아 즐거운 수줍음으 로 사랑을 주고받던 아름다운 그날들이 문득 떠오르는 오늘. 진은 지금 무엇을 하며, 어떻게 보냈을까?

요란하고 시끄러운 월남에 관한 뉴스를 보고 들을 때마다 무서움에 아찔합니다. 안록시는 어디고, 하이퐁 항구는 또 어

숙이에게

북두칠성이 내 그리운 조국을 가리키는 듯 밝게 비추고 있는 밤. 숙을 향한 그리움이 더해 가고 있어.

국내외적으로 대단히 요란한 월남 전쟁에 관한 뉴스 때문에, 가슴 조이며 애타게 해서 정말 미안해. 진이가 여기 오지 않았다면 그런 걱정은 하지 않아도 됐을 텐데…

늘 얘기하고 또 얘기하듯 진이 있는 곳은 한국의 어느 부대 보다 안전하고 평온하단다. 정말이야. 여기 지도에 표시를 해 줄 테니 어디쯤인지 잘 보기 바란다. 절대 걱정 하지 마. 진이는 잘 있으니 조금도 초조해 하지 말고. 알았지?

숙이가 괴로워하면 진이 역시 마음이 놓이지 않아.

숙이에게 즐거움을 주지도 못하면서 괴로움까지 주어서 정말로 미안해.

진이는 요사이는 언제나 잠자리에 들기 전에 숙의 예쁜 얼굴 사진을 꼭 한번 보고, 숙의 행복과 건강을 비는 무언의 기도를 드린 다음 잠자곤 해. 복스러운 얼굴에 영롱하게 빛나는 두 눈동자.

난 너의 눈동자를 그리며 이렇게 애타게 불러 보지만… 너무 멀리 있어 대답이 없구나.

숙은 내 사랑, 내 삶의 전부.

숙아, 이 푸른 제복을 벗는 그날까지 제발 외로움을 참아다오. 우리 생 전체에서 보면 이 기간이 결코 그렇게 긴 것은 아니니까…

부디 몸 건강히 잘 있어다오.

월남에서 숙의 진이가 72. 5. 8.

진.

오늘 반가운 글 2통을 함께 받은 숙인 조용조용히 읽고 맘 속에 깊이 새기었습니다.

두 가지 생각에 눈물이 핑 돌았습니다. 멀리 외롭게 있는 진에게 위로가 되기는커녕, 이기적으로 불평하고 원망스런 말을 해 버린 것에 대한 미안함과 또 하나는 사랑이란 위대한 힘으로 숙에게 다정한 글을 보내주었음에 감사하는 마음으로 흘리는 눈물이었습니다.

기쁨의 감사를 드리고픈 진.

지난해의 일기장을 들쳐보았습니다. 진의 부산 발령을 알려준 5월 15일 아침의 전화, 기회를 놓칠 새라 달려간 9보충대의 무서운 총대 앞에 당황하고 떨렸던 5월 16일의 면회. 수왕다방에서 만나 그동안의 얘길 들었던 5월 18일이 지금은 아예 남의 이야기인 양, 아물거립니다.

오늘 우리의 꿈이 내일의 행복을 가져올 것이라 믿기에, 숙명처럼 당분간은 그렇게 살아가야할 숙과 진이기에… 외롭지만 괴로워하지는 않을 것입니다. 애타는 그리움도 외로운 고독도 없는 즐거운 그날을 고대하며 참아야지요.

진의 안녕을 위해 기도드리며.

72. 5. 18. 숙의 진에게

숙에게

어둠속에 밤은 고요히 깊어 가는데, 숙의 사진을 들여다 보다 이렇게 글을 쓰고 있어. 현재의 외로움이 있다 해도 진의 사랑과 온 열정, 모든 염원은 언제나 숙의 곁을 지키고 있으니 됐지 않은가. 숙이 편지와 함께 집에서도 모두 잘 있다고 편지가 왔어. 어머님께선 못난 불효자식 걱정만 하시는 거 같아 죄송한 마음뿐이지.

숙아. 지난해 가을 내게 보낸 편지를 기억해? 진의 복무를 마치는 그날까지 만날 수 없는 먼 곳으로 갔다가 제대하는 그날 다시 만날 수 있다면… 하는 내용이었어. 기억나는지?

숙의 솔직한 심정을 읽고 진은 그 순간 엄지손가락을 깨물어

병영수첩에 글을 썼지. 뭐라고? 내가 떠나자고… 숙이를 위해 진이 머나먼 곳으로 가야만한다고.

　그래서 아무에게도 이야기 하지 않고 월남으로 왔던 거야. 처음엔 숙이에게도 알리지 않고 떠나려고 했지만 너무 많이 놀랄 것 같아서 얘기를 한 거고. 그렇다고 진이는 숙을 원망하지 않아. 후회하지도 않으니 염려하지 마.

　남은 군 생활도 지금처럼 숙이가 잘 참아 주길 진심으로 바란다.

　다음에 또 적기로 하고 이만 안녕.

월남에서 숙의 진이가 72. 5. 23.

　진.

　신록의 5월을 지나 여름이 익어가는 6월이에요. 푸른 보리가 누렇게 여물어가고, 녹음은 날로 진해져만 갑니다. 현충일에 아침 일찍 홀로 산 위에 올라, 누구도 들어주는 이 없는 밀어를 홀로 나누며 산책을 했습니다.

　숙의 머리에 자꾸만 스치는 진의 글귀가 걸음을 멈추게 합니다.

　가을에 느끼는 허무한 감정의 정서를 두서없이 쓴 편지가 진이를 월남으로 가게 했다니요! 그리하여 우리가 이렇게 멀리 떨어져 그리움과 외로움을 견디고 있다고 생각하니… 죄인이 된 숙의 어깨가 좀처럼 펴지지 않습니다. 용서를 바라는 마음이 들다가도 문득, 아무리 그렇더라도 자초지종을 알아보지 않고 그 위험한 월남으로 갈 생각을 했을까. 숙이는 어떻게 하라고… 하는 생각이 물밀 듯이 밀려오네요.

만일 이 사실을 어머님께서 아신다면… 못된 인간 때문에 귀한 아드님 고생한다고 얼마나 미워하실까 염려스럽기만 합니다. 숙일 사랑하는 진의 마음이 지나쳐 무모했습니다만, 이미 벌어져버린 일, 진의 안녕만을 염원하고 또 염원합니다.

그러고 보니 작년 오늘엔 면회를 간 날이에요. 얼굴이 까맣게 탄 쫄병 이등병아저씨는 바로 쳐다보기 민망할 정도로 못생겼었는데… 진도 기억해 보세요!

언제나 진을 생각하며 안녕을 기원하는 숙이가 있으니 건강하세요.

숙이도 잘 있을게요.

72. 6. 6. 진의 숙이가

숙에게

어슴프레한 초승달이 창문 사이로 진을 비추는 고요한 밤.

이상한 소리를 내는 도마뱀이며 귀뚜라미 등 벌레들의 울음소리는 고국산천과 두고 온 부모형제며 내 삶의 전부인 사랑하는 숙이를 더 그리워하게 하는군. 소설이나 영화에서 보던 고국의 향수를 이국에서 내가 매일 느끼고 보니, 그리움이란 이루 말할 수 없구나.

밝은 태양이 저무는 무렵이면, 숙에 대한 그리움이 얼마나 진을 사로잡는지 몰라.

월남에서 숙의 진이가 72. 6. 15.

진. 우린 아름다워요.

사랑을 논하며 주고받는 대화 속에 기다림조차 보람되고 아름답다 말하고 있으니 말이에요. 진의 편지를 기다리느라 목이 학처럼 길어진 나날들이었어요. 오늘은… 하는 간절한 마음으로 출근했더니, 11시가 넘어가자 우체부 아저씨가 반가운 진의 편지 들고 나타났어요. 즉시로 열어 보고 싶었지만 주위의 시선도 있고 근무시간이라 잠시 넣어두었다가 보게 되었지요. 아주 보배로운 사랑의 글이기에… 먼 곳에 있어도 글을 읽는 순간에는 곁에 있는 듯 마음 든든해요. 읽고 난 이

후엔 다시 허전하지만…

비가 내리고 바람이 불면 행여 나의 님인가 하는 구절이 있듯이 어쩌다 지나치는 군인을 보면… 부대 차가 지나가면 깜짝 반가운 마음이 들었다가 누구에게 들킬까 싱긋 미소를 짓는답니다.

진. 숙이 읽고 있는 책의 한 부분을 읽어 드릴게요.

나는 칠리아와 더욱 더 가까워질 수 있었을 것이다.

아내는 매우 영리했고 또 내가 공부한 만큼 그녀도 공부하려고 노력했다. 아내는 나를 사랑하고 있었으며 그녀 자신이 내게 꼭 적합한 아내이며 아무에게도 내가 무식한 여자와 결혼했다는 이야기를 듣고 싶지 않아서였다. 내가 아내에게 어떤 기쁨을 주었는지 아무도 모르겠지만 우리는 조용히 둘만의 이야기를 하고, 아내는 주의 깊게 기뻐하며 나의 강의를 듣곤 했다.

… 아내에게 무엇을 가르쳐 줄까?

칠리아는 열심히 듣고 나서는 나 자신도 당황할 질문을 던지곤 하였다.

… 어느 날엔가는 내가 자제력을 잃고 성가신 듯 몰라 하고 퉁명스럽게 대답하니 아내는 큰소리로 웃음을 터뜨린 적도 있었다.

진, 우리의 대화도 자연스럽게 물이 흘러내리듯 부드럽고 곱게 그렇게 해요. 안녕.

72. 7. 23. 숙

숙에게

무더위도 무릅쓰고 즐거운 마음으로 글을 쓰고 있음은 무엇 때문일까? 기다리고 기다리던 반가운 글이 왔기 때문이지. 건강하게 잘 있음에 감사하고 싶다. 숙이 잘 있다는 한통의 글이 이토록 보배롭고 기쁨을 안겨주는 선물인 줄 체험해 보지 않고서는 알지 못할 거야.

숙아, 진이 몹시도 보고 싶다고 했지?

사진 한 장을 보내니, 진이의 최근의 모습 잘 봐 주기 바란다.

숙이 보내준 옷, 아주 맘에 들어. 나한테 잘 맞는 점잖고 고상한 색깔이야.

월남에서 숙의 진이가 72. 10. 6.

진에게.

길목에서 편지를 부친 다음 동백섬을 돌아 나왔어요.

진이 떠난 후 처음으로 가본 곳이에요.

파도소리, 모래사장은 변함없지만, 너의 진은 어디 갔느냐 묻는 듯해서 허전하고

쓸쓸했어요. 진이 돌아오면 밝고 즐거운 표정으로 다시 오겠다고 약속하고 올 수 밖에요.

1972. 10. 17. 진의 숙이가 드림

숙아.

진이는 오늘 하루 많이 우울했어.

오늘이 60평생을 살아오신 어머님의 회갑 날인데 뵙지도 못하고…

집 생각, 어머니 생각이 나서 마음이 많이 울적 했어.

지금쯤 누나들이랑 모든 친지 가족들이 모여 이야기꽃을 피울 텐데,

나는 혼자 이렇게 먼 이국의 전선에 와 있다니…

어머님께 정말 불효인 것 같애.

월남 전선에서 숙의 진이가 72. 11. 18.

숙이에게

구름 한 점 없이 맑고 푸른 하늘, 하얀 눈에 덮인 설경의 고국을 그리며 향수에 젖어본다. 서울에 눈이 많이 왔다는 뉴스를 듣는데, 너무나 생소한 느낌이 드는구나.

기다려도 좀체 오지 않는 사랑의 소식은 이상하게도 뜸하구나. 어디 몸이 아픈 것은 아닌지 아니면 외로운 고독을 달래려고 아름다운 곳으로 잠시 여행이라도 떠났는지. 궁금하구나. 숙의 진이는 어제도 오늘도 끊임없는 숙의 염려 속에 건강한 몸으로 잘 있단다.

숙,

빠른 듯 지나가는 세월은 11월도 지나고 12월, 어느 새 푸른 제복 생활도 20개월이 흘러갔구나하고 살며시 미소를 지어본다. 고독을 참으며 그 많은 시간을 기다리고 있는 숙이가 더 좋아하겠지. 남은 군 생활도 숙의 사랑과 슬기로운 지혜의 힘으로 행복을 심어주기를 기대해 본다.

어젠 고국에서 찾아온 위문 공연단의 쇼를 관람하면서, 잠시 향수를 잊고 즐거운 시간을 가졌어. 하지만 고국의 아가씨들을 볼 때면 더 빨리 돌아가고 싶은 것이 모든 병사들의 심정인 것 같아. 오후엔 부대장님 마중하러 공항에 가야하는 바쁜 일과로 다시 돌아간다.

그리고 이번 11월부터 철수 할 때까지 우리 전투수당이 모두 가정으로 송금되기 때문에 이번 달부터 숙이에게 부치니 잘 받아

주기 바란다. 얼마 되지 않는 금액이지만 진이의 값진 대가이고 중요한 것이니까, 특별한 경우 외엔 가능한 한 귀국할 때까지 쓰지 말고 잘 보관해 주었으면 좋겠어.

누구에게도 이야기하지 말고 혼자만 알고 있어. 100% 모두 송금했어. 찾는 곳은 부산 중앙우체국이니 착오 없기 바란다. 그럼 숙의 건강과 안녕을 빌면서 이만 안녕.

월남 전선에서 숙의 진이가 72. 11. 28.

사랑의 진.

소식에 게을러져 미안한 생각이 떠나지 않아요. 넓은 마음으로 이해하여 주시리라 믿어요.

11월 28일 편지, 다 읽고 나서 걷잡을 수 없는 생각에 잠겨 있었지요. 진은 왜 엄연한 부모형제를 두고 숙이에게 전투수당을 보내는 걸까. 보관의 여부가 아니라, 맡겨야할 대상이 왜 숙이냐구요. 많이 무겁고 부담스러워요.

믿어온 진과 숙이긴 하지만 … 맡겨도, 또 맡아도 되는 건지… 아무튼 은행에 잘 넣어 놓겠습니다.

진.

1년 전 우린 멋진, 잔잔한 호수와도 같은 가포의 바닷가를 거닐며 멋진 데이트를 했지요. 그 당시엔 그냥 다녀온 것 같았지만, 지금 추억해 보니 아름다운 동행이었어요. 이렇게 진실한 사랑을 주고받는 시간이 되면, 더 더욱 만나고 싶어 가슴 조이게 되어요. 세월은 우릴 위하여 쉼 없이 흐르고 있어, 참고 인내한 자에게 많은 기쁨을 안겨 주겠죠. 하긴 자주 만났던 그 당시에도 돌아서 오는 길은 언제나 아쉬워서 뒤돌아보곤 하였지요.

사랑의 진.

겨울 코트를 예쁘게 맞추어 입었더니 주위에서 뭐라는지 아세요?

그 옷 입고 출퇴근만 하는 거냐고 하네요…약 올려주려고.

건강하게 잘 근무하세요. 안녕.

72. 12. 8. 진의 숙이 드림

숙이에게

캄캄한 먼 북쪽하늘을 하염없이 바라보다 적는다.

오늘은… 하고 기다리던 사랑의 글은 끝내 오지 않는구나.

영하의 추운 날씨에 어디 몸이라도 불편한가? 아니면 연말이라 많이 분주하고 바쁜지?

숙, 나의 모두를 지배하고 있는 지혜로운 숙! 내 모두를 받쳐 애중하는 숙이여!

많은 억측과 기대 속에 계속되어 오던 파리 월남평화협상 실패를 전하는 외신보도는, 하루 빨리 그리운 고국으로 돌아가고파 하는 병사들에게 큰 실망을 전하는 것 같다.

숙아. 지난번에 보냈다는 12월호 신동아는 아마 분실된 모양이야. 아직 아무런 소식이 없으니 … 그리고 우표 50장만 보내주기 바란다. 휴가자 편에 보내는 편지에는 우표를 부쳐야 하기 때문이야. 오늘 카드 보내는데 옆 부대원에게 30장을 빌렸기 때문에 50장 정도면 좋겠어.

지난번 송금한 11월 전투수당은 잘 받았는지 모르겠네.

부친다고 하던, 보고 싶은 숙의 사진은 또 어떻게 되었는지 궁금하고 …

그럼 또 소식 전할 때까지 안녕히 잘 있어요.

월남 전선에서 숙의 진이가 72. 12. 18.

진.

신중하게 73년의 달력을 넘기는 숙이에요.

새 마음, 새 뜻, 새 삶의 자세로 신년을 맞으려합니다.

부조리와 불합리한 사심은 불사르고, 유쾌한 즐거움과 영광스런 기쁨이 가득한 새해, 어깨를 펴고 가슴을 열어 사랑을 나누며 성실하게 또 참되게 보람 있게 훌륭히 살아가는 우리의 새해가 되도록 해요.

사랑, 기쁨, 감사가 넉넉한 그 새해가 지금 시작되고 있어요.

나의 사랑 진이시여!

1972 12. 31.~73. 1. 1. 진의 숙이 드림

숙에게

평소에도 생각은 많이 하지만 이렇게 조금이라도 몸이 아프면 더욱 더 따뜻한 숙의 손길이 아쉽고, 숙의 생각이 더 많이 나곤 한단다. 이국에 몸이 있기 때문에 그런 것 같구나. 어쨌든 만남의 그날이 빨리 와 주었으면 하고 기대하고 있어. 와야 할 그날이 오면 … 제일 처음 만나는 숙이 어떤 표정으로 진이를 반겨줄 것일까도 상상해 본다.

월남 전선에서 숙의 진이가 73. 1. 14.

MỪNG ★
GIÁNG SINH

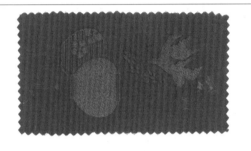

째 참된 사랑의 벗 이여 영원히 번서 팔기을!

월납전선에서   숙의 건이가.

72. 12. 15.

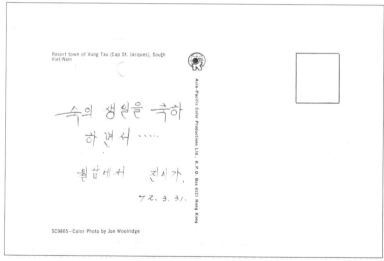

Resort town of Vung Tau (Cap St. Jacques), South
Viet-Nam

Asia-Pacific Color Productions Ltd., K.P.O. Box 6521 Hong Kong

숙의 생일을 축하
하면서 ‥‥‥

월남에서   진이가.

72. 3. 31.

SC9865—Color Photo by Jon Woolridge

베트남에서 보낸 엽서

베트남 편지

베트남 휴전으로 귀국

총을 들고 전쟁터에 나가 싸우는 전투병은 아니었지만 대한의 남아로서 세계 평화에 일조하며 우리나라 경제를 일으키는 초석이라는 자부심으로 임무를 수행하며 1년 동안 희숙과 주고받은 편지로 우리의 사랑은 동아줄보다 더 단단해졌다. 그리 멀지 않은 곳에서 간단없이 울려 퍼지는 포성 소리를 들을 때마다 머리털 하나 상함 없이 건강하게 지내고 있는 것이 모두 가족들의 염려와 희숙의 사랑의 메시지 덕분이라고 생각하니 감사할 따름이었다.

끝도 없는 소모전을 벌이던 베트남에 변화가 찾아왔다. 1972년 여름부터 미국과 북베트남 사이에 지지부진하게 정전협상이 이어지다가, 마침내 1973년 1월 27일 파리평화협정이 체결되었다. 파리평화협정은 남북 베트남의 휴전과 선거를 통한 통일정부 구성, 그리고 60일 안에 모든 미군 철수 등의 내용을 담고 있었다.

휴전 소식을 들은 병사들은 귀국한다며 좋아했는데 난 조금 생각이 달랐다. 파월장병이 되는 바람에 상병 때 약혼식 하겠다는 약속은 물 건너갔다. 이곳은 안전한 곳이니까 군 생활을 여기서 마무리하고 귀국해 바로 희숙과 결혼하고 싶었다. 한편으론 희숙이 받는 월급보다 2배 정도 더 많은 내 전투수당이 우리의 결혼 자금에 많은 보탬이 될 수 있겠다 싶었다. 부대장을 찾아가 귀국을 연기해도 되겠느냐 물었다.

"무슨 소리야? 당장 가야지!"

부대장은 내 말이 채 끝나기도 전에 고개를 저었다. 맞는 말이었다. 휴전은 됐지만 베트남 정세는 한 치 앞을 내다볼 수 없는 안개 정국이었다. 두 말 않고 짐을 꾸렸다. 귀국일은 3월 12일로 정해졌다. 직장생활을 하는 중에도 없는 시간을 내 피아노를 배우는 희숙에게 피아노를 선물해주고 싶어 아끼며 모은 1,000달러 남짓 되는 돈을 희숙에게 송금하고, 귀국하는 날을 알려주었다.

14개월의 베트남 군 생활을 끝내고 전 한국군이 사이공 주재 주월 한국대사관 경비병력 1개 소대만 남겨두고 철수, 초대 사령관이었던 채명신 장군 다음 이세호 사령관을 모시고 사이공 공항에서 미 육군 소속 3번 수송비행기에 마지막으로 올라탔다. 오산비행장에 내려 수원역까지는 트럭으로 가고, 군용열차편으로 해운대역에 도착했다. 광장에는 500여 명의 귀국 장병들을 환영하기 위해 모인 사람들로 인산인해였다. 푸른 제복을 입은 군인들이 한꺼번에 트럭으로 밀려들어오자 환영인파와 뒤엉켜 옆에 있는 사람도 못 찾을 정도로 붐볐다. 그 많은 사람들 속에서 나는 단번에 환한 미소를 띤 희숙을 찾아냈다.

"희숙아! 숙아, 숙아!!!"

목청이 터져라 희숙을 부르며 손가락 2개로 브이자를 그렸는데, 희숙도 단번에 알아보고 나와 동시에 브이자를 그렸다. 그토록 그립고 보고 싶은 희숙이 바로 내 눈앞에 있다니! 믿겨지지 않았다. 그

귀국 후 부대장님께 인사하고 인천송도에서

새벽의 응답

때 호호가 달려왔다. 이 많은 사람들 속에서 어떻게 한 눈에 알아보았느냐고 벌린 입을 다물지 못했다. 호호는 희숙에게 날 찾아오겠다 나섰다가 누가누군지 구분이 안 가는 통에 포기하고 돌아오는 중이었다며 새삼 놀라워했다. 같이 나온 둘째형도 반갑게 인사하며 나의 무사 귀국을 축하해주었다.

호호는 지금도 평생 잊지 못할 장면이라고 얘기하곤 한다. 내 인생의 초반, 삶의 지렛대 역할을 한 친구 강호호! 제대하고 부산에 거주하게 된 호호는 내가 베트남으로 떠난 후 내 대신 희숙을 많이 만나주었다. 오해의 여지를 없애기 위해 희숙을 만날 때면 꼭 자신의 여자 친구를 데리고 올 정도로 배려심 많고 자상한 친구였다. 서울역 근처 염천교에서 피혁 판매업으로 자수성가하여 부자가 된 호호는 내가 물질적으로나 정신적으로 힘들고 어려울 때 제일 먼저 손 내밀어주는 나의 든든한 후원자가 되었다.

미군은 북베트남과 파리평화협정을 체결한 후 남베트남에서 완전히 철수했고, 북베트남과 미군 사이에 포로 교환도 이루어졌다. 그리고 북베트남은 1975년 대규모 공세를 벌여 그해 4월 30일 남베트남의 수도인 사이공을 점령, 남베트남의 대통령이었던 즈엉반민의 항복을 받았다. 사이공이 점령된 뒤 남베트남공화국이 수립되었고, 1976년 7월 2일 남북 베트남을 통합해 베트남사회주의공화국이 수립되면서 베트남은 하나의 국가로 통일되었다. 길고 길었던 베트남 전쟁은 자국민과 참전국 모두에게 크나큰 아픔과 상흔을 남긴 채 막을 내렸다.

불효자의 때늦은 후회

　1년도 남지 않은 마지막 군 생활은 서부전선에서 하게 되었다. 한창 적응해 가던 4월 하순에 희숙의 편지를 받았다. 어머니가 4월 20일 별세하였다는 가슴 아픈 소식이 들어있었다. 순간 눈 앞이 캄캄했다. 이미 일주일이 지난 뒤였다. 난 임종도 지키지 못하고 장례도 함께 하지 못한 불효막심한 자식이 되고 말았다. 어머니는 20일 새벽, 희숙의 꿈에 나타나 희숙의 손을 말없이 어루만져주고는 떠났다고 했다. 꿈이 심상치 않아 조금은 무거운 마음으로 출근했는데, 그 새벽에 어머니가 돌아가셨다는 연락을 받은 것이다.

　부모님에게 파월장병으로 베트남에 왔다는 소식을 전하고 나서 희숙에게 찾아가보라고 부탁했던 때가 떠올랐다. 희숙은 내가 보낸 사진을 들고 병환 중이었던 어머니를 찾아갔다. 아버지는 담담했는데 어머니는 희숙이 가져온 내 사진을 받아들더니 가슴에 안고 펑펑 울었다고 했다.

　"건강하게 잘 있답니다. 너무 걱정 마세요."

　희숙은 어머니의 손을 잡고 위로를 하면서도 내가 베트남에 간 이유가 자신 때문이라는 것 때문에 죄인 같아 몸 둘 바를 몰랐다고 한다. 게다가 부모님은 모르는 내 월급을 희숙이 관리하는 것도 굉장히 심적으로 부담스러워 며칠 동안 맘이 편치 않았다. 사실 그때는

고종형수, 큰형수, 사촌누나, 어머니

희숙에게 말하지 않았지만 내 얕은 생각엔 그렇게 하면 희숙이가 고무신을 거꾸로 신거나 딴 맘을 먹지 않을 거 같아서였다. 어머니가 내 사진을 가슴에 안고 울었다는 희숙의 편지를 받고 한동안 죄송한 마음이 들어 착잡했었다. 어머니에게 최고의 아들이었던 내가 한 마디 말도 없이 멀고 먼 전쟁터로 떠나버렸으니 그 상실감은 이루 말할 수 없었을 것이다.

어머니가 나 때문에 펑펑 울었던 때가 한 번 더 있었다. 공립인 반성중학교에 떨어졌을 때였다. 그건 순전히 공부를 열심히 하지 않은 내 탓으로 당연한 결과였다. 그런데 어머니는 그렇게 생각하지 않았다. 당시 호호 아버지는 마산상고를 나와 면의원을 하고 있었고 호구 아버지는 마을이장을 하면서 면의 일까지 보는 동네 유지였다.

공교롭게도 그 두 집 아들은 반성중학교에 붙고 나는 떨어진 것이다. 어머니는 내가 시험에 떨어진 건 순전히 아버지의 능력이 모자라기 때문이라고 생각했다.

해가 서산으로 기울 무렵이었다. 불합격 소식을 접하고 코가 길게 빠진 나는 어머니와 함께 동네어귀를 걸어가고 있었다. 동네 아주머니가 어머니에게 반갑게 인사하며 물었다.

"대진이 중학교… 어떻게 됐어요?"

어머닌 큰 숨을 내뱉으며 아버지를 원망했다.

"대진이 아버지가 잘난 사람이었다면, 얘가 떨어졌겠는가? 에혀…"

다시 한숨을 쉬는 어머니의 말끝이 떨린다 싶더니, 참고 참았던 눈물을 펑펑 쏟아내기 시작했다. 내가 학교에 떨어진 걸 아버지 탓으로 돌리며 서럽게 울어버리는 어머니에게 충격을 받았다. 쥐구멍이라도 있으면 그 자리에서 도망치고 싶었다. 그때 문득 어머니가 동네사람들에게 잘 생긴 내 아들이라며 자랑하던 장면들이 떠올랐다. 최고의 아들이었던 내가 어머니를 울렸다고 생각하니 그다지 맘이 편치 않았다. 더 이상 어머니를 울리지 않으려면 앞으로 공부를 잘 해야겠다고 생각했다. 그 일은 2학년 때부터 학업에 매진하게 된 계기가 되었다.

자식들에게 평생 큰소리 한 번 친 적 없는 온유하고 사랑이 많았던 어머니에게 잘 해 드리기는커녕 눈물만 흘리게 했다는 회한이 몰려왔다. 어머니가 계신 쪽으로 무릎을 꿇고 엎드렸다. 눈물이 왈칵 쏟아졌다. 한 번 흐르기 시작한 눈물은 한동안 그칠 줄 몰랐다.

'아아, 어머니… 이 못난 불효자를 용서해 주세요.'

초등학교 때부터 공부를 좀더 열심히 했더라면 어머니를 울리지 않았을 것을… 뼈마디가 아파왔다. 나무는 조용히 있고 싶어도 바람이 멈추지 않고 자식이 효도를 하려고 하나 부모는 기다려 주지 않는다는 옛말처럼 자식은 언제나 때늦은 후회를 하는 존재인가 보다. 홀로 된 아버지에게 어머니 몫까지 합쳐 효도를 하리라 다짐했건만, 결혼한 그 해, 1974년 12월 16일, 69세를 일기로 못난 자식의 효도도 받지 못하고 별세했다. 부모님 모두 예수님을 영접하지 못하고 영면한 것이 늘 안타까움으로 남아있다. 부모님이 지금까지 살아 계시다면 공부 잘 하는 손주, 희진이와 성진이가 다복한 가정을 꾸린 걸 보면서 얼마나 대견해하며 기뻐하셨을까를 생각하면 마음 한구석이 아파온다.

결혼 승낙을 받다

제대 한 달을 남겨두고 희숙은 포천의 산골에 있는 부대로 날 찾아왔다. 경상도 바깥으로는 설악산 외에 아무데도 가보지 않은 사람이라 오는 길을 자세히 알려주었다. 부산역에서 토요일 밤차를 타고 출발, 새벽 서울역에서 마장동으로, 그리고 버스를 타고 아침에 포천에 도착한 그야말로 대단한 나들이었다.

희숙의 나이 26살, 주변에서 괜찮은 신랑감이라며 계속 들어오는 맞선자리를 거절하는 것도 하루 이틀이었다. 하루가 멀다 하고 보내던 편지도 보름에 한 번으로 뜸해진데다 제대하자마자 결혼하겠다 약속한 내가 아무런 움직임을 보이지 않자 애가 탄 듯 했다. 베트남에서 보낸 월급과 피아노를 사주겠다고 모은 돈 100만 원은 사업에 실패한 둘째형이 중고 덤프트럭으로 사업을 해보겠다고 가져가 희숙에게 한 푼도 남아있지 않은 상태였다. 희숙은 결혼은 진짜 하려는 것인지, 대체 내가 무슨 마음을 먹고 있는지 확인하고 싶어 왔다고 말했다.

희숙의 얘기를 다 듣고 나서 난 희숙을 빤히 바라보았다.

사실 내가 귀국하고 재배치를 받고 보니 부산에서, 베트남에서와는 달리 포천에서는 육체적으로 하루하루가 너무 힘든 탓에 희숙에게 소홀한 것도 있었다.

"나, 강대진을 믿지?"

"나야… 믿긴 하지만."

"그럼, 뭐가 문젠데?"

오히려 내가 반문하곤 제대하자마자 결혼한다고 자신 있게 말했다. 베트남에서 준비해 온 물건들도 희숙에게 있었고, 군대 오기 전 다니던 한국타이어제조(주)에 복직하기로 이미 정해진 상태였다. 그야말로 난 모든 게 완벽하게 준비된 신랑이었다. 나의 흔들림 없는 굳은 마음을 확인한 희숙은 마음을 놓고, 그날 밤차로 부산으로 내려갔다.

숙이에게

숙, 하얀 눈이 내려 백설이 예쁘게 꽃핀 전선의 휴일의 아침, 말없이 고요한 설경을 보면서 긴 삼년의 여로를 돌이켜 본다.

병영생활의 마지막 휴일을 맞는 오늘이 있기까지,

터벅머리를 삭발하고 막대기 하나의 이등병 계급장을 가슴에 다는 순간 부산발령의 기쁜 환희, 포성이 메아리쳐 울려 퍼지는 이국 월남 전선에서의 용전분투와 개선의 기쁨 등등 … 그동안의 많은 일들이 머리를 스쳐 지나가는군.

이제 또 별명이 하나 더 붙은 고참 아닌 갈참이 되까지.

여기에는 누구보다 진의 고귀한 숙이의 참된 사랑과 훌륭한 인내가 따라주었기 때문이지.

이에 많은 감사를 전하는 바이다. 보내준 19일의 편지도 잘 받아보았단다. 이 편지 받은 후에는 글 보내지 말아야겠네. 그러고 보니 이 편지가 군에서 보내는 마지막 편지인 것 같다.

부대를 떠나면 곧 연락 전하마. 그럼 또 내내 안녕을 빌겠다.

눈으로 뒤덮힌 서부전선에서 숙의 진이가

PS : 동생 용섭이의 대학입시관계가 궁금하단다. 필히 영광의 합격을 빈다고 전해다오.

진.

숨 막히는 듯한 애절한 심정을 모두어 불러본답니다.

침묵의 세월은 흐르고 흘러 지나갔습니다.

변화 다난했던 73년의 아픔을 회고해 보며, 고난으로 인하여 온 가족이 한편 성장하였고,

가족이 모두 얼마나 소중한 것도 배웠습니다.

이제 길고 긴 군대생활의 유종을 알려주신 반가운 글귀에서,

그 동안의 병영생활을 영내에서는 진이, 영 밖에서는 숙이가 함께 제대할 수 있고,

자유 할 수 있기 때문에 74년은 축복으로 다가오고 있을까요.

새벽의 응답

분명 그래야만 합니다.

이제 영업세 신고도 마치고 우리 용섭이 서울대 입시도 다 끝났으니 한숨 돌리고

마음을 정리하고 진의 안녕에 염려해 봅니다.

요즘은 많은 생각과 계획이 많아 매일 집을 몇 번씩 짓고 있겠지요.

다소 지루하기도 하겠지만, 이제 진짜로 다된 일이니 감사하며 조심하며 잘 지내세요.

진. 년 말엔 서울에 다녀 가셨다구요. 잘 하셨습니다. 즐거운 시간이었다니 더욱.

이제 얼마 남지 않은 십 여일을 잘 마무리 하시고, 제대 신고 좀 제대로 해 보세요.

3년은 3년이었으되,

다른 그 어느 때와는 비교될 수 없는, 엄청난 바로 그 결승점에 이르렀습니다.

우린 서로 격려하며 사랑하며 인내하면서 이 큰 과업을 해냈습니다.

그건 현재뿐아니라 오래 오래 실증되어질 것입니다.

이 편지가 군에 보내는 마지막 편지라니 감회가 새롭고 수고 많이 하셨습니다.

격려의 박수를 보냅니다. 숙이도 수고 많았지요. 국방부 장관의 어떤 격려상이라도 주실만 한데. 후후---

> 이제 설날이 지나고 또 얼마를 지난 후에 반가운 미소를
> 안고 기다림의 종말을 고한 후에,
> 우린 만나게 되고 그리고 또 어떤 각본을 써 나가게 될까?
> 생각이 많아집니다 … 상상의 나래 속에서.
> 건강하게 안녕.
>
> 74. 1. 19. 진의 숙이 드림

　3년 6개월의 기나긴 군복무가 끝났다. 1974년 2월 7일, 육군병장으로 제대하는 나를 축복해 주듯 온 산야엔 하얀 눈이 소복이 쌓여 있었다. 더벅머리를 삭발하고 훈련소에 들어가 이등병 계급장을 가슴에 달던 그때가, 부산으로 발령 받고 환호하던 일이 엊그제 같은데… 감회가 새로웠다.

　개구리복 차림으로 이태원 큰누나에게 인사를 하고, 바로 용산역에서 출발하는 군용열차편으로 부산진역에 내려 동래에 사는 희숙의 집을 찾아갔다. 밤 8시쯤이었다. 술을 사들고 들어가 먼저 장인장모님이 될 희숙의 부모님에게 제대신고를 했다. 그날 처음 본 장인어른은 키가 크고 잘 생긴, 호탕한 대장부의 풍모를 지니고 있었다. 옆에 앉아있는 장모님은 천상 여인의 모습을 지니고 있었다. 장인어른은 지난 6월, 자전거를 타고 병문안을 다녀오다가 8톤 덤프트럭이 덮치는 교통사고로 다리를 크게 다쳐 아직도 불편한 자세로 앉아 있

었다. 그럼에도 호락호락 하지 않은 인상이 근엄해 보였다. 교통사고 당시 참담한 심정을 적어 보냈던 희숙의 편지가 떠올랐다. 건장했던 장인이 하루아침에 운전기사의 과실로 교통사고를 당해 다리에 깁스를 하고 병원에 누운 날벼락 같은 소식에 희숙은 대성통곡하며 어쩔 줄 몰랐다고 했다. 그러나 큰동생이 고3으로 대학입시에 매진하고 있던 때라 충격 받을까 알리지 않고 어머니와 함께 간호에 매달렸다. 어린 학생이었던 인섭과 인숙에게도 가능하면 공부에 방해받지 않도록 배려해 주면서 맏이의 무게와 책임감이 어떤 것인가를 고스란히 느꼈다고 했다.

장인어른에게 큰절을 한 다음, 무릎을 꿇고 앉아 내가 찾아온 이유를 단도직입적으로 말했다.

"희숙이와 결혼하겠습니다. 허락해 주십시오!"

난 겁도 없이 큰소리로 말했다. 장인어른은 내 말을 단칼에 잘랐다.

"안돼!"

"네에?"

"제대는 했지만, 아직 대학이 1년 남았어. 졸업하고 결혼해도 늦지 않아."

쉽게 승낙 받을 줄 알았는데 의외로 강경한 장인어른의 반응에 당황스러웠다. 그러나 뒤로 물러설 내가 아니었다.

"책임지고 숙이를 행복하게 해 주겠습니다. 숙과의 약속도 지켜야 합니다. 허락해 주십시오."

내가 결혼을 하게 해달라고 조르면 장인어른은 말없이 고개만 흔들었다. 좁혀지지 않는 평행선 같았다. 팽팽한 긴장감은 밤 11시까지 계속 되었다. 내가 양보하지 않자 급기야 장인어른은 방바닥에 있는 재떨이를 집어 유리창을 향해 던졌다. 유리창이 와장창~ 깨졌다. 간담이 서늘해졌지만 미동도 않고 앉아 있었다. 어른 말씀에 순종하고 받아들이며 물러서던 당신의 자식들만 보다가 불도저처럼 끝까지 밀어붙이는 내게 단단히 화가 난 듯 했다. 겁에 질린 희숙은 감히 들어오지도 못한 채 건넌방에서 자는 척 하며 가슴을 졸이고 있었고 초등학교 6학년이었던 인숙이도 초조하게 그 모습을 지켜보고 있었다. 찬바람이 흐를 정도로 냉랭한 분위기를 깬 건 중학교 3학년인 인섭이었다.

"아버지, 결혼은 좋아하는 사람끼리 해야 하는 거 아닙니까?"

장인어른은 그런 인섭을 바라보더니, 한숨을 푹 내쉬었다.

"밤이 깊었으니, 내일 얘기하자."

통행금지가 있던 시절이라 장인어른은 밖으로 내쫓지 않고, 나에게 인섭과 함께 자라고 했 다.

다음날 아침 일찍 일어난 나는 세수하러 우물가로 나갔다. 세수대야에 물을 떠 주며 장모님이 나를 달랬다.

"성질이 저리 무서우니… 1년만 참으면 안 되겠나."

난 빙긋 웃고는 대답하지 않았다. 그리고 장모님 뒤에서 걱정스런 얼굴로 날 바라보던 희숙에게 염려 말라고 눈을 찡긋했다. 아침상에 온 식구가 둘러앉았다. 식사 전에 장인어른에게 술 한 잔 따르고 큰절을 올린 다음 무릎을 꿇었다.

"아버님, 저 잘 할 수 있습니다. 어차피 용섭이가 서울생활을 해야

하니까, 제가 집을 마련해서 잘 돌보겠습니다. 우리 결혼, 허락해 주십시오."

용섭은 서울대에 합격해 입학을 앞둔 상태였다. 장인어른은 술잔을 비우더니 말했다.

"그래, 난 됐으니까, 평촌에 계신 큰아버님께 인사드리고… 허락을 받아 봐."

처가 식구들

　장인어른은 풍족한 생계를 꾸리지 못했지만 5남매 자식들에겐 더 없이 좋은 아버지였다. 5남매 모두가 다 아버지는 자신만 좋아한다고 믿을 정도로 자식들 모두에게 골고루 사랑을 주었다. 교통사고로 다쳐 죽을 만큼 고통을 받으면서도 장인어른은 오히려 젊은 트럭기사 앞날을 걱정해주는 인품의 소유자였다.

　희진이와 성진이가 어렸을 때, 장인어른이 서울에 오면 성진이 할아버지 왔다며 동네 아이들이 우르르 몰려들었다. 그러면 아이들과 무리 지어 가게로 가서 아이스크림을 모두 사줄 정도로 아이들을 사랑했다. 명절에 고향 평촌을 들르면 아이들 대여섯 명을 무릎에 앉혀놓고 대화하는 모습이 마치 방정환 선생 같았다.

　장모님은 양반가문의 유복한 규수로 한씨 집안으로 시집 올 때 재봉틀 대신 소를 몰고 왔다고 한다. 어린 시절 매우 총명해서 외삼촌이 공부하던 사랑채 문지방을 넘나들며 글을 배웠다고 했다. 그 배움으로 마을에 길사가 생기면 사돈제를 지어 많은 사람을 기쁘게 했고, 흉사에는 조사를 지어 모두를 울리기도 했다.

　곱고 고왔던 장모님은 부족한 경제를 위해 젊은 시절부터 안 해본 일이 없었다. 쌀을 내다 팔기도 했고 공장에 취직해 돈도 벌었다. 그렇게 살면서도 5남매에 대한 책임과 사랑은 확실하여 도시락을 챙기며 돌보기에 부지런하고 힘들었다.

장모님은 장인어른에게 학비 부담을 줄여볼 요량으로 공부 잘하는 인섭을 부산의 농예전문학교에 보내면 어떨까 말을 꺼냈다. 그 학교는 졸업하자마자 취업이 보장되는 곳이었다. 그러나 돈 댈 능력이 안 되어도 장인어른은 말도 안 되는 소리라며 고개를 저었다.

"남아라면 포부를 크게 가져야 한다!"

장인어른은 용섭과 인섭, 두 아들은 부산고와 서울대를 나와서 나라를 위해 일하는 큰 사람이 되어야 한다고 입버릇처럼 말했는데, 그 바램대로 용섭은 부산고와 서울대를, 인섭은 동성고와 서울대에 들어가게 되었다.

용섭과 인섭이가 중등학교에 다니던 7월 17일 제헌절이었다. 장인어른은 그 무더운 날 두 아들에게 헌법조문을 들려 부산 동래 금정산에 오르게 했다. 소나무를 관객처럼 내려다보며 다 읽고 오라 시킨 것이다. 용섭과 인섭은 무슨 뜻인지도 이해가 안 되는 헌법조문을 보며 읽기 시작했다. 용섭이가 먼저 읽다가 목이 마르면 인섭이가 이어 읽었다. 그렇게 다 읽고 났더니 오후 3시였다. 파김치처럼 지쳐 집으로 돌아오면서도 아버지에 대한 원망은 추호도 하지 않았다. 그저 꿀맛 같은 사탕 한 알이면 되었다.

세월이 흘러 이제는 두 형제를 금정산에 올려 보내 헌법조문을 읽게 한 장인어른의 바램대로 두 아들은 나라의 중요한 임무를 수행하는 훌륭한 사람이 되어있다.

술을 좋아했지만 자제력이 뛰어나 취한 모습을 한 번도 보여주지

장모님 머리를 닮은 서울대 동문 5명(왼쪽부터 성진, 인섭, 희진, 인숙, 용섭)

않던 장인어른은 1983년, 암 판정을 받은 몇 달 후 돌아가셨다. 정의롭고 참된 아버지상을 지니고 있던 장인어른은 어려운 시대적 상황에서 그 큰 날개를 맘껏 펼쳐보지 못하고 안타까운 생을 마감했다.

장모님은 6년 전에 넘어져 두 차례 양쪽 고관절을 다쳐 휠체어에 의존하면서 지내고 있다. 그러면서도 안경 없이도 신문의 작은 글씨를 읽으려 애쓰고, 어릴 적에 암송하다시피한 '유충렬전' '조웅전' '옥중 춘향기'를 지금도 외운다. 찬송가의 가사는 대부분 다 외우고, 그 많은 성경 구절도 줄줄 외는 비상한 기억력을 지닌 장모님에게 늘 얘기하곤 한다. 자녀는 물론 손자녀의 공부머리는 특별히 머리가 좋은 장모님 집안 내력이라고… 그러면 장모님은 내가 한씨 가문의 사위로 무거운 짐은 다 떠안았다고 고마워하며 다음과 같이 격려해준다.

"강서방이 우리 집안을 다 일으켰네. 평촌 한씨 가문에서 자네한테 공덕비를 세워주어야 하는데…"

큰처남은 대학 재학 중 고시에 합격하여 국방부에서 일하다가, 지금은 국방관계 교수로 재직하고 있다. 늘 공부하고 국제적 학술토론을 조직하고, 남북 관련 논문 등을 발표한 국제적인 핵관련 전문가이기도 하다.

작은처남은 평준화 직후여서 부산의 사립학교에 추첨으로 갔지만, 그 학교 개교 후 처음으로 서울대 법대에 진학하는 쾌거를 이루었다. 외모는 물론 기질적으로 정의로운 장인어른을 닮아 대학신문사에서도 기자로 활동하고 학생운동에도 관여했다. 당시 친구 회사의 관리원으로 일하고 있던 장인어른은 새벽마다 인섭에게 전화를 걸어 힘도 주면서 부모로서의 걱정도 잊지 않았다.

"잘 일어났나? 꽃이 만개해야지 피지도 못하고 스러져서는 안 된다. 참고 인내하며 실력을 쌓아 나라와 민족을 위해 일해야 한다."

1981년, 사법시험 1차와 2차에 합격했으나, 3차 면접시험은 떨어졌다. 대학시절 반독재 시위경력과 학사징계를 이유로 임용되지 못한 것이다. 2008년에 작은처남은 법무부장관으로부터 사법시험 합격증을 받았다. 27년만의 '사필귀정(事必歸正)'이었다. 이렇게 되기까지는 진실·화해를 위한 과거사 정리위원회(진실위)의 노력이 있었지만, 오히려 인섭의 불합격 처분은 26년간 시련과 고통을 이겨내고 더욱 노력하는 계기가 되었으니, 이 또한 하나님의 은총이었다 생각한다.

두 아들에 이어 막내처제 인숙도 1981년에 서울대 가정대에 입학하였다. 불타는 신념과 정의감은 인섭이 못지않았던 인숙은 재학 시 단대 대표를 맡아, 80년대 학생운동과 노동운동에 깊이 관여해 자주 수배를 받았다. 우리 아파트 입구 정문과 후문 양쪽에는 항상 형사들이 진을 치고 있었다. 회사 근무 중에도 인숙의 소재파악을 하는 치안본부의 전화를 여러번 받기도 했다. 늘 쫓기고 숨어 다녀야 하는 생활을 하면서도 인숙은 자신의 신념을 굽히지 않고 열심히 활동했다. 방림방직에 취업하여 받은 노동자의 권익을 옹호하고, 봉급 전부를 독거노인을 위해 쓰기도 했다. 할머니 할아버지들이 깨끗한 그릇을 사 가지고 가면 대접받는 것처럼 좋아한다며 반상기 세트를 사 가기도 했다.

부산에 결혼해 사는 처제도 동서가 박봉을 받는 공무원이었음에도 시어머니를 모시고 사느라 어려웠지만 뿌리 깊은 신앙으로 착하게 살면서 교회의 노인들을 위해서 헌신적으로 봉사했다. 동서도 처제의 권유로 결혼할 때부터 교회에 나가서 누구보다 성실히 기도하고 봉사하여, 장로와 권사로서 기쁘게 신앙생활을 하고 있다. 희숙이의 신앙 씨앗이 나에게, 처제에게, 또 동서에게로 이어져 모두가 신앙가족이 된 것이다.

얼마 전 통일회 모임에서 우리는 부부 동반으로 영화 '1987'을 관람했다. 박종철, 이한열의 죽음이 예사롭지 않았다. 영화가 끝난 후 아내와 나는 손잡고 나오면서 힘들고 어려웠던 그날을 떠올리며 인섭과 인숙이와 함께한 어려운 시절을 즐겁게 회상할 수 있음에 감사했다. 당시엔 우리에게 무거운 짐이었던 그들의 삶이 우리나라 민주화 발전에 나름 이바지했다고 생각하니 고맙기도 했다.

진과 숙, 부부의 연을 맺다

장인어른의 허락을 받은 날, 희숙은 가벼운 마음으로 직장에 출근하고 난 장모님과 함께 기차를 타고 한약방을 하는 큰아버지를 찾아갔다. 큰아버지도 내가 아직 대학생 신분이라며 졸업하고 나서 결혼해도 늦지 않다고 반대했다. 그러나 장인어른과의 기싸움을 이겨낸 나였다. 1시간 정도 큰아버지를 설득해 마침내 허락을 받아냈다. 허락을 받자마자 길일을 잡기 위해 평촌마을 초입에 있는 점쟁이할머니 집을 찾았다. 그때는 하나님을 몰랐던 때였다. 점쟁이할머니는 한참을 짚어보더니 음력 2월은 결혼하는 달이 아니라 제쳐두고 손 없는 날은 음력으로 1월 말, 양력으로 2월 21일이 길일이라고 하였다. 13일 뒤였다. 2주일도 남지 않은 빠듯함에 한숨이 절로 나왔다. 하지만 나는 무조건 그날로 정했다. 장모님을 부산으로 보내고 난 한 시간을 걸어 집으로 갔다. 아버지에게 제대인사로 큰절을 했다. 아버지는 대견한 듯 내 손을 어루만졌다.

"월남까지 갔다 오더니, 제대를 했구나. 그간 수고 많았다."

"아버지, 좋은 소식이 있습니다."

"좋은 소식이라니?"

"결혼날짜를 받았어요. 저 결혼합니다."

아버지는 순간 눈빛이 흔들렸다. 도와 줄 형편이 안 되는데 결혼

110

한다는 말에 당황한 듯 했다. 나는 아버지를 안심시켰다.

"아버지! 저 대학 편입할 때 황소 팔아 주셨잖아요. 월남에서 벌어 온 돈도 있고요. 제가 다 알아 할 테니 아무 걱정 마세요."

아버지는 만감이 교차하는 표정으로 날 바라보았다. 둘째형이 사업을 한다고 내 돈을 다 가져가 내게 모아둔 돈이 없다는 것을 잘 알고 있기 때문이었다. 거듭 안심을 시키고 나서 나는 고속터미널로 향했다. 희숙에게 전화를 걸어 서울간다는 말을 전한 다음 고속버스에 올랐다. 차창으로 황량한 겨울 들판이 휙휙 지나쳐가는데 만감이 어렸다. 몇 년 사이에 참으로 많은 일들이 내게 일어나고 있었다. 문득 어머니가 사무치게 그리웠다. 어머니가 있다면… 선한 미소를 지으며 내 어깨를 토닥이며 기뻐하겠지. 아버지가 능력이 없어 내가 중학교에 떨어졌다며 펑펑 울던 어머니… 그런 어머니의 모습이 떠오르자 눈앞이 흐려지고 후두둑 눈물이 떨어졌다. 한 번 흐르기 시작한 눈물을 주체할 수가 없었다. 흐르는 눈물을 닦으며 겨우 진정하는데 희숙이 끼워 준 반지가 눈에 들어왔다.

'그래, 내겐 희숙이가 있다! 어머니 자리를 메워 줄 희숙이가…'

결혼식까지 두어 번 더 서울과 부산을 왔다 갔다 하며 할 수 있다는 다짐을 수도 없이 했던 것 같다. 직장은 3월 2일부터 출근하기로 하고, 두 누나의 도움을 받아 결혼준비를 해 나갔다. 기대하지는 않았지만 혹시나 했던 둘째형의 사업은 말 그대로 폭삭 망하고 말았다. 지금 돈으로 환산하면 몇 억이 될 돈이었다. 둘째형은 덤프트럭을 고철 값에 처분했다며 20만 원만 내게 건넸다. 그나마 그 돈을 받았기에 희숙에게 기본으로 해야할 예복 등을 해 줄 수 있었다. 그 외의 결혼비용은 많은 사람들의 도움을 받았다. 결혼식장 비용은 부산의 사촌누나가 댔고, 장인어른은 우리의 신혼 첫날밤을 위해 부산 최고의 해운대 극동호텔을 예약해 주었다. 신혼여행은 당시 흔치 않았던 제주도로 가게 되었다. 의리의 사나이 호호가 왕복항공권을 선물해 신랑 체면을 멋지게 세워준 것이다. 둘째형은 날 볼 면목이 없고 체면이 서지 않는다며 결혼식에 오지 않겠다고 했다. 내가 가장 좋아하는 형이 결혼사진에 없으면 안 된다고 왕복 차표를 끊어주며 꼭 오라 신신당부했다. 신혼집을 구할 동안 이태원 큰누나 집에서 신세지기로 하고 모든 결혼 준비를 끝냈다.

그 사이 아버지는 우리가 연애로 만났어도 중매쟁이를 통해 결혼하던 옛 결혼절차를 약식이라도 거쳐야 한다며 호호 아버지를 중매쟁이로 내 세웠다. 장인어른과 친구 사이인 호호 아버지는 중매쟁이 겸 함진아비가 되어 내 사주와 혼서지가 든 함을 희숙의 집에 전달했다.

1974년 2월 21일, 그토록 고대하던 우리의 결혼식이 부산 동래 제일교회 유재춘 목사님의 주례로 양가의 축복을 받으며 부산 서면 부전예식장에서 거행되었다. 결혼행진곡은 찬송가 384장 '나의 갈길 다가도록 예수 인도하시니'였다. 순수한 '사랑' 하나만을 믿고 쉼 없이 달려왔던 나와 희숙이 드디어 부부가 되는 순간이었다. 유재춘 목사님은 예수를 믿지 않는 총각에게 주례를 서지 않기로 유명한 분이었는데, 희숙의 믿음만 보고 흔쾌히 허락한 것이다. 희숙은 신실한 믿음으로 성가대원으로 활동하며 강대상 꽃꽂이를 담당하는 등 교

결혼식(1974년 2월 21일)

회활동을 성실히 하고 있었다. 난 그때까지도 믿음이 없었기에 우리 결혼이 하나님의 철저한 계획하심과 섭리로 준비된 것이라는 걸 알 지 못했다. 베트남에 갔다 온 후 제대 3개월 앞두고 군에서 전군 신 자운동으로 경기도 포천의 6여단 연병장에서 군목으로부터 세례를 받고 신자는 됐지만 결혼날짜도 손 없는 날로 잡는 등 교인으로서의 행동은 전무했던 것이다.

그렇게 첫날밤을 장인어른이 마련해 준 해운대 극동호텔에서 맞 이한 아내와 난 희망찬 앞날에 대한 계획을 세우며 꿈에 부풀었다. 그리고 동갑이지만 이제 서로의 이름을 부르지 않고, 존댓말을 하며 존중하는 마음을 갖자고 다짐했다.

결혼 44년차인 우리 부부는 첫날밤의 그 약속을 지켜 지금까지도 서로에게 말을 놓지 않고 있다. 당연히 부부싸움도 거의 없었다. 말다툼을 한 적은 한두번 정도 있었다. 지금은 기억이 희미해 어떤 일로 그랬는지 모르겠지만, 얘길 하다말고 속이 상해 포장마차로 가서 먹지 못하는 소주를 마시고 와서 아내에게 객기를 부렸다. 그렇다고 아내와 목소리 높여 싸우지는 않았다. 떨어져 있으면서 그렇게도 그리워했고 절절하게 사랑했던 우리가 부부가 되었는데 얼굴을 붉힌다면, 안 될 말이었다.

무리한 일정 탓이었는지 제주도에서 난 감기몸살을 심하게 앓았다. 제대하고 13일만에 번갯불에 콩 볶듯 결혼을 해냈으니 당연한 결과였다. 그래도 제주도 신혼여행은 참 좋았다. 그때만 해도 제주도는 순수하고 인심이 후했다. 우리를 태우고 다닌 택시기사가 사진을 찍어주고, 음식점에선 신혼부부라며 전복죽도 주고 맛있는 것도 더 주었다. 귤을 사도 현지에선 얼마든지 먹으라며 내놓기도 했다. 하얗게 눈이 내린 감귤 밭도 멋있었지만, 산중턱의 5.16도로에 쌓인 눈의 풍경은 탄성이 절로날 만큼 환상적이었다.

제대한지 얼마 되지 않았고 돈도 없었던 신랑이라 신부에게 사다 준다며 나가서 사 온 것이 겨우 찐빵이었다. 분위기 있고 품위 있는 곳에서 먹기를 원하는 마음도 있었지만, 신혼여행 내내 돈만 생각하며 짠돌이처럼 굴 수 밖에 없는 게 당시 내 처지이기도 했다. 멋진 남잔 줄 알았는데, 쫌생이었다며 지금도 종종 당시를 회상하며 아내는 나를 놀리며 같이 웃곤 한다.

일요일이 되었다. 신혼여행 중에도 아내는 주일을 지키기 위해 가까운 제주영락교회를 찾았고 감기로 몸이 좋지 않은 나는 숙소에서 쉬었다. 창밖엔 우리의 결혼을 축하하는 듯 함박눈이 펑펑 내리고 있었다.

신혼여행때 제주도에서

신혼여행을 마치고 아버지의 생신상을 차리려 했던 우리의 계획은 보기 좋게 빗나갔다. 몇 십 년 만에 내린 폭설로 비행기가 줄줄이 결항된 것이다.

우리는 갈 수 있는 모든 방법을 알아보다가 드디어 항공권을 배편으로 바꿔 부산행 페리에 올라탈 수 있었다. 생신상을 차리진 못하더라도 참석은 꼭 하고 싶었다. 뱃전에 부딪치는 겨울 파도가 얼마나 높고 거센지 페리를 부숴버릴 듯 했다. 추위에 조금 괜찮다 싶었던 감기 몸살이 도지려는 듯 한기가 몰려들었다.

집에 도착해 아버지를 뵙고, 한 시간 거리에 있는 아내의 큰아버지에게 인사를 하러 갔다가 그 자리에서 완전히 쓰러지고 말았다. 신열을 앓으며 끙끙 앓는 소리를 내면서도 지독한 강행군이었지만 모든 걸 나 혼자서 해냈다는 기쁨과 뿌듯함이 온몸에 가득 차올랐다.

처남과 함께한 신혼생활

1972년 10월 17일 박정희 대통령은 초헌법적인 국가긴급권을 발동하여 국회를 해산하고 정치 활동을 금지하는 동시에 전국적인 비상계엄령을 선포했다. 그리고 11월 21일 국민투표를 통해 유신 헌법을 확정, 대통령 취임일인 12월 27일에 공포·시행되었다. 유신 헌법은 사실상 박정희 대통령의 장기집권을 위한 개헌으로 독재의 시작이었다. 큰처남 용섭이가 고등학교 다닐 때였다. 유신 선포 소식을 듣고 귀가한 장인어른은 용섭이 공부하다가 깊이 잠 든 모습을 보고는 나라가 풍전등화인데 잠을 잔다며 호되게 야단쳤다고 한다.

신혼시절은 유신체제로 독재의 길을 치달릴 때였다. 유신반대 데모를 하거나 정부를 비판하는 말만 해도 즉시 잡혀가는 엄혹한 시절이었다. 의식이 깨어있는 처남에게는 심각한 시대상황이었겠지만, 나는 낮에는 회사에서 일하고 밤에는 대학생으로 공부하는 새신랑이었다. 다른 곳에 눈 돌릴 시간도 여유도 없었다.

그때 야간 대학을 다니면서 한 가지 결심을 했다. 직장 때문에 바쁘게 뛰면서 형광등 아래에서 공부한다는 것이 너무 힘들고 어려웠기에, 다음에 우리 아들, 딸에겐 열심히 노력하여 뒷바라지를 잘해줄 수 있는 아버지가 되어야겠다고 다짐했다.

큰처남과 함께 이태원 큰누나 집에 잠깐 얹혀살 때 아내는 부산에서 회사를 계속 다니고 있어 우리는 떨어져 지내야 했다. 복학비는 혼수 대신 아내가 대주었다. 아내와 떨어져 두 달을 살고 났는데 보고 싶어 도저히 참을 수가 없었다. 5월에 큰누나에게 돈을 빌려 방 두 칸을 얻었다. 한 칸은 전세 20만 원으로 우리 부부가 살고, 한 칸은 월세 칠천 원으로 큰처남이 살았다. 같이 사니까 비로소 부부가 되었다는 실감이 들었다. 아내는 부업으로 피아노 레슨을 시작했고, 남산 쪽에 있는 조그만 교회에 처남과 같이 다니며 주일을 지켰다. 그때도 난 교회를 다니지 않았다. 아내를 따라 한 번 정도 갔을 뿐, 일요일엔 책을 보거나 TV로 차범근, 이회택이 나오는 축구중계를 즐겨 시청하곤 했다.

한국콘베어공업(주)로 이직

1973년 10월 6일 중동전쟁에서 석유를 정치적 무기로 사용하겠다고 선언한 뒤, 석유 값이 1년 만에 4배 가까이 오르는 1차 오일쇼크가 전 세계를 강타했다. 그로 인해 고물가, 경제성장률 급락으로 세계 경제에 극심한 악영향을 끼쳤다. 석유의존도가 높았던 우리나라는 가장 큰 피해를 입은 국가 중 하나였다. 한국타이어제조(주)도 예외가 아니었다. 어려운 회사사정이 눈치가 보였지만 다니던 대학교는 졸업을 해야 해서 오후 5시만 되면 어김없이 퇴근을 했다. 어느 날 과장이 불렀다.

"강대진씨, 언제 졸업이지?"

"…마지막 학기만 남았습니다."

과장은 잠깐 망설이더니 내게 이직을 권했다.

"다른 사람 눈도 있고 해서… 학교를 계속 다닐 수 있는 직장으로 옮겨 보면 어때?"

평소에 나의 성실함과 책임감을 눈여겨보던 과장은 세 개 회사를 추천했다. 삼천리기계, 부천에 있는 대한보일러, 그리고 한국콘베어공업(주)였다. 앞의 두 군데는 내가 원하는 조건과 맞지 않았다. 한국콘베어공업(주) 생산부에서 생산담당 기사를 뽑는다고 했다. 서울역 앞에 본사가 있던 일본 합자회사였다. 생산본부장에게 이력서를 내

밀었다. 대학교 한 학기가 남았는데도 내 경력을 만족해하면서 일본인 공장장과 면담을 하게 했다.

"어느 회사를 가든 한국타이어보단 월급이 많아야 해요."

직장을 옮긴다고 하자 아내가 요구한 내용이었다. 당연했다. 당시 대졸자의 첫 봉급이 5만 원이었는데 5만5천 원으로 책정되어 아내와 내가 바라던 대로 되었다. 생애 첫 직장이었던 한국타이어제조(주)에서는 퇴직금으로 몇 개월분의 월급을 받고 1974년 7월부터 한국콘베어공업(주)의 생산부 생산담당 기사로 근무하게 되었다. 이후 26년간 한국콘베어공업(주)에서 몸이 아파 퇴직할 때까지 직장을 옮기지 않았다. 아내도 나와 똑같은 심성을 지니고 있는 사람이라 나를 만난 뒤로는 다른 곳으로 한눈 한 번 팔지 않고 나만 바라봐 주었고, 대광교회에 출석한 이후 44년간 교회를 바꾸지 않았다. 한 곳에 뿌리 내리면 오로지 그곳에서 최선을 다하는 것, 우리 부부의 그런 뚝심은 우리 자녀들도 그대로 물려받았다.

네 번의 이사

한국콘베어공업(주)의 근무지는 온수동이었다. 이태원에서 온수동까지 출퇴근 하려니 너무 힘이 들었다. 출퇴근하면서 보니 택지정리가 잘되어있는 깨끗한 동네에 담장마다 장미꽃이 활짝 핀 개봉동이 눈에 들어왔다. 망설임없이 온수동까지 버스로 30분이면 출근이 가능한 집으로 이사를 했다.

새로 이사한 집은 2층 구조로 아래층 방에는 우리 부부가 살고 위층의 방은 처남이 살게 되었다. 주인집에서 2층을 처남에게 준 거나 마찬가지였다. 처남이 서울대생이라는 걸 알고 좋아하는 듯 했다. 아내의 피아노 레슨도 허락해, 모든 게 순조로웠다. 문제없이 잘 살고 있다가 우리가 쓰지도 않은 시외전화비 때문에 문제가 생겨 다락방이 있는 다른집으로 이사를 갔다. 네 식구가 방 한 칸에서 복닥거리며 살기를 3개월, 은인이 나타났다. 부산 사람인 라광자 집사였다.

대광교회 개척 시 교회 재정을 돕기 위해 시간만 나면 정윤회 집사와 리어카에 건어물을 싣고 골목골목을 돌았던 라광자 집사는 예수님을 잘 섬기는 신앙심 깊은 좋은 사람이었다. 남편이 항해사라 1년에 한두 번 들어온다며, 20만 원에 부엌 딸린 방에 피아노 레슨도 맘대로 할 수 있게 해 줄 테니 당신네 집으로 오라고 했다. 미안하기도 하고 가진 건 자존심뿐이라 처음엔 그럴 수 없다고 거절을 했다.

그렇게 한두 달이 지난 어느 날, 라광자 집사가 다짜고짜 찾아와서 빨리 오라고 막 야단을 쳐, 못 이기는 척 이사를 했다. 3년도 안 되는 32개월 동안 네 번이나 이사를 한 것이다.

희진이 태어나고 장인어른과 함께

13평 개봉아파트 구입

1977년, 희진이에 이어 성진이가 태어나고 서울대 법학과에 합격한 인섭이가 올라와 우리 집은 여섯 식구가 되었다. 시어머니만 잠시 왔다갈 뿐, 라광자 집사 혼자 사는 집에 여섯 식구가 들락거리며 북적거리자 아무래도 힘들고 불편했는지 라광자 집사는 3월에 아내를 조용히 불렀다.

"식구도 늘고, 장정이 셋이나 되니 이사해야 하지 않겠어요?"

당연한 말씀이라고, 그렇잖아도 생각 중이라고 했다. 셋방을 전전하는 일을 그만 두고 집을 사고 싶었는데, 근처에 있는 13평 개봉아파트는 200백만 원이나 되어 엄두가 나지 않았다. 어찌할까 고민하고 있는데 처남이 20만 원을 선뜻 내 놓았다. 대학원에 들어갈 장학금이었다. 이리저리 꾸려 봐도 100만 원 남짓, 집을 사기엔 턱없이 모자랐다.

용기를 내 회사의 김종연 사장을 찾아갔다. 아파트 구입자금으로 100만 원이 필요하다고 했다. 김종연 사장은 두 말 없이 무이자로 돈을 빌려주었고, 그 돈은 매달 5만원씩 20개월에 걸쳐 갚았다.

그렇게 마련한 돈 209만 원으로 13평 개봉아파트 계약을 했다. 그런데 갑자기 서울의 아파트 값이 일주일 간격으로 뛰기 시작했다. 그러자 집주인은 아파트를 팔지 않겠다며 거둬들였다. 집을 사지 못하는 건 아닌가 걱정 했지만 다행히 부동산 중개인을 통해 집주인에게 위약금을 받아내 230만 원으로 다른 13평 개봉아파트를 살 수 있었다. 우여곡절 끝에 얻은 생애 첫 내 집이었다. 우리는 가슴을 쓸어내리며 운이 좋았다고 했지만, 그때 집을 사지 못한 사람들은 상대적 박탈감을 겪어야만 했다.

우리나라는 수출 100억 달러, 국민 1인당 소득 1,000달러를 돌파하며, 중동 건설 붐을 타고 오일 달러도 쏟아져 들어왔다. 수출금융과 중화학공업 육성을 위한 정부의 자금 지원이 더해져 나라 전체에 돈이 넘쳐흘렀다. 반면 물자는 여전히 부족해 수급 불균형이 되어 물가 급등으로 이어졌다. 시중의 돈이 금융권을 빠져나와 부동산 시장에 몰리자 아파트 가격이 치솟기 시작한 것이다. '복부인'이란 유행어도 1977년 그때 처음 나왔다. 당시 경제정책 라인이 외화관리를 제대로 못해 벌어진 부동산 폭등이었다.

13평 아파트에서 함께 산 처남 처제

꿈에도 그리던 우리 집이었다. 13평 연탄보일러 아파트였지만 방이 2개에 거실과 주방도 있었다. 연탄불도 서로 갈아가며 대궐에라도 사는 듯 감사하는 마음으로 살았다. 4년 뒤인 1981년엔 막내처제 인숙이도 서울대에 합격해 올라와 일곱 식구가 되었다. 모두가 생활하기에는 좁고 불편했지만, 아무도 내색하지 않고 서로 조심하며 동고동락했다.

용섭과 인섭은 같으면서도 다른 면이 많았다. 성품이 온유한 용섭은 일이 생겨 아이들을 맡겨 놓으면 데리고 놀다가 씻겨 재우기까지 하는 자상한 삼촌인 반면, 책을 들고 살았던 인섭이는 자는 성진이를 잠시 맡겨 두어도 여지없이 깨어 울고 있었다. 엄마 없는 한기를 느낀 아이가 책 밑에서 눈물콧물을 흘리며 울고 있는데도 인섭은 달래줄 생각은 않고 책에만 몰두해 있었다. 아이들이 다 크고 난 후, 아내가 인섭에게 그때 일을 얘기하며 야속했다 말했더니, 인섭의 대답이 걸작이었다.

"그게 내 교육 방식이었어요! 그래서 우리 조카들 다 잘 됐잖아요."

이제는 한바탕 웃고 지나갈 아름다운 추억이 되었다.

아내는 인숙이가 대학에 들어가자 마음 속이 좀 복잡해진 듯했다. 자신은 동생들 부양하느라 가고 싶어도 갈 수 없는 대학이었다. 꿈에도 가고 싶었던 서울대학을 들어갔으면 열심히 공부나 할 일이지 겁도 없이 총여학생회장이 되어 데모에 앞장서는 모습이, 그 시대상황이 이해되면서도 한편으로 야속하기도 했다. 더구나 도와주는 사람 하나 없이 내 봉급만으로 빠듯하게 살림을 꾸려가고 있는데, 그런 속도 모르고 사회적 골칫거리까지 안겨주는 동생들 때문에 아내는 내게 무척 미안해했다. 그러나 난 정말이지 처남처제들 때문에 불편하다는 마음은 손톱만큼도 없었다.

어느 날 용섭은 하숙하는 친구들을 집으로 데리고 와, 당시 배추 값이 올라 '금치'라고 부르던 김치를 동을 낼 기세로 먹어치우며 밤새 떠들며 토론을 이어갔다. 활기차고 자유분방한 청년들 덕분에 나와 아내는 그만 잠을 설치고 말았다. 날이 밝자 아내는 용섭에게 다른 식구들 생각 좀 하라고 부탁했다. 그러나 난 정색을 하며 아내를 말렸다. 피끓는 젊은 지성인들이 밤을 새워가며 진지하게 토론하는 것이 흥미로웠기 때문이었다.

새 양복을 사게 되면 내 옷은 곧 처남들의 옷이기도 했다. 남자 3명이 체형이 거의 같았기때문에 누가 입어도 맞았다. 셋이 번갈아가며 다 낡을 때까지 입기도 하고, 결혼식 때 입었던 예복은 축제 때마다 처남들의 단복이 되었다. 그래도 불편하다든가 짜증이 나지 않았다. 그저 조그마한 것이라도 처남들에게 도움이 되었으면 했고, 진심으로 처남 처제가 잘 되기만을 바라는 마음뿐이었다. 넉넉하지 않아 더 못해주는 것이 한이었다.

가끔 아내는 동생들에게 아르바이트나 과외를 시키자고 말했지만 장인어른이 반대했듯 나도 고개를 저었다.

"나라의 기둥이 될 사람들인데, 우리라도 뒷받침해 줘야지."

먹을 게 없어도 자식들에게 포부를 심어주고 공부를 시키고자 했던 장인어른이었다. '학생은 공부를 해야 하고, 잘 사는 집을 보며 눈이 나빠져서는 안 된다'고 말했던 장인어른의 얘기를 들려주며 조금만 더 참자고 다독였다. 장인어른의 뜻에 따라 꽃들이 활짝 피었으면 좋겠다고 했더니, 아내는 내가 아버지에 이어 동생들의 든든한 후원자라며 고마워 했다.

좁은 집에서 함께 살면서도 언제나 우리 집은 웃음이 끊이질 않았지만 가끔 언짢은 일도 있었다. 나도 연애해 결혼했으면서도 처제가 늦게 귀가할 때면 보호자로서 처제를 걱정하는 마음에 야단도 쳤고, 경찰서에 붙잡혀 간 처남과 처제 때문에 마음을 졸이기도 했다. 그래도 그런 힘든 일보다 행복한 기억이 더 많은 처남 처제와 함께한 신혼생활이었다. 같이 산다고 해서 가족이라는 공동체가 만들어지는 것이 아니라, 모든 상황들을 이해하고 받아들이며 실수하는 것도 너그럽게 넘어가면서 사랑해야 가족이라는 울타리가 튼튼해지는 게 아닐까 생각해 본다.

처남 처제들과 함께 가족 찬양하다.

제2부

새벽기도와 함께한 26년 직장생활

부모님과 우리 6남매

1945년, 오사카에서 부산으로 오는 연락선에는 아버지와 어머니, 그리고 2남 2녀인 형제자매들이 거친 풍랑과 배 멀미로 지쳐 있었다. 하지만 광복된 조국에서 새 삶을 살기 위해 돌아오는 중이었기에, 얼굴에는 누구보다 희망에 가득 찬 밝은 빛이 어려 있었다. 아버지는 일본으로 가서 온갖 멸시와 차별을 뚫고 나름대로 재산을 모았다. 땅도 사고 멋들어지게 자식 교육 시킬 생각에 주먹에 불끈 힘이 솟았다. 파도가 부딪치는 뱃전에 서서 해방된 조국에서 살아갈 행복한 나날을 그리며 빙그레 미소도 지었다.

아버지는 1906년생으로 4남매 중 셋째로 태어났다. 아버지의 고향은 경상남도 진양군(진주시) 이반성면 길성리로 일본에 건너가 사업까지 해낸 것을 보면 꽤나 개척가적인 의지를 지녔던 것 같다. 6살 연하인 어머니와 결혼 후, 아버지는 일본 오사카로 건너갔다. 일본인들의 온갖 멸시와 차별을 견디며 시작한 건축업이 나름대로 기반을 가지게 되었을 때 그리던 광복을 맞게 되었다. 아버지는 뒤도 돌아보지 않고 부산에 정착하기로 결정했다. 모든 재산과 물건을 정리해서 배에 실어 남해 배돈항(충무항)으로 먼저 보내고 가족과 함께 부산행 연락선에 몸을 실은 것이었다.

한 달이 지나 배돈항으로 짐을 찾으러 간 아버지는 청천벽력 같은 소식에 주저앉고 말았다. 아버지의 전 재산을 실은 배가 태풍을 만나 침몰해 버린 것이다. 마른하늘에 날벼락이었다. 잘 살아보려던 계획은 신기루처럼 사라져버렸다. 한 순간에 전 재산을 잃고 무일푼이 된 아버지는 부산에 정착하려던 계획을 포기하고, 고향에서 농사를 짓기로 했다. 마을 사람들은 아버지의 귀향을 반가워했지만, 아버지의 마음은 참담하기 이를 데 없었다. 한참 뒤에야 아버지의 재산을 빼돌린 선주의 농간이었음을 알게 되었다. 그러나 이미 때는 늦고 말았다.

그래서였는지 몰라도 아버지는 평소에 일본에서 살았던 얘기는 아예 하려 들지 않았다. 남한테 으스대고 자랑하는 성품이 아니었던 아버지는 정규 학교는 다니지 않았어도 한학을 많이 공부했던 터라, 존경받는 동네 어른으로 대접받았다. 마을에서 분쟁이 생기면 중재를 했을 정도로 사리가 밝고 현명했다. 하지만 그런 아버지도 어머니 속을 썩인 게 하나 있었는데, 술 먹고 노는 걸 좋아한 것이었다. 그렇다고 아버지가 여자들과 바람을 피거나 첩을 두는 난봉꾼은 아니었다. 술이 체질적으로 받지 않아 폭음도 하지 않았다. 그럼에도 타국에서 그런 모습을 지켜보는 게 속이 탔는지, 어머니는 그때 담배를 배웠다고 했다.

호리호리하고 날씬한 몸매를 지닌 어머니는 매우 부지런했다. 글을 깨우치지 않았어도 집안 대소사를 똑 소리 나게 챙기고 쌀 한 톨도 나눠먹을 정도로 인심도 좋았다. 6남매 중 첫째 딸인 어머니의 친정은 길성에서 10리 정도 떨어진 한골이라는 동네였다. 어머니의 부지런함은 외할머니를 닮았다고 했다. 새벽기도를 거르지 않는 나의 부지런함은 외탁이지 싶다.

사리가 밝고 현명한 성품의 아버지와 어머니의 부지런한 생활태도는 어린 시절은 물론 어른이 되어서도 책임감 있고 성실한 자세로 살 수 있는 토양이 되었고, 우리 아이들을 가르치는 가정교육의 밑거름이 되었다.

우리 6남매는 성격도 아롱다롱 각양각색이었다. 그중 내가 가장 좋아했던 사람은 나보다 7살 위인 둘째형이었다. 초등학교만 졸업했는데도 둘째형은 머리가 비상했고 일을 꾸리는 수완이 좋았다. 씀씀이가 크고 풍운아 같은 말투가 왠지 좋아 따라해 볼 정도로 둘째형을 좋아했다. 물론 좋아했던 만큼 갈등도 없지 않았다. 둘째형은 17살이 되던 해, 꼴망태를 벗어던지고 아버지 몰래, 서울에서 살고 있는 큰누나한테 갔다. 당시 큰누나는 황소가 끄는 수레로 연탄을 배달하며 생계를 유지하고 있었는데, 둘째형은 연탄배달엔 관심이 없었다.

후암동에 있는 정육점에 취직해 일을 배우다가, 우연한 기회에 신철호 사장을 만나 롯데제과 공장에 창립멤버로 입사하게 되었다. 서울지역 영업담당을 맡은 형은 싹싹한 성격에 사교성이 좋고 언변이 뛰어나 영업실적이 남달랐다. 월급 외에 성과급도 두둑하게 받으며 승승장구했고, 얼마 안 가 이태원에 집을 사고 고향 땅을 사들이기 시작했다. 머슴 두 명이나 둘 정도로 우리 집 살림살이가 넉넉해지자 아버지는 이웃에 돈이 필요한 사람들에게 낮은 이자로 돈을 빌려주었다. 동네 물이 말라도 강남수네 돈은 안 마른다는 말도 돌았다. 물론 둘째형이 부도를 내기 전까지였다.

장대비가 쏟아 붓듯이 내리던 여름, 23살이 된 둘째형은 군에 입대했다. 형이 떠나고 비어있던 이태원 집은 월세를 받아 나와 동생 학비로 보탰다. 3년 6개월의 군복무를 마치고 제대할 때 롯데가의 셋째였던 농심의 신춘호 사장이 직접 지프차를 몰고 와 둘째형을 데리고 가, 농심라면 탄생의 주역이 되었다. 대방동에서 처음 판매를 시작한 농심라면은 정말 불티나듯 팔려나갔다. 매달 월급봉투를 두 개씩 받으며 롯데가의 신뢰를 한 몸에 받은 둘째형은 불광동에 전국에서 가장 큰 농심 대리점을 냈다. 하지만 둘째형은 얼마 가지 않아 농심을 사직하고 모아놓은 돈으로 사업을 시작했다. 돈을 더 많이 벌어보겠다는 야망이 있었다.

처음엔 재미를 보았다. 한남동의 순천향 병원 옆에 8층짜리 모자 병원을 건축하여 꽤 많은 돈을 손에 쥐게 되었다. 자신감이 붙자 돈이 된다 싶으면 종목에 상관없이 뛰어들었다. 사업이 힘들다는 걸 모르던 때였다. 사람만 믿고 투자하는 둘째형에게 사업 운은 따라주지 않았다. 앞으로 남고 뒤로 밑졌다. 남태평양 피지에 있는 자개 제조공장은 둘째형이 기사회생할 마지막 기회였다. 남은 전 재산을 털어 투자했지만 결국 빈털터리가 되고 말았다. 돈 냄새 맡고 따개비처럼 들러붙는 사기꾼들한테 당할 재간이 없었다.

6남매 중에서 넷은 지금 고인이 되었고, 나와 동생은 건강하게 잘 지내고 있다. 큰형수는 예나 이제나 내게 특별했다. 나보다 10살 위인 큰형수는 내가 11살 때 시집을 왔다. 키는 작지만 반짝이는 눈빛을 지닌 큰형수가 맘에 쏙 들었다. 큰형수는 중학교를 졸업할 때까지 내 도시락을 싸 주고 교복을 다려주었다. 언제나 푸근하게 대해주는 여장부 스타일의 큰형수를 어머니처럼 생각했음인지 난 종종 큰형수에게 도시락으로 까탈을 부리기도 했다. 똑같은 반찬을 며칠 계속해서 넣어주거나, 김치 반찬을 싸주는 날이면 어김없이 도시락을 챙기지 않고 등교를 했다. 그러면 큰형수는 마을 어귀 느티나무 있는 곳까지 달려와서 기어이 도시락을 내게 안겨주고 갔다. 큰형수의 나이 21살, 요즘엔 철도 들지 않을 나이였다. 11살짜리 까칠한 시동생을 달래고 어르느라 얼마나 힘들었을까? 그런 미안함과 고마운 기억 때문에 결혼해서도 누구보다 큰형수한테 맘이 더 가고 챙겨주곤 했다.

큰형이 50대 초반에 급성 백혈병으로 아까운 생을 마감하자, 홀로 남겨진 큰형수는 슬퍼할 겨를도 없이 당장 중학생 1명과 초등학생 3명의 생계를 위해 생활전선에 뛰어들어야 했다. 이에 둘째형과 나, 그리고 남동생 3형제는 조카들이 고등학교를 졸업할 수 있도록 학비를 대기로 했다. 당시 내 월급이 5만5천 원이었는데, 중, 고등학교 학비가 3개월에 4만원 정도였다. 작은 돈은 아니었지만 내 자식을 키운다는 마음으로 학비를 댔고 삼촌들의 성의에 화답이라도 하듯 조카들은 말썽 없이 잘 자라 감사하게도 훌륭한 사회인이 되었다.

10여년 전엔 이런 일도 있었다. 진주에 살고 있는 집안 친척의 결혼식에 가기 위해 고향의 큰형수한테 들렀다. 당연히 참석할 줄 알았는데, 큰형수는 가지 않겠다고 내게 말했다. 가만 눈치를 보니 부조할 형편이 여의치 않아 그런 것 같았다. 그 일이 있고나서 조카들과 한 자리에서 뜻을 모았다.

"어머니가 풍족하지는 못해도 생활비는 부족함이 없도록 나도 매

달 얼마라도 보낼 테니 모두가 어머니께 매달 생활비를 보내도록 하
자."

조카들도 모두들 흔쾌히 약속하며, 어머니를 좀 더 세심하게 돌보
겠노라 약속했다. 그 전에도 명절 때마다 조금씩 돈을 보냈지만, 그
때부터 몇 년간 매달 보냈다. 그게 다였는데도, 큰형수는 지금도 동
네 사람들에게 시동생이 좋은 사람이라고 자랑을 하고 다녀 내가 오
히려 더 미안한 격이 되었다.

기독교인이 되다

난 아내를 만나기 전까지 신앙생활을 전혀 하지 않았다. 유교사상을 가졌던 부모님 밑에서 유년시절을 보낼 때, 결혼과 장례 등 집안의 길흉대사는 대부분 점쟁이들의 말을 따랐다. 결혼 때 목사님 주례를 반대하지 않았던 것처럼, 아버지는 유교사상을 고집하지도 않았다. 우리 마을에 예수님을 믿는 집은 딱 한 집뿐이었는데 걸어서 30분을 가야 하는 교회에 다니고 있었다. 대학 때는 친척을 따라 남묘호렝게교라는 일본 불교를 1년 남짓 믿어보기도 했지만 곧 그만두었다.

이런 나에 비해 아내의 신앙은 어린 시절부터 단단하고 신실했다. 초등학교 4학년 때부터 홀로 하나님이 이끄는 대로 자연스레 시작된 믿음생활이었다. 도시에 살다가 평촌의 시골로 이사한 후 어느 곳에도 정 붙일 곳이 없던 어린 희숙은 성탄절을 앞두고 50명 정도 출석하는 작은 시골교회에 가게 되었다. 교회의 규모는 작았지만 가족 같은 분위기에 전도사님도 있고 종지기 집사님도 있었다. 나중에 자녀 중에서 목사님이 나올 정도로 신실한 집사님이었다. 성탄절 축제 성극의 배역을 뽑는데 머리가 총명한 희숙은 대사를 잘 외워 주인공으로 뽑혔다. 밤낮없이 연습을 해 성극을 성공리에 끝내고 나니 어린 마음에 많은 사람들이 칭찬을 해 주고 관심을 보여주는 것이 그렇게 좋을 수가 없었다고 했다.

　신이 난 희숙은 어른들과 함께 성탄절 새벽송을 부르며 열정적으로 동네를 돌았다. 어떤 집은 먹을 걸 준비해줬지만 어떤 집은 시끄럽다 했다. 그래도 좋았다. 교회는 어린 희숙을 행복하게 해주었고, 위로와 용기를 심어주는 하나님 아버지의 집이었다. 부산에서는 동래제일교회에 독실하게 다니면서 유재춘 목사님과 길영애 사모님에게 사랑을 많이 받았다.

　결혼을 하고 신혼여행지에서도 아내는 내일에 대한 희망과 믿음을 주는 교회가 전국 곳곳에 있어서 좋다며 주일을 지켰다. 아내가 교회에 다닌다는 것은 알고 있었지만 난 여전히 무관심한 상태로 있었다. 그렇다고 아내가 교회를 가자고 닦달하는 것도 아니었다.

　결혼 후 8개월이 지난 1974년 11월 3일, 아내를 따라 처음으로 개봉동에 있는 대광교회에 갔다. 38세의 젊은 김태환 목사님이 3월 10일에 개척하여 8개월에 접어드는 소박한 교회로 2층 상가건물에 30명 정도의 신자가 출석하고 있었다. 등록을 하자 김태환 목사님은 초급 신자였던 나를 신앙의 기초부터 차근차근 가르치기 시작했다. 김태환 목사님의 기도와 열정의 힘은 대단했다. 그 덕에 난 예수님을 바로 알게 되었고 바른 기독교인으로 자라날 수 있었다.

　주일예배, 수요예배, 새벽기도를 열심히 참석하고 매주 목요일은 나를 비롯하여 김태환 목사님, 송태호, 박두원, 나상문, 양순석, 이한기 등이 모여 남자 구역예배를 드린 다음, 김태환 목사님에게 많은 질문을 하고 답을 들어가며 신앙생활을 배워 나갔다. 과외수업 같은 신앙의 교육과정을 거치는 동안 나는 일반성도에서 서리집사로, 1982년(당시34세)에는 안수집사, 그리고 교회 출석 20년이 되던 1994년(당시45세), 장로가 되어 교회를 섬겼다. 그리고 딸 희진이와 아들 성진이가 유치부에서 고등부를 마칠 때까지 우리 부부는 함께 진급하며 교육부서에서 봉사하였다.

교회에 부흥회가 있는 날이면 우리 부부는 집에 돌아와 처남과 함께 다시 부흥회를 열었다. 찬송을 부르다가 틀리면 웃다가 다시 시작하기를 여러 번 하는 그 순간이 더없이 복되었다.

처남은 대학생활이 너무나 바쁜 데도 교회의 청년부와 성가대원

관악산 계곡에서 희진과 성진이 외삼촌인 용섭, 인섭과 함께

으로 열심히 헌신했고 언제나 겸손한 자세를 잃지 않았다. 특히 하얀 고무신을 신고 다니며 학업과 교회에 성실하게 매진하는 모습은 참으로 멋지게 보였다.

4학년 졸업반이던 나도 공부 잘 하는 처남들에게 절대로 뒤쳐져서는 안 되겠다는 마음자세로 학업 또한 게을리 하지 않았다. 우리 아이들도 외삼촌들 등에 업혀 신림동으로 이사한 서울대학을 자기 집 이웃같이 드나들며 놀았던 덕분에, 두 아이 모두 서울대학에 들어가게 된 게 아닐까 생각해 본다.

대광교회 등록 후 약 한 달이 되었을 때 '이왕 하나님 믿는 것, 철저하게 열심히 믿어보자' 다짐하고 새벽기도를 시작, 어느 새 교회 맨 앞자리가 우리 부부의 지정석이 되었다. 가급적이면 하루도 빠지지 않으려 애썼다. 딸과 아들이 태어났을 때도 한 명씩 등에 업고 나갔고, 내가 출장을 가게 되면 아내 혼자 새벽기도에 참석했다.

새벽기도는 우리 부부는 물론 가족과 주변의 모든 이들을 위한 기도였다. 특히 학생시위 하다가 관악경찰서에 구류를 살며 고생하는 처남을 위해 기도할 때는 '구약 성경 속에 나라와 민족을 위해 보아스와 야긴 같은 훌륭한 기둥이 되어 나라를 위해 크게 쓰임 받게 해달라' 부르짖었다. 새벽예배를 드리고 나서, 김태환 목사님이 강단에 엎드려 기도하고 아내와 내가 뒤에서 기도할 때 목사님의 기도와 우리 부부의 기도가 하모니를 이루면 온몸에 전율이 일곤 했다. 대광교회 44년의 역사와 함께 한 우리 부부의 새벽기도의 부르짖음은 우리 가족을 "지상 최상의 꽃밭"(장인어른의 말씀)과 같은 믿음의 가정으로 만들어준 축복의 비결이었다.

기독교인의 직장생활

한국콘베어공업(주)는 종업원이 약 300명 정도 되는 중소기업으로 국내 콘베어와 체인을 생산하는 업체 중에서 1등 회사다.

회사를 설립한 이병두 회장은 일찍이 한국은행 도쿄지점에 근무한 일본통으로 한국 경제 발전을 이루기 위해 지게와 리어카 밖에 없는 각 공장마다 자동화 시스템인 콘베어를 보급하는 것을 사명으로 여겼다. 귀국 길에 콘베어 1대를 샘플로 들여 와 일본 근대화의 근간인 콘베어 시스템을 국내 최초로 생산, 보급하여 대한민국 산업 발전에 눈부신 기여를 했다. 국내 현금동원 능력이 몇 손가락 안에 꼽히는 이 회장은 지금도 용산 전자상가와 가락동 농수산물시장을 경영하고 있다.

입사한 지 3년 만에 이 회장의 처남인 김종연 사장이 서울은행 감사로 근무하다 부임해 왔다. 3개월 후, 김 사장은 사원들에게 바라는 바나 고충사항이 있다면 처리해주겠다며 써내라고 했다. 난 예수 믿는 기독교인이므로 주중에는 회사를 위해 열심히 일하겠으니 주일 대예배와 수,목예배를 지킬 수 있도록 배려해 주기를 요청하는 장문의 글을 썼다. 김 사장은 내 소원을 흔쾌히 들어주었다. 알고 보니 사장의 부인이 하나님을 열심히 섬기는 기독교인이었다.

그 날 이후부터 직장생활 26년간 전 사원 극기단체 훈련을 제외

하고는 주일을 잘 지킬 수 있었다. 울산 현대자동차 설치공사 감독차 몇 개월간 현장에 있었어도 매일 새벽기도와 주일 대예배를 참석하자 '예수쟁이 정말 무섭다'는 말을 듣기도 했다.

매주 수요예배와 목요일 구역예배도 빠짐없이 출석했다. 이런 내 모습이 신자가 아닌 상사의 눈에는 다소 거슬렸을 법하다. 목요일이 되었다. 일을 하다 보니 밤 8시가 되었다. 상사에게 9시까지 구역 예배를 인도해야하므로 퇴근하겠다 말했다. 상사는 미간을 찌푸렸다.

"일요일, 수요일은 그렇다 쳐도, 목요일까지 교회를 간다는 게 말이 되나?"

"사장님께 허락받았습니다."

사장 허락을 받았다는 말이 심기를 건드렸는지 상사는 버럭 했다.

"전국을 누비고, 세계를 돌아다닌 사람이 어찌 그리 꽉 막혔나!"

상사는 답답하다는 표정으로 날 보았다. 한두 번 듣는 소리가 아니었다.

"그래도… 가야겠습니다."

"뭐?"

"열심히 일하고 근무 외의 시간에 가는 일을… 이 회사 아니라도 얼마든지 예수 잘 믿고 일할 곳 많습니다."

"이 사람이? 진짜로 하는 소리야?"

진짜였다. 직장을 그만 두는 한이 있더라도 주일과 수,목예배를 지키겠다는 내 신념이 기독교인이 아닌 사람들이 보기엔 세상 물정 모르는 꽉 막힌 사람으로 비춰졌겠지만, 주님을 섬기는 일이었다. 상사는 내가 사장빽을 들이민다고 생각했겠지만 나한테는 그보다 훨

씬 든든한 하나님빽이 있었다. 잔소리하는 상사를 뒤로 하고 퇴근해 버렸다.

약속된 시간, 맡은 바 임무에 최선을 다하며 기독교인으로 예수님을 잘 믿으니 영업 실적도 좋았다. 결국 상사는 나를 인정할 수밖에 없었다.

세월이 흘러 술도 잘 마시고 호탕했던 상사가 많이 아프다는 소식을 듣고 찾아갔다. 상사는 날 보자마자 깜짝 놀랐다.

"강대진 장로! 하나님 축복 많이 받았나보다. 얼굴이 어찌 그리 좋아졌어?"

피부병으로 죽음 직전까지 갔던 날 잘 알고 있기에 상사는 건강해진 내 모습을 보고 놀라움을 금치 못했다. 나의 신앙생활이 못마땅해서 핍박을 일삼았던 상사의 입에서 '하나님의 축복'이라는 말이 나오자 감격스러웠다. 상사는 많이 쇠락해져 있었음에도 진심으로 내게 덕담을 건네는 것을 보며 하나님의 연민이 느껴졌다. 그 자리에서 바로 교회에 나가자고 진심을 다해 전도했는데, 상사는 예수님을 영접하지 못하고 그해 유명을 달리했다. 좀 더 적극적으로 상사에게 마음을 열고 다가갔더라면 하는 아쉬움이 남은 채 그의 평안한 안식을 위해 기도했다.

2개의 월급봉투와 영업부 근무

입사 6년 차, 생산부 생산담당 기사와 대리를 거쳐 콘베어 생산, 제작 및 설치 관련 부서의 과장이 되었다. 중간관리자가 되어서도 맡은 바 일에 최선을 다 하며 교회 또한 열심히 출석하며 직원들과도 갈등 없이 잘 지내고 있던 1980년 9월 경, 평소에 거래관계로 잘 알고 있던 W사에서 혹할 정도의 파격적인 조건으로 스카웃 제의를 해 왔다. 직급은 부장에 현재 받고 있는 월급의 40%를 올려주며 회사 지분의 30%를 배당하고 승용차도 제공하겠다 했다. 며칠을 고민하다가 회사에 사직서를 제출했다.

날 아들처럼 아끼고 지도해 주던 가메이이찌로 부사장과 몇 번의 면담을 거쳐 최종적으로 김종연 사장과 독대했다. 김 사장은 타 회사의 조건을 자세히 듣더니 바로 결론을 내렸다. 직급을 올려주는 것은 다른 직원들과의 형평성 관계로 어려우니 타사가 제시한 추가 인상분에 대해서는 현장직 월급날인 익월 5일에 주는 것으로 하자고 해, 사직서 제출은 없던 일이 되었다. 그때부터 등기이사 될 때까지 25일과 5일, 난 2개의 월급봉투를 받고 다닐 만큼 나에 대한 회사의 신뢰는 전폭적이었다. 그리고 여러 임원의 추천으로 10월 1일 생산부가 아닌 체인사업부 영업담당 과장으로 발령이 났다.

그 동안 기계설계실과 생산부에서 근무하다가 처음 영업을 뛰게 되자 염려도 되고 두려움이 앞섰다. 제일 먼저 부닥친 어려움은 술과 담배였다. 그때 영업활동은 담배와 술 접대가 기본이었다. 그러나 담배 한모금도 피지 않았고 술은 입에도 대지 않은 내가 영업 때문에 못 마시는 술을 마시고, 담배를 피운다는 건 스스로도 용납할 수 없었다. 게다가 난 기독교인이었다. 당시는 성령이 매우 충만할 때라 '성실'과 '진실'로 승부하는 게 진정한 기독교인의 자세라 생각하고 영업을 시작했다.

가방에 회사 소개 책자를 넣고는 큰 굴뚝이 보이는 공장이나 10층 이상의 건물들을 방문했다. 강원도 동해와 삼척 등과 충북 제천의 쌍용, 동양, 한일, 아시아, 성신, 현대시멘트 등 국내에 있는 시멘트 공장들을 전부 찾아다녔다. 회사를 들어가기 전에 마태복음 7장 7절의 '구하라 그리하면 너희에게 주실 것이요, 찾으라 그리하면 찾아낼 것이요, 문을 두드리라 그리하면 너희에게 열릴 것이니…'를 마음속으로 외우는 것을 잊지 않았다.

강원도 철암에 있는 삼표연탄 석탄채굴 탄광을 방문했을 때였다. 일본 기술자를 대동하고 막장용 콘베어 체인 개발을 위해 약 3시간 동안 지하 3,000m로 들어갔는데 지열이 얼마나 뜨거운지 광부들이 아침에 가지고 간 점심도시락의 김치반찬이 시어버릴 정도였다. 언제 무너질지도 모르는 막장의 위험한 상황에서 눈만 껌벅이며 일하는 모습을 보면서 지상에서 편안하고 안전하게 근무하는 나의 상황에 감사의 기도가 절로 나왔다.

신발이 닳도록 방문하고 또 방문하며 노력한 결과 7개월 간 판매

실적이 월 3,000만 원이나 되었다. 전임자의 10배를 뛰어넘는 실적을 올리자 가메이이찌로 부사장이 독려를 아끼지 않았다. 그런 칭찬과 함께 2번이나 받는 월급봉투는 활기찬 영업을 하는 힘이 되었다.

일본 합자회사인 쯔바끼모토(사)에 수십 번 출장을 갔다 와, 동력 전달장치 부품 수입파트를 별도로 조직, 구성하여 단순한 콘베어 제조판매에서 벗어나 콘베어용 체인사업부와 수입품판매부 등을 구축하여, 회사가 발전하는 큰 틀을 만든 것이 무엇보다 보람이었다.

그리고 국내 주요 신문사인 조선일보, 중앙일보, 동아일보, 국민일보의 지고, 급지 라인을 제작해 공급한 일도 기억에 남는다. 또, 현대자동차(주) 울산의 1~3공장까지는 일본과 독일제 콘베어 생산 시스템을 도입했지만, 제 4공장과 아산공장은 일본의 쯔바끼모토(사)와 협력하여 도요다자동차 시스템을 도입, 국내 최초로 국산제품을 공급해 한국자동차산업 발전에 크게 기여할 수 있게 된 점도 자부할 만 했다.

한 가지 잊지 못할 일이 있다. 현대자동차 울산 4공장 그레이스공장 도장LINE G-PROJECT(지라인 프로젝트)를 쯔바끼모토(사) 기술지원으로 국산으로는 국내 처음 60억에 수주하여 공사 추진 중에 벌어진 일이다.

잦은 설계 변경으로 인해 추가 물량이 약 5억 이상으로 큰 폭의 회사 적자가 발생하였다. 회사에서는 몇 차례 회의를 거쳐 일단 추가공사 내역서를 현대자동차 생산기술부에 제출하기로 하고 김종연 사장, 윤준 전무, 최대현 전무가 울산 현장사무소로 내려왔다. 영업부장이었던 난 현대자동차 담당부장에게 회사 경영진이 가지고 온 서류를 제출했다.

"야 이, 개새끼야! 가지고 가!!!"

담당부장은 내가 내민 서류를 보지도 않고 집어던지며 소리 질렀다. 욱하고 분노가 치밀어 올랐다. 난 맞고함을 쳤다.

"개새끼라니!!! 너도 부장이고 나도 부장인데 어디서 개새끼라고 해?!"

나의 대응으로 60여 명이 근무하는 사무실은 난장판이 되었다. 담당부장은 추가 물량을 절대로 받을 수 없다고 소리를 질렀고 급기야 난 사무실 문을 박차고 나와 버렸다. 현대자동차에 근무하는 J과장이 따라 나와 간청했다.

"강부장님, 속 시원하게 잘 하셨습니다만… 이대로 가버리면 우리가 당분간 너무 괴로우니 잠시 커피 한잔하시고, 어쩌겠어요? '갑'이니까… 사과 한번만 해주세요."

그랬다. 저쪽은 '갑'이었고, 이쪽은 '을'이었다. 착잡한 심정은 이루 말할 수 없었지만 마음을 다스린 후 1시간쯤 뒤에 사무실로 들어갔다. 담당부장은 날 보더니 벌떡 일어나 윗도리를 벗으며 넥타이를 풀었다… 꾹 참고 부드럽게 말했다.

"부장님, 저도 태권도에다 씨름도 좀 합니다. 절대 부장님께 지고 싶지 않으니 그만합시다."

누그러진 내 태도에 전의를 상실한 담당부장은 자리에 앉았다. 일은 잘 처리되어 추가비용을 3억5천만 원 선으로 합의했다. 이 사건은 아무리 대기업이고 '갑'이라 해도 중소기업인 '을'을 무시한다거나, 인격적으로 사람을 대하지 않을 때는 절대로 참지 않는 성격임을 그대로 보여준 해프닝이었다.

2002년 월드컵 개최를 앞두고 동아일보와 중앙일보는 설비를 2배로 확충하였다. 동아일보는 신공장을 짓고 준공식날 고사를 지냈다. 30여 건설 관련업체 사람들이 다 모여 모두들 돼지머리에 절을 하고 돈을 꽂았다. 나는 봉투를 내고 절을 하지 않은 채 그 자리에 서서 두 손을 모아 기도를 했다. 기도를 끝내고 돌아서는데 한 간부직원이 내 손을 움켜잡았다.

"강부장님, 대단한 걸요? 어떻게 혼자서만 기도를 합니까?"

"전 교회 장로입니다. 절대 절은 안 합니다."

㈜한국체인모터 배윤식 사장

영업을 시작하고 첫해에 만난 사람 중에 내 인생에 정말 소중하고 귀한 사람이 있다. 바로 청계천 기계공구상가의 대일상사에 근무했던 배윤식 부장이다.

영업을 하기 위해 처음 배 부장을 찾아갔을 때, 그는 매우 반갑게 대해 주었다. 처음엔 음료수를 내놓더니 나중에는 점심식사까지 대접했다. 친절한 그가 우리 물건을 꼭 살 것만 같아 자주 방문하게 되었다. 그러나 배 부장은 매월 몇 번씩 방문해도 콘베어용 체인은 단한 코도, 1미터도 발주하지 않고 처음과 똑같이 대접만 했다. 날 지켜보고 관찰하는 것이 분명했다. 진실함으로 대하는 수밖에 없었다. 그런 나의 진실함이 통했는지 만 1년이 지나고 대일상사가 모든 콘베어용 체인을 발주해 주었다. 드디어 거래가 시작된 것이다.

시간이 지나자 배 부장은 날 형님으로 부르며 일 외에도 본인의 결혼문제 등 많은 것을 상의했다. 결혼 후 신혼여행을 다녀와서는 장안평 지하단칸방에 마련한 신혼집에 날 초대했다. 나는 가루비누인 하이타이와 휴지를 들고 가서 정성껏 차린 음식상 앞에 두 손을 모아 간절히 기도했다.

"하나님 아버지! 이 부부의 앞날에 하이타이 거품보다도 더 많은 물질의 축복을 내려주시고, 더불어 자손의 복도 내려주십시오!"

1989년 배 부장은 대일상사를 그만두고 ㈜한국체인모터를 설립하고, 사장이 되었다. 인천에 본사를 두고 의정부, 구로, 시화, 화성, 검단, 부산 등 전국에 지점을 개설하여 동력전달 장치류 등을 판매하는 ㈜한국체인모터는 현재 종업원 90여 명을 둔 연매출 400억 규모의 회사로 성장했다. 배 사장은 해마다 영업이익의 1%를 사회에 환원하고 있으며, 대한민국의 바른 역사를 위해 역사박물관에 거액의 기부를 하는 등 모범적인 기업경영을 해 나가고 있다.

　구로 주공아파트에 살 때, 내가 이사로 승진하고 며칠 지난 늦은 밤, 배 사장이 집으로 깜짝 방문했다.

　"형님! 이사 승진 소식을 듣고 달려왔습니다. 축하합니다!"

　그가 내민 선물봉투엔 순금으로 된 행운의 열쇠가 들어있었다. 이사 승진을 내 일처럼 기뻐하며 축하하러 달려와 준 배 사장의 따뜻한 마음이 가슴 먹먹할 정도로 고마웠다. 배 사장은 그 후로도 딸과 아들이 서울대학교에 입학할 때마다 우리 전 가족을 식당으로 초대해 축하 만찬을 해주는 둘도 없는 막역지간이 되었다.

　가족과 함께 식사를 하는 자리에서 배 사장은 아들에게 물었다. 축구를 좋아하는 아들이 경영대 축구부를 새로 만든 지 얼마 안 되었을 때였다.

　"학교생활에 필요한 게 있으면 언제든 말해. 도와주마."

　아들은 한참을 망설이다가 대답했다.

　"저 개인적은 필요 없고요. 학과에 축구부를 조직했는데 초대 스폰서가 돼 주시면 어떨까 싶습니다. 공부도 잘 하지만 모두 운동을 좋아하고 무엇보다 팀 스포츠를 하는 친구들이어서 훗날 훌륭한 경영인과 지도자들을 배출하는데 큰 도움이 될 것 같습니다."

배 사장은 아들의 말을 듣고 그 자리에서 지원하겠다 약속하고, 축구부에 수년간 매월 후원금을 지원해주었다. 스페인 무적함대의 이름을 따서 '아르마다(ARMADA)'라는 이름을 지은 경영대 축구부는 배 사장 후원 덕분에 멋진 유니폼과 장비를 갖춘 팀이 되었고, 대학 운동장에서 경영대학 축구부팀과 (주)한국체인모터 직원들 간에 친선 축구대회도 하고 연말이면 경영대학 축구부 출신들을 초청하여 수 년간 경영일선에서 쌓아온 자신의 경험담을 후배들에게 들려주고 격려하는 만남을 지금까지 잘 해오고 있다. 그 덕분에 아들이 입학했을 때보다 경영대학 정원이 대폭 줄어든 지금에도 매년 신입생 지원자가 넘쳐나고 각계로 진출한 졸업생들이 후배들을 챙겨주는 명문 팀으로 성장했다고 하니 배 사장의 후원이 큰 결실을 맺게 된 것 같아 흐뭇하다.

인연을 맺은 후 동생처럼 설, 추석명절에 잊지 않고 귀한 선물을 보내주고 골프에 대한 배려도 해주어 얼마나 고마운지 모른다. 내 인생의 참 좋은 인연인 배 사장을 위해 새벽기도 때마다 기도하고 있다.

"주여! (주)한국체인모터사가 한국의 대표기업으로 미국의 월마트 같이 동력전달장치 판매유통부문 국내 톱으로 매출 1,000억을 달성하는 기업이 되게 하여주시고, 배 사장님 가정이 미국의 록펠러 가문처럼 믿음의 명문가가 되게 해 주세요. 주님께서는 응답해주시고 지켜주시며, 그의 손을 잡고 인도해 주실 줄 믿습니다. 아멘."

96억에 계약한 현대자동차 아산프로젝트

　한국콘베어공업(주)는 콘베어 운반시스템 부분의 선두 주자로 1975년경에 울산 현대자동차 포니 생산라인 설비공사를 시작으로 현대자동차 설비협력사가 되어 국내 자동차 산업의 발전과 더불어 국내 전 산업분야에 운반설비 생산 공급으로 국가산업 발전에 큰 역할을 담당했다. 울산 현대자동차는 제 1공장과 제 2공장, 그리고 메인 콘베어 설비는 일본 나까니시금속(사), 제 3공장은 독일 듀어의 제품으로, 제 4공장은 순수 국내산으로 한국콘베어공업(주) 일본 쯔바끼모토(사)의 기술 지원으로 설계 제작 설치 완공하면서 자동차 메인 생산라인 국산화에 크게 공헌하게 되었다.

　1994년 봄, 김종연 회장의 주재로 긴급 영업 특명이 떨어졌다.

　"현대의 담당 이사가 도요타자동차 공장 도장생산 시스템을 견학할 의사가 있는지, 직접 국제전화로 알아보도록!"

　현대자동차(주)는 충남 아산에 30만대 승용차 생산능력의 신공장을 신설하기로 결정하고 부지 매입까지 완료한 아산프로젝트 추진팀을 구성하였다. 그 프로젝트의 담장책임자가 승용차 생산기술부 L이사인데, 그는 지금 도쿄 전시회 참석차 일본에 출장 중이었다. 그에게 일본의 도요타자동차 공장시스템을 추천해서 우리 회사와 함께 아산 프로젝트를 추진할 수 있게 하라는 내용이었다. 회사는 이미 담당 이사가 머무는 일본의 도쿄 호텔 전화번호까지 입수한 상태였다. 일본 쯔바끼모토(사)에서 파견한 서울주재원 쯔끼모토 과장의 영업정보였다. 일본 쯔바끼모토(사) 콘베어 사업부는 도요타자동차(주) 계열사로 자동차 도장 전문 업체인 트리니티(사)와 함께 도요타자동차(주) 도장생산 콘베어시스템 100%를 수년 간 공급하고 있었다. 일본은 신기술뿐 아니라 국제적인 영업정보도 국내보다 한참 앞서 있다는 것에 새삼 놀랐다.

회장의 지시에 따라 한 번도 만나본 적 없는 담당 이사에게 국제전화를 걸었다. 위와 같은 내용을 설명하고 다음과 같이 물었다.

"가능하다면 내일이라도 당장 제가 도쿄로 갈 테니, 쯔바끼모토(사)의 안내로 도요타자동차 공장을 견학차 방문하시겠습니까?"

담당 이사는 어떻게 알았느냐 놀라면서도 가능하다고 했다. 난 다음날 첫 비행기로 일본으로 날아갔다.

도요타자동차 최신공장을 방문하여 견학하는 2일 동안, 전 설비체계와 의문사항 등을 질문하고 토의했다. 도요타자동차(주) 책임자는 한국에도 이렇게 자동차 도장부문을 잘 이해하는 훌륭한 기술자가 있느냐며 담당 이사 일행을 칭찬했고 아낌없는 설명과 안내를 해주었다. 마지막 견학을 마치고 나올 때, 회사 방문 기념으로 그 지역의 유명한 찹쌀떡 3박스를 선물로 받았다. 호텔로 돌아와 내용을 정리하고 토의하는 간담회를 끝내고 담당 이사가 선물로 받은 찹쌀떡을 내놓으며 조심스럽게 물었다.

"강부장님, 예수님 믿으세요?"

"예, 전 서울 개봉동 대광교회에 출석하는 안수집사입니다."

"저런! 하마터면 집사님께 전도할 뻔 했네요."

이사와 차장은 예수님을 신실하게 믿는 기독교인이었다. 세 사람이 화통하게 웃고 나니 몇 년을 알고 지낸 사람들처럼 마음이 열렸다.

"제가 대표로 기도할까요?"

나는 이번 출장 건이 잘 추진 될 수 있도록 간절히 기도했다. 두 사람은 그날 내 기도에 많은 감동과 은혜를 받았다고 했다. 특히 담당 이사는 그날 이후 나를 만나면 기도를 부탁하곤 했다.

약 1년 반 동안 5차례 정도 현대자동차(주) 아산프로젝트팀과 함께 쯔바끼모토(사)의 도쿄 사이타마 공장과 도요타자동차(주) 도장 공장 등을 방문 견학하면서 수차례 검토 간담회가 진행 되었다. 마지막 방문인 센다이 도요타자동차(주) 공장에서 3박 4일을 체류하는 중 계획에 없던 일이 생겼다. 세계 각 나라 자동차공장 건설 엔지니어링을 전담하는 도요타자동차(주) 계열사의 기술자 3명이 우리 일행을 찾아온 것이다. 그리고 약 3시간 동안 자신들이 수십 년간 해 온 일본의 도요타자동차(주)의 본토 공장 건설 및 국내의 대우자동차(주) 군산 공장 건설 현황을 프리젠테이션 하면서 이번 현대자동차(주) 아산프로젝트 기술 엔지니어링을 자신들에게 의뢰하지 않겠느냐고 제의했다.

총 책임자인 L이사가 15일 이내에 기술 견적서를 작성하여 제출해 달라고 했다. 그리고 두세 차례 검토 후 그 계획안대로 최종 공장 레이아웃이 결정되어 국내에서는 처음으로 일본 도요타자동차(주)

생산시스템이 현대자동차(주) 아산공장에 도입되었다.

3박 4일 동안 도쿄에 머물 때, 업무가 끝나고 나면 다들 밤이 늦도록 바둑이나 고스톱 등을 하며 놀았다. 그러나 난 그때 아들이 재수하던 때라 매일 하던 습관대로 새벽 5시에 기상하여 베란다에서 성경을 읽고 새벽기도를 드렸다. 3일간을 함께 다다미 온돌방에서 지내며 지켜 본 L이사가 말했다.

"지금까지 현대자동차에 25년 정도 근무하면서 자동차공장을 국내외 5개 정도 건설해 왔는데 강부장님처럼 회사 일에 전념하면서 가족과 가정을 위해 정성껏 신앙생활 하는 분은 처음 봤습니다."

그리고 다음과 같이 이어갔다.

"정세영 회장의 재가가 떨어지고 최종 견적이 예산 범위에서 크게 벗어나지 않는다면 가급적 최선을 다해 한국콘베어공업과 같이 아산프로젝트를 진행하도록 노력해 보겠습니다."

1995년 7월 8일 외자 분은 쯔바끼모토(사)가 100억에, 국내 분은 한국콘베어공업(주)에서 96억으로 성공적인 계약을 체결하게 되었다.

약 1년 반 동안 이 일을 추진하면서, 담당자들의 취향까지 철저하게 분석하는 일본의 영업 방식에 대해 많이 배우게 되었다. 비즈니스 가방 속에 바둑판 2개, 화투 2벌, 회사에서 제공하는 선물까지 치밀하게 준비했고, 회사를 방문한 담당자가 건강상 간과 위가 좋지 않다는 것을 알고는 고급 일본산 마까지 준비하는 섬세함도 보였다. 일본은 과거 우리에게 큰 상처를 주었지만, 일본인들의 치밀함과 부지런함을 배워야만 일본을 극복할 수 있으리라는 생각이 들었다.

세계 5, 6위권의 자동차회사로 성장한 현대자동차(주)의 아산공장은 미국 알라바마 공장은 물론 신설되는 모든 해외 공장의 표준 모델로 적용한다고 한다. 일본 쯔바끼모토(사)의 쯔끼모토 과장의 적극적인 영업정보와 협조로 최종 계약, 제작 설치 준공한 현대자동차(주) 아산프로젝트가 한국의 자동차산업 발전에 크게 기여한 것에 항상 가슴 뿌듯함을 느낀다.

그리고 준공 후 회사에서 자동차 마르샤를 부상으로 받기도 했다.

당시에는 일본의 선진 능력을 부러워했는데, 세월이 흘러 도요타자동차(주)는 현대자동차(주)가 자신들을 추월하는 정도의 수준에 이를 줄 모르고 생산시스템을 수출했으니 참으로 격세지감이 든다. 아산 프로젝트는 지금도 내가 최고라고 현실에 안주하는 교만함보다는 겸손하면서도 독창적인 아이디어를 무기로 해야 중단 없이 전진한다는 것을 알려준 소중한 체험이었다.

20년 전 과장에서 현대자동차 미국 알라바마 공장 등을 거쳐 기아자동차에서 상무로 퇴직한 윤호원, 현대자동차 터키 공장을 거쳐 기아자동차 상무로 퇴직한 이영준 상무는 지금도 변함없는 신뢰와 믿음 안에서 좋은 비즈니스와 인간관계를 맺고 자주 교류하고 있다.

1983년 봄, 윤준 전무와 기술부 김명렬 과장과 함께 쯔바끼모토 (사) 오사카 본사로 출장 중 일요일이었다. 한국의 경주와 비슷한 나라에 관광 갔다가 돌아오는 길에 휴게소를 들러 음료수를 마시면서 보니 맞은편 언덕에 십자가가 눈에 띄었다. 윤준 전무와 일본인 가메모토 과장에게 잠깐 30분정도 교회 다녀오겠다 하고 김명렬 과장과 같이 교회로 갔다. 한국에서 온 목사님부부가 개척한 교회였다. 예배 드리고 나니 1시간 30분이 지나게 되었다. 일본까지 와서 꼭 교회를 가야하느냐며 볼멘소리도 들었지만 우린 죄송하고 감사했다.

또 한 번은 김종연 사장을 일본 출장 중 이바라키에서 함께 교회를 갔던 일도 생각난다. 한국과는 다르게 일본에서는 교회가 없고 십자가를 보기가 쉽지 않은데 출장 때마다 나에게 교회의 십자가를 보게 하고 기쁘고 즐거운 마음으로 교회로 인도한 일들을 생각해 보면 사모하는 자에게 보여주시고 축복하시는 하나님의 크고 놀라운 은혜를 간증하지 않을 수 없다.

작년 겨울, 송도해변을 아내와 함께 거니는데, 푸르게 우뚝우뚝 솟은 소나무의 기상이 하늘을 찌를 듯했다. 묵직하게 다가오는 소나무의 늠름한 자태를 한참을 바라보고 있는데 아내가 날 바라보며 한 마디 했다.

"왜요? 당신 모습 보는 것 같아요?"

아내는 고개를 끄덕이며 칠십 평생을 한 점 부끄럼 없이 살아가기가 얼마나 어려운 일이냐며 날 인정해 주었다. 영업을 하면서 겪은 일들이 떠올랐다.

경쟁사의 영업담당 이사가 한 건만 양보해 주면 당시 내가 살던 아파트의 두, 세 채 값인 1,300만 원을 주겠노라고 부탁하는 것을 일언지하에 거절했다. 또, 현대자동차(주)의 울산 엔진공장 로라 콘베어 수Km 설치공사를 하던 때였다. 돈독하고 친밀한 관계에 있었던 담당기사와 업무처리를 원만하게 해 나갔고, 성공적으로 일을 마치고 회사에 출근했더니 홍재수 공장장이 업무를 아주 잘 처리했다며 최고급 양복을 선물로 사 주기도 했다.

어떤 유혹에 넘어가지 않고 지금 이 순간까지 정직하고 바르게 살 수 있었던 것은 예수님을 믿고 하나님 말씀을 따르려 노력한 결과가 아닌가 한다. 참 신앙이야말로 온갖 유혹에 넘어지지 않는 참 지혜다.

일본 문학지에 실린 가족특집

한국콘베어공업(주)는 창립한 지 100년이 된 일본 쯔바끼모토(사)가 투자한 한일합자회사라 가메이이찌로 부사장과 서너 명의 일본인 기술자들이 함께 근무하고 있었다. 쯔바끼모토(사)는 전자회사인 소니와 같이 기계동력전달 장치 부문에서는 세계 유수의 회사로 명성이 높았다. 쯔바끼모토(사)는 매월 '쯔바끼 문화'라는 월간 문학지를 발행하고 있었는데, 나의 가족이 1982년 5월호에 특집으로 소개되었다. 가메이이찌로 부사장의 배려였다. 가메이이찌로 부사장은 일본 와세다대학교 경제학부 출신으로 회사에서 내게 특별한 관심을 보이며 가르치고 지도해준 사람이다. '쯔바끼 문화'에 실린 내용은 다음과 같다.

안녕하세요? 강대진입니다.

한국콘베어공업(주)에 근무한지 8년 차, 현재 콘베어용 체인 영업판매를 담당하고 있습니다. 판매활동을 통해 일본 쯔바끼모토 체인사의 명성이 한국 내에 널리 알려졌다는 것을 알게 되었습니다. 쯔바끼모토 체인 합자회사라는 것만으로 무조건 발주하는 고객도 있답니다. 그래서 우리 회사의 판매실적이 날로 신장하고 있습니다.

회사에서 근무가 끝나면 일본어 회화 반 강사로 젊은 직원들에게 일본어를 가르치고 있습니다.

가족은 아내와 장녀(8세)와 장남(6세), 네 가족입니다. 아이들의 성장이 곧 나의 큰 희망입니다.

가정에서도 직장에서도 예수그리스도의 진실한 사랑을 늘 전파하기 위해 노력하고 있습니다. 일요일에는 교회의 집사로, 유년주일학교 교사로 활동을 해, 저에게는 휴일이 없답니다.

우리 회사에서 함께 근무하는 일본인들을 통해서 일본의 좋은 점을 배우기도 하고 일본인들도 우리들로부터 여러 가지를 배우며 서로 협력하며 양사가 발전해 가고 있습니다.

판매실적을 많이 올려 빠른 시간에 일본 쯔바끼모토(사)에 파견되기 위해 열심히 노력중입니다.

쯔바끼모토(사) 여러분! 안녕히 계십시오.

가메이이찌로 부사장은 당시 64세의 나이로 한국을 누구보다 사랑하는 지한파였다. 6년간 근무하면서 한국콘베어공업(주)의 기초를 튼튼하게 다지는데 큰 역할을 했다.

그는 와세다대 경제학부 출신답게 시간이 날 때마다 회사의 간부들에게 원가관리 분석 등을 지도했다. 한국인의 개개인의 뛰어난 손재주에 많은 관심을 보이며 마지막 마무리 포장과 정리 정돈을 강조했다. 특히 국제기능올림픽에서 연속 3년을 우승했으면서도 한국만 당시 국위가 30등 안에도 들지 않음을 지적하며 앞으로 몇 년 안에 선진국으로 진입할 것을 예견하기도 했다. 한국에 근무하면서 우리

문학지에 실린 가족 사진

나라의 구습에 대해 통렬한 비판도 가했다.

"한국의 많은 국가 공기업이나 사기업의 재정부나 구매부서 담당자들이 그 분야의 전문가가 아닌 대부분 경영진의 친인척으로 구성되어 있다. 그것이 회사발전에 큰 장애가 되고 동시에 경영의 투명성을 저해하고 부정부패의 온상이 된다. 사기업체나 국영기업체의 부정부패의 요소들이 개선되어야만 대한민국이 청렴한 선진국으로 발전하게 될 것이다."

우리나라는 1인당 GDP가 3만 달러에 육박하는 세계 27위의 국가가 되었다. 그러나 아직도 가메이이찌로 부사장이 비판한 기업문화의 구습과 구태는 크게 변하지 않는 듯하다. 내로라 하는 대기업의 경영 승계는 여전히 2세, 3세들에게 이루어지고 있으며 그들의 '갑질'이 심심치 않게 언론매체에 보도되고 있다. 이걸 본다면 가메이이찌로 부사장은 과연 어떤 말로 일갈할지…

    6년의 임기를 마치고 귀국 1개월 전, 부사장은 임시 이사회를 소집하여 수천만 원의 본인의 퇴직금을 장학기금으로 기부하겠다고 밝혔다. 일본에 있는 아내, 대학을 나와 직업을 가지고 있는 2명의 아들과 상의한 결과라고 했다. 회사에서는 부사장의 귀한 뜻을 받들어 '가메이이찌로 장학회'를 구성하였고, 중고등학생 자녀가 있는 많은 직원들이 장학금 혜택을 받게 되었다.

    귀국 3일 전 집으로 초대해, 자신이 입던 옷과 쓰던 전자제품들을 내게 주고 싶다고 했다.

    "부사장님의 정신이 깃든 물건들입니다. 기억하며 사용하겠습니다."

일본에서(첫째줄 오른쪽 세 번째부터 윤준 전무, 김종연 사장, 가메이이찌로 부사장)

새벽의 응답

가메이이찌로 부사장의 청렴한 삶을 잘 알고 있기에 그의 마음을 진심으로 기쁘게 받아들였다.

그 후 김종연 사장과 윤준 전무와 함께 일본 출장을 갔을 때, 가메이이찌로 부사장은 우리 일행을 집으로 초대했다. 사모님은 일본 전통의 의상을 입고 마루 입구에서 90도 절을 하며 우리를 맞았다. 전통적인 일본인의 극진한 예절과 정성어린 음식에 감동하지 않을 수 없었다. 나를 더욱 감동시킨 것은 응접실 벽 한가운데 걸린 큰 액자였다. '마음이 가난한 사람은 복이 있다. 하늘나라가 그들의 것이다.'로 시작하는 마태복음 5장, 산상수훈 8복이었다. 우리 장인어른이 붓글씨로 쓴 것을 가메이이찌로에게 선물했는데, 그것을 액자로 만들어 걸어둔 것이었다.

그 후 출장 중 호텔로 초대해 존경하는 분이라 1만 엔 정도 저녁 식사를 대접했더니 가메이이찌로 부사장은 날 크게 꾸중했다.

"회사의 출장규정이 있으니 호텔 숙소는 어쩔 수 없다 해도, 왜 식사를 이 비싼 호텔에서 하는가? 한 끼 식사로 3,000엔 이하면 충분하다."

가메이이찌로 부사장은 열거할 수 없을 정도로 많은 언행일치의 삶을 살았다. 그의 삶이 26년간 한 직장에서 묵묵히 근무하게 된 내 삶의 길라잡이로 작용되었음은 물론이다. 제대로 배울 수 있는 어른의 가르침과 지도가 절실히 필요한 요즘 세상에 국적여부와 상관없이 큰어른으로 모실만한 분임에 틀림없다.

새벽마다 뛰어다니며 외국어 공부

한국콘베어공업(주)가 일본의 합자회사인 관계로 일본인들과 의사소통을 충분히 하기 위해서 일본어는 필수였다. 신입사원 때였다. 새벽기도를 마치고 집으로 돌아와 아내가 싸주는 도시락을 들고 오류동에 있는 일본어학원으로 달려갔다. 출근 전에 일본어를 배우기 위해서였다. 매일 아침 달려가는 내 모습을 아파트 앞에 있던 이발소 주인이 눈여겨보았는지 머리를 깎으러 온 처남에게 물었다고 한다.

"자형이 운동선수 아닌가?"

그렇게 매일 아침 마라톤 선수처럼 달려가 4년 간 열심히 공부했더니, 나름대로 일본어 소통에 문제가 없게 되었다. 그 후 1년간 사내 일본어 반을 만들어 일과 후 7시까지 직원들에게 일본어를 가르치기도 했다. 이렇게 다져진 일본어 실력은 1980년도부터 시작된 일본 출장에 많은 도움이 되었음은 물론이다.

글로벌화 정책으로 우리나라가 세계무역기구(WTO)에 가입하면서 나라와 나라간의 무역의 벽이 없어지는 것을 보면서 영어의 중요성을 느끼게 되었다. 1980년부터는 영어회화 학원에 등록하여 대여섯 명과 함께 6년간 열심히 공부했다.

스웨덴에서 한국으로 무전여행을 온 닐스라는 청년이 영어회화를

162

가르쳤는데, 조금이라도 현지화 된 영어를 습득하기 위해 우리 집에서 무료로 숙박하게 하면서 아침 식사도 제공했다. 그러느라 아내의 고생이 컸지만 닐스는 크리스마스 때 우리 아이들에게 예쁜 인형을 선물하기도 했다. 닐스에 이어 주한미군방송(AFKN) 아나운서인 미국인 레이와도 영어회화를 공부했다. 레이는 용산에서 학원이 있는 광명까지 새벽6시 수업에 지각한 적이 없을 정도로 모범적인 방송인이었다. 그런 모습이 맘에 들어 주말에 집으로 초대해 대접을 하기도 했다.

1982년, 레이가 같이 공부하는 5명 전 가족을 주한미군방송(AFKN) 용산 방송국으로 초대하였다. 방송국 관람 중에 1980년 5월 18일에 발생한 광주민주화운동의 현장을 비밀리에 보여주었다. 얼마나 공포스럽고 무서웠는지 모른다. 다시는 이 땅에 그런 군부의 만행이 있어서는 안 되는 가슴 아픈 사건이었다. 비디오 관람 후 뷔페를 갔다. 난생 처음으로 경험하는 뷔페여서 먹고 또 먹어도 치킨이 남았다. 우리들은 그 남은 치킨을 싸서 집으로 가져오는 촌스러움을 보여주기도 했다. 영어를 배우기 위해 애썼던 노력은 회사에서 미국 캐나다 등 북미지역의 수출용 PR비디오를 촬영, 제작하는데 많은 도움이 되었다.

그 후 우연히 2002년 8월에 둘째형과 조카사위 박홍근과 3명이 약 한 달 간 중국 청도, 북경, 소주, 항주, 상해, 샤먼 등지를 여행하게 되었다. 특히 상전벽해로 다가오는 상해의 높은 빌딩숲은 우릴 압도했다. 앞으로 세계경제는 중국이 주도하겠다는 생각이 들었다. 그동

중국여행

안 일본 오사카, 도쿄, 미국의 뉴욕 등에 많은 출장을 갔지만 상해의
발전상을 보고 느끼면서 중국어를 모르고는 비즈니스를 할 수 없겠
단 생각이 들었다.

　여행을 마치고 종로 3가에 있는 YBM 중국어 학원에 등록, 중국어
에 도전하기로 했다. 같이 강의를 듣는 친구들 대부분이 대학생이거
나 대학원생들이었다. 그들에게 뒤지지 않기 위해 1년 6개월 동안 하
루에 8시간씩 한자의 원문과 간체를 일일이 찾아가며 매진하는 내
모습에 자극을 받았는지 학생들도 열심히 공부했다.

마침내 실전으로 중국어를 쓰게 될 기회가 왔다. 전 직장의 선배가 운영하는 H사 영업부문 전무로 기아자동차(주) 중국 염성 제 2공장 건설에 6개월간 참여하게 된 것이다. 중국 업무를 원만하게 처리한 뒤 귀국 전 아내를 초청했다. 중국인 운전사 1명을 대동하고 아내와 함께 남경, 상해, 소주, 항주 등을 일주일 동안 여행하는데 나의 중국어 실력은 능숙하지는 않았지만 의사소통 하는데 큰 불편이 없었다.

제3부

교회를 섬기며 산 44년

김태환 목사님과의 인연

1974년 11월 3일 대광교회 등록 후, 나의 신앙은 백지에 그림을 그리듯 하나하나 채워져 가고 있었다. 김태환 목사님이 가르쳐주는 모든 것은 내 신앙생활의 밑그림이 되었다. 매주 교회에 출석하여 목사님의 설교 말씀에 감동했고 하나님 말씀대로 살려고 애쓰며 반성했다. 김태환 목사님과 나는 하나님의 동아줄로 단단히 엮여있는 듯했다. 이렇게 좋으신 주님을 왜 이제야 알게 되었을까 싶을 정도로 나의 신앙은 불같이 타올랐다.

2층 상가건물에 세 들어 살던 대광교회는 성도 수가 늘면서 성전 건립이 절실해졌다. 김태환 목사님과 신자들은 의기투합하여 '땅 한 평 사기 적금'에 들었다. 그리고 형편이 되는 대로 100장에서 500장까지 벽돌 헌금을 하였다. 마침내 1976년 7월 개봉동 349번지에 마련한 부지 위에 성전이 올라가기 시작했다. 채 완성되지 않은 지하 1층에서 첫 예배 드렸을 때의 기쁨과 감격이 지금도 생생하다.

이듬해인 1977년 7월 9일, 서울을 비롯한 중부지방에 오후부터 집중호우가 쏟아지기 시작했다. 양동이로 들이 붓듯 쏟아지는 비에 회사는 비상이 걸렸다. 피해 방지작업을 하고 났더니 밤 11시가 되었다. 막차가 끊겨져 걸어서 퇴근하는데 퍼붓는 비로 인해 우신중고등학교 앞은 물이 가슴까지 차올랐다. 하수구가 터져서 폐수, 똥물이 뒤범벅이 된 물속을 걷고 또 걸어 1시간 만에 집으로 올 수 있었다. 다행히 우리 집은 아파트 2층이라 피해가 없었다. TV에서 집어삼킬 듯 넘실거리는 안양천을 보여주는데, 문득 '노아가 육백 세 되던 해 둘째 달 곧 그달 열이렛날이라 그 날에 큰 깊음의 샘들이 터지며 하늘의 창문들이 열려 사십 주야를 비가 땅에 쏟아졌더라.(창7:11-12)'이 떠오르며 한창 건축공사 중이던 대광교회가 머리에 스쳤다. 아차 싶어, 그길로 처남과 함께 삽을 들고 교회로 달려갔다. 예상한 대로 교회에 물이 들어오고 있었다.

김태환 목사님과 황정자 사모님은 물길을 차단한 다음 물을 퍼내기 시작했고, 나는 처남과 함께 교회입구의 대문을 막아 보았지만 물은 계속해서 불어나 제 2교육관 목사님 거실까지 물이 차 올랐다. 잠자고 있던 어린 세 남매, 은애와 기돈, 신애를 깨워 공사 중인 2층에 베니어판을 깔아 뉘어놓고 성경책과 물품들을 옮기기 시작했다. 그런 중에도 "하늘 아래 이런 좋은 잠자리는 없을 것"이라며 자녀를 위해 기도하는 목사님, 부모를 믿고 깊이 잠든 세 남매의 모습이 복되고 아름답게 보였다.

새벽이 되어도 비는 그치지 않고 물은 점점 불어났다. 교회 앞 골목에 세워둔 승용차들이 물 위로 둥둥 떠올라 사람의 힘으로 도저히 막아낼 수 없는 지경이 되었다. 안양천이 범람한 것이다. 개봉동 일대 각 가정의 연탄이 다 물에 잠겼다. 공장은 침수되고 전기 합선 사고로 가전제품이 고장 나는 등 재산 피해가 속출했고, 감전사고로 많은 인명 피해를 입었다. 모두가 힘을 합쳐 둥둥 떠오른 승용차 하

168

김태환목사님과 함께

나를 끌어와 붙들어매서 교회입구 대문의 유실을 겨우 막을 수 있었다.

"두 분이 아니었으면, 우리 식구들 물에 잠겨 큰 일 날 뻔 했어요."

신애 신랑은 나 덕분에 신애를 만날 수 있었다며 웃기도 했고, 황정자 사모님은 그 후, 자녀들과 만나는 자리에서 물난리를 겪으며 하룻밤을 지샌 일을 얘기하며 고마워하였다.

김태환 목사님과 나의 깊은 인연은 지금 살고 있는 개봉2동 현대아파트가 재건축되어 동, 호수를 추첨하는 날 증명되었다. 새벽기도를 마치고 아침이 되어 아파트 관리사무소로 나갔는데 김태환 목사님도 이미 나와 있었다. 대광교회가 마련해 준 아파트를 추첨하기 위해서였다. 목사님이 먼저 번호를 뽑았는데 117동 1004호였다. 뒤이어 내가 뽑은 번호를 보고 눈을 의심해야 했다. 그렇게 많은 동 호수가운데 117동 1403호, 김태환 목사님과 같은 동의 14층이었다. 평생 김태환 목사님을 친아버지와 같이 모시라는 하나님의 뜻으로 받아들였다.

1975년 4월, 음력으로 3월 8일, 결혼 후 처음 맞는 나의 27번째 생일에 김태환 목사님과 사모님을 집으로 초대하여 감사예배를 드렸다. 그 후 김태환 목사님 부부와 함께 하는 생일감사 축복예배는 우리 집 연중행사로 자리 잡았다.

'이 땅에 하나님의 섭리와 계획 가운데 일어나라 빛을 발하라(사 60:1)'는 말씀에 따라 1974년 3월 10일 대광교회를 창립하여 찬송가 450장 '내 평생 소원 이것뿐'을 좌우명으로 삼고 전도와 선교를 위해 불철주야 일하던 김태환 목사님이 2000년 10월 2일 소천하였다. 마지막 순간까지 의자를 놓고 강단을 지키며 혼신의 힘을 다했던 26년이었다.

친구이자 선후배였던 사랑의 교회 옥한흠 목사님, 남서울교회 홍정길 목사님, 지구촌교회 이동원 목사님 등과 함께 7, 80년대 한국교회 부흥의 불길을 일으킨 주역이었던 김태환 목사님을 믿음의 아버지로 모실 수 있게 된 것은 나의 큰 행운이며 축복이었다. 홀로 된 황정자 사모님과 자녀들과는 지금도 수시로 안부를 묻고 매일 새벽기도 때마다 기도로 소통하고 있다.

김태환 목사님이 소천하고, 모세 이후 여호수아와 같이 '여호와 이레'의 축복 가운데 2000년 10월 15일 서해원 목사님이 제2대 담임 목사님으로 청빙되었다. 서 목사님은 항상 온유한 가운데 수 년 간

170

영국, 미국에서 공부하며 연구한 것을 바탕으로 언제나 주옥같은 은혜의 말씀으로 양들을 잘 인도하고, 특히 젊은 세대에 많은 관심과 정성을 기울여 교회에 3, 40대의 젊은 세대가 넘쳐나게 되었다. 무엇보다도 감사한 일은 당회장으로 부임 후 수년간 많은 기도와 준비로 교회의 기존건물을 헐고 새 건물로 신축하여 참으로 아름답고 훌륭한 성전을 세워 입당한 것이다.

그리고 10년이 지난 2018년 3월 11일 창립 44주년 기념주일 오후예배는 교회 건축 시 차용한 대외 부채를 다 청산하고 하나님께 봉헌하는 헌당식 예배였다. 서해원 목사님은 대표기도를 한 나와 헌당위원장으로부터 교회사용 열쇠를 인수받으면서 44년을 인도하신 에벤에셀의 하나님의 은혜와 축복에 감사 감동하여 눈물을 감추지 못했다.

대광교회의 일꾼이 되다

1982년 3월 14일, 대광교회 제 2회 임직식에서 나를 비롯한 고영학, 장병일, 한상철 등 4명이 집사 안수를 받았다. 교회 출석 8년 차, 나이 34세에 사회 연륜은 물론 신앙적으로도 대선배인 분들과 함께 영광스럽게 안수집사 임직을 받고 보니, 하나님께 감사하기는 해도 너무나 부족하고 허물 많은 어린 종이라 많이 떨리고 두려웠다. 내 마음과 신앙의 중심은 당회장 김태환 목사님의 목회 방침에 순종하는 것이었고, 목사님 지시나 목회 활동에 의기투합하여 시간 날 때마다 성경 읽고 배우기에 열심을 다했던 것 밖에 없었는데 잘 감당해낼 수 있을까 걱정이 되었다. 그때 나에게 용기와 힘을 준 성경말씀은 '이와 같이 집사들도 정중하고 일구이언을 하지 아니하고 술에 인박히지 아니하고 더러운 이를 탐하지 아니하고 깨끗한 양심에 믿음의 비밀을 가진 자라야 할지니…(디전3:8-9)'였다.

그날 강단에 선 성서신학교 총장 강태국 박사는 은혜롭고 충성되고 신실한 주의 일꾼이 될 것을 권면하면서, 자신은 80세인데도 매일 새벽기도 전에 냉수마찰을 한다고 했다. 그리고 평생을 하나님 나라 확장을 위해 노력해왔다는 말이 내 마음에 깊이 와 닿았다. 80세라는 고령에도 매일 냉수마찰로 새벽기도를 시작하는데 나는 과연 어떻게 살아야 할까? 고민과 기도 끝에 대학노트를 준비했다.

매주일 교회의 맨 앞자리에서 예배를 드리되 목사님의 설교를 속기록같이 쓰며 정리하기로 마음먹었고 그 서문을 다음과 같이 썼다.

"내가 여기에 글을 쓰고 정리하는 것은, 이 글을 적고 읽을 때마다 하나님의 은혜를 사모하고 은혜를 받고자 함이다. 내 자신의 믿음과 인생에 변화가 있기를 바란다.

이 노트에 하나님의 귀하신 말씀을 담고 기록해 갈 때, 진정 놀라운 변화가 있을 것이다.

인생 60 평생을 잘 설계하고 열심히 전진하며 살아 갈 때 깊은 사랑과 행복이 있으리라 믿는다. 내 나이 이제 34세. 최선을 다해 열심히 달음박질해 가면 내 삶의 승리가 있다고 확신한다.

전 세계에서 가장 큰 영향력을 행사하고 있는 미국의 지도자, 로널드 레이건 대통령도 40세부터 준비하여 70세(1981년 1월 21일)에 미국의 제 40대 대통령이 되었다. 하나님 보시기에 좋고, 많은 사람들에게 부끄럽지 않은 더 큰 꿈과 목적을 위해 이 노트를 준비한다."

1982년 9월 12일.

이후 34년간, 대학노트 10권 정도 매 주일마다 김태환 목사님의 설교를 받아 적으며 큰 은혜를 받았다.

김태환 목사님은 초창기 몇 년간 교회의 장로와 안수집사들에게 집중적으로 교육을 시켰다. 매주 월요일 아침 새벽기도가 끝나면 교육관에서 1시간씩 특별성경공부를 하고 아침식사는 목사님 가정부터 시작해 매주 돌아가며 간단히 차리고, 각자 삶의 현장으로 출근했다. 그런 김태환 목사님의 열정적인 목회활동이 있었기에 우리의 신앙은 튼튼하게 뿌리 내리게 되었다.

이제 와 돌이켜보면 34세에 안수집사를 임직한 것은 참으로 놀라운 일이었지만 이는 곧 하나님의 철저한 계획과 뜻, 섭리였다. 특별히 교리에 어긋남없고 불의하지 않다면 각 교회의 담임목사님 목회행정이나 목회활동에 순종하는 것이야말로 모든 신앙인의 바른 자세라고 본다. 또, 교회의 행사인 성경읽기, 암송, 찬송가 외워 부르기, 성경퀴즈 등에 적극적으로 참여하고 준비하는 과정에서 얻는 은혜와 축복이 컸음을 힘주어 고백하고 싶다.

1984년 9월 2일엔 장로를 뽑는 절차가 있었다. 그런데 장병일, 한상철, 그리고 나, 3명의 집사 중 나 혼자 장로 피택에 떨어진 것이다. 순간 뭔가 부끄럽고 창피한 느낌이 들어 교회에 나갈 엄두가 나지 않았다. 다른 곳으로 옮길까 하는 생각도 살짝 들었다가, 금세 정신이 번쩍 들었다. 모든 것이 나보다 대선배인 훌륭한 두 사람이었다. 난 두 손을 움켜쥐고 기도를 시작했다.

"내 마음과 내 심정을 알고 계시는 하나님! 주님의 뜻과 섭리에 아직도 제가 많이 부족한 아들임을 깨닫습니다. 나에게 더 큰 용기와 힘을 주시옵소서. 내 나이 이제 겨우 36살, 부족한 연륜, 부족한 믿음을 갖고 있음을 깨달았사오니, 이 기회를 통하여 주님 앞에 더 가까이 나아가는 믿음을 주시고 부족한 모든 것 하나하나 채워주시어, 오늘 일을 거울삼아 인내하고 노력하는 힘을 주시옵소서."

그 후 또 한 번 장로 피택에 낙선하고 1994년 8월 29일 장로 장립하기까지 10년의 세월이 흘렀다. 하나님을 믿는 신앙인으로 살다 보면 때로는 안수집사, 권사, 장로 등의 피택 선거에서 낙선하는 경우가 있다. 그런 고비를 통해 어리고 부족하기만한 신앙인을 신실한 일꾼으로 만들기 위한 하나님의 섭리와 숨은 계획이었음을 깨닫게 된다.

사실 36세의 나이, 지금 생각해보면 장로로 피선되었다 해도 부끄럽고 버거운 일이었는데, 목사님의 말씀에 거역하지 못하고 후보가 된 것은 무조건 순종한 탓이기도 했다. 나의 이런 열정적인 믿음에 하나님께서 두 번 쉬어가는 쉼표를 찍어준 것이었다. 다행히 나는 하나님께서 쉼표의 깨달음을 가르쳐 주어 잘 이겨낼 수 있었다. 하나님이 교만해 질 수 있었던 나를 내려놓게 해 주신 것도 알고 보면 새벽기도의 응답이었다.

2006년 12월, 하나님의 크고 놀라운 축복 속에 대광교회 '새 성전 건축위원회'가 설립되었다. 서희건설이 새 성전 시공자로 선정되어 온 성도들의 정성어린 건축헌금과 헌신과 눈물의 기도로 2008년 11월 9일 새 성전 입당식을 하게 되었다. 그리고 2009년 1월부터 서해원 목사님은 나를 예배위원장으로 임명하였다. 하나님께 감사 기도를 올렸다.

"하나님! 이렇게 아름답고 훌륭한 새 성전을 주시고, 좋은 여건과 환경에서 하나님께 예배드리게 하셨사오니, 예배에 참여하는 모든 성도들이 즐겁고 기쁘게 예배드리게 해 주시고, 예배위원들을 통해서 잘 준비된 예배를 드리게 해 주세요."

우선 예배순서에 참여하는 예배위원들이 솔선수범하는 것이 좋을 거 같았다. 매주 토요일마다 그때그때 필요한 성경 말씀을 준비하여 안내위원과 헌금위원들에게 핸드폰 문자로 안내위원은 예배 30분 전, 헌금위원은 예배 10분전까지 교회에 오라 부탁하였다. 그리고 안내위원과 헌금위원을 위해 축복의 기도를 올렸다. 대부분 기쁘게 참여해 주었다. 국내외 출장이나 집안 사정이 생겨 참석이 어려우면 답변을 보내왔고, 어떤 위원은 내가 보내는 권면의 말씀에 아멘! 이라는 답신을 보내주어 예배위원장직을 기쁘게 감당할 수 있었다.

그리고 각 예배시간마다 성가대 석에는 성가대별로 각각 다른 가운을 입고 자리가 차고 넘치는데, 흰 가운을 입은 헌금위원 자리는 흰 가운은 입으나 항상 몇 자리씩 비어 있어 헌금 때마다 교역자들이 주위에 있는 성도를 앉히는 모습이 보기에 그다지 좋지 않았다. 예배 시작 전 헌금위원 자리에 준비된 자세로 앉으면 좋겠다는 생각이 들었다. 행정담당 목사님에게 부탁하여 서리집사, 안수집사, 권사들 중 100여 명의 명단을 받아 한 달에 30명 씩 3개월에 한 번씩 돌아가며 봉사하게 되었다. 그랬더니 은혜롭게도 매주 한복을 입고 1년 12개월을 봉사하는 성도도 있었다. 헌금위원을 하면서 물질의 축복을 받게 되었다며 개인적으로 감사의 간증을 전해 주는 성도도 있었다.

또, 1, 2부 예배 전에는 2층과 3층을 오르내리며 빠진 것이 없는지 살피고, 연세 많은 할머니들의 손을 반갑게 잡아주며 일일이 인사하였다. 이렇게 시작한 예배위원장 직무는 2014년 12월 28일 교회 출석 40년, 장로 시무 20년 만에 은퇴하는 날까지 예배위원들의 적극적인 협조와 도움에 힘입어 은혜롭게 할 수 있었다.

2014년 추수감사절 가족 특별 찬송

강희수양관의 특별한 기억

하나님의 충만한 은혜 속에 살다간 故이강희 권사님이 1986년 헌납한 땅, 300평을 처분하고 1992년 7월 17일에 매입한 경기도 화성군 남양면 땅에 강희수양관이 건립되어 입당 예배를 올렸다. 그때 나는 안수집사로 교회 재정위원장을 맡고 있었다. 1990년 3월 1일 기공식을 가진 강희수양관 건축공사 예산은 처음엔 6억 원이었으나 공사 진행 중 설계변경 등으로 초기 예산의 10%인 6천만 원이 추가공사비로 발생하였다. 건축업자는 교회에 추가 공사비 지불을 계속 독촉하였지만 당시 김태환 목사님이 세브란스병원에 입원하여 투병 중이라 다들 별다른 대안과 방법을 제시하지 못하고 있었다. 혼자 고민하면서 하나님께 기도하다 해결 방법을 찾게 되어 긴급임시회의를 열었다.

장로 2명과 안수집사 9명에게 교회의 재정 상태를 상세히 설명하고, 나를 포함한 12명이 500만 원씩 3년간 무이자로 6,000만원을 내놓되 사정이 급한 순서대로 갚아나가기로 결정했다. 다소 무리한 안건이었는데도 모두들 이견이 없이 동의를 해, 추가 공사비를 무사히 지불할 수 있었다. 그 중 두어 명은 500만 원을 추가 건축헌금으로 기부하기도 했다.

새벽의 응답

2001년에 지금 살고 있는 개봉동 현대아파트로 이사 오자 구역장이던 내게 새신자로 등록한 젊은 정성대 집사 부부 등 6가정이 구역원으로 편성되었다. 나는 매주 목요일 밤 9시, 구역원들과 함께 구역예배를 드렸다. 구역예배는 성경말씀을 묵상하고 토론과 기도의 훈련을 쌓는 은혜로운 자리였다.

당시 나는 피부병 때문에 직장을 그만 두고, 중국어 학원에서 중국어를 배우고 있던 때였다. 1년 쯤 뒤에 출판사를 운영하던 정성대 집사가 미국 시애틀로 이민을 가게 되었다. 정성대 집사는 처남들이 교수라는 것을 알고 딱히 일이 없던 나에게 각종 인쇄물 등을 복사, 편집, 출판하는 일을 가르쳐 주겠다고 했다. 미국으로 떠나기 전까지 우리 부부에게 책 한권을 샘플로 해 며칠 동안 밤을 새워가며 가르쳐 주었다. 그렇게 배운 복사, 편집, 출판 일을 바쁜 아들의 도움을 받아 약 1년 정도 하고 있었다.

2003년 봄, 출판사 사무실이 있는 여의도 공원길을 걸어가고 있는데 영등포구청에서 공원에 기념식수를 하고 있었다. 식수한 사람의 이름을 비닐코팅해서 나무에 붙이는 것을 보고 '바로 이거다!'라는 생각이 스쳤다. 당시 강희수양관 관리위원장이었던 난 정기당회에서 안건을 발의했다.

"이번 식목일에 강희수양관 뒷산에 있는 잡목과 소나무 일부를 베어내고 희망하는 가정은 2천원 정도 되는 밤나무묘목 10그루를 심어 명찰을 달고, 10년 후엔 남이섬에 있는 밤나무처럼 가정별로 풍성한 밤을 수확하면 어떻겠습니까?"

당회에 참석한 서해원 목사님과 장로들의 적극 찬성으로 안건은

가결되었다.

식목일에 100여 가정이 강희수양관 뒷산에 모여 식수행사를 벌였다. 약 1,000그루의 밤나무에서 알토란같이 주렁주렁 열릴 밤을 상상하는 것만으로도 행복한 하루였다.

그런데 몇 년 후 강희수양관 전체가 화성시 도시계획으로 수용되었고, 얼마 지나지 않아 주관 관청에서 현장 실사를 나왔다. 유실수는 잡목이나 소나무 등과는 구분된다고 했다. 나는 그날 하루 회사에 휴가를 내고 서해원목사님과 교회 사무관리를 맡고 있던 김재선 장로와 함께 강희수양관으로 출근하여 실사에 동참했다. 입구에 있는 은행나무, 잣나무 그리고 뒷산에 명찰을 달고 있는 밤나무 1,000그루 등의 유실수가 있음을 확인서명을 했다.

2008년 11월 9일 지금의 아름답고 멋진 대광교회 새 성전으로 입당하기 30일 전, 주택공사로부터 밤나무 값 6,000만 원을 합쳐 약 40억 원의 보상금을 현금으로 받았다. 알토란같은 밤 따기는 물 건너갔지만 200만 원이 몇 년 만에 6,000만 원의 건축헌금으로 되었다는 사실이 너무도 은혜로웠다. 나의 작은 건의가 교회 건축에 크게 쓰임 받는 기회가 된 것에 대해서도 감사했다. 무심히 행했던 일이었지만 알고 보면 언제나 하나님의 놀라운 계획하심이었다. 개인의 이익을 생각하지 않고 모두를 위한 순수한 마음으로 시작한 일이 '여호와 이레'의 축복임을 하나님께서 밤나무 묘목심기로 선명하게 보여주었다.

강희수양관에 밤나무를 심을 수 있는 계기를 마련해 준, 정성대 집사 부부와 2명의 아이들 주원, 다원이의 이름을 새벽기도와 목요일 구역예배 때마다 잊지 않고 부르며 중보기도를 하고 있다. 2014년 9월, 구역원들이 캐나다 록키산맥 여행하면서 미국 시애틀을 경유하게 되었다. 시애틀 인근의 코스라에 거주하는 정성대 집사 부부에게 연락했더니 시애틀국제공항으로 마중 나와 서로의 안부를 물으며 재회의 기쁨을 누렸다. 정성대 집사 부부는 지금도 생각날 때마다 카카오톡으로 서로 문안하고 있다.

중보기도의 중요성

　내가 많이 아팠을 때 목사님들과 교인들이 합심하여 중보기도를 해 은혜를 입은 것처럼 신실한 마음으로 합심해 올리는 중보기도의 중요성은 아무리 강조해도 지나치지 않다. 학식이 깊고 풍부하여 복음을 전도하는 능력이 뛰어났던 사도 바울도 '또 나를 위하여 구할 것은 내게 말씀을 주사 나로 입을 벌려 복음의 비밀을 담대히 알리게 하옵소서 할 것이니(엡6:19)'의 성경 말씀과 같이 자신을 위하여 기도해 달라고 부탁했다.

　YBM 중국어 공부하고 있을 때, 같이 공부하던 한 대학원생으로부터 뜻밖의 중보기도 요청 편지를 받게 되었다. 중간키 정도의 순수한 성품을 지닌 남학생이었다. 함께 모여 식사하는 자리에서 혹시라도 신앙적인 어려움을 겪고 있다면 중보기도를 해 주겠다는 말을 했는데, 그 말을 듣고 용기를 내 보내온 편지였다.

　　안녕 하십니까.
　　어르신과 같이 중국어를 공부한 지 벌써 4개월이 되어가고 있습니다.
　　항상 열심히 공부하시는 모습을 보면서, 제 자신의 공부 태도가 어르신보다 못해 반성하고, 더 열심히 해야겠다고 다짐을 하곤 합니다.

매일 어르신을 뵙는데, 무슨 편지인가 궁금하실 듯합니다.

다름이 아니라 어르신께 기도 부탁을 드리고 싶어서 이렇게 글을 쓰게 되었습니다. 그냥 말로 부탁드릴까 하다가 막상 말을 꺼내려니 어색한 마음이 들어 편지글을 쓰게 되었습니다. 글로 써야 생각을 잘 정리할 수 있겠다 싶은 생각이었습니다만, 당혹스럽게 해 드렸다면 죄송합니다.

얼마 전 점심시간에 어르신께서 어떤 문제가 생기고 바라는 소망이 있을 때 기도를 하게 되면 해결될 것이라고 해 주신 말씀이 크게 다가왔습니다.

몇 년 동안 주님을 떠나 살면서 제 바람과는 달리 저의 생활이 어긋나고 있었습니다. 몇 번이나 주님께로 돌아오려고 했지만, 실패를 거듭하면서도 저의 고집과 어리석음 때문에 시도조차 하지 않았습니다. 그러다가 최근에 저에게 말씀 드리기 어려운 일들이 또다시 다가왔습니다. 제 힘으로 헤쳐 나가야 할 일이지만 솔직히 두렵기만 합니다. 이런 제 자신이 한없이 부족해 보이기만 합니다.

돌이켜보면 제 인생의 전환점에는 항상 주님이 계셨는데, 저는 그 고비만 넘기고 나면 다시 주님 곁을 떠나는 잘못을 저질렀습니다. 어려움에 봉착해 다시 주님을 찾는 제가 너무나 뻔뻔하지만 주님께서는 이런 저를 용서하시고 다시 받아주실 줄 믿기에 다시 주님께 제 문제를 맡기려고 합니다.

어르신, 제가 어르신께 기도 부탁을 드리는 이유는 두세 사람만 모여 기도해도 하나님께서 귀 기울이신다는 성경 말씀이 떠올라서입니다. 어르신, 저의 문제가 무엇인지 구체적으로 말씀드리지 못함을 너그러이 이해해 주셨으면 합니다.

저의 문제가 주님의 도우심으로 헤쳐 나갈 수 있는 지혜와 용기를 주실 것을 기도해 주십시오. 또한 주님께 돌아오는 큰 은혜의 기적을 주시도록 기도해 주십시오. 그리고 다시는 주의 은혜를 망각하고 어둠속에서 헤매지 않도록 기도해 주십시오.

저도 노력하며 기도 하겠습니다.

아버님이 돌아가신 후에 항상 아쉬웠던 것은, 마음 깊이 새길 말씀을 해 주시는 조언자가 안 계신다는 것이었습니다. 어르신, 비록 중국어라는 매개로 알게 된 학생이지만, 고민하는 아들이라고 여겨 주시고 기도 부탁드리겠습니다.

날씨가 점점 추워지고 있습니다. 환절기에 부디 몸 건강하십시오.

2002. 11. 21.

000드림.

어려움에 봉착해서야 주님을 찾는 자신의 모습과 다시는 주님 곁을 떠나지 않으려 다짐하는 학생의 절절한 마음을 고스란히 엿볼 수 있는 편지였다. 어떤 어려움이었는지는 몰라도 새벽기도에 진실 되고 순수한 학생의 바람을 온전히 기억하며 그가 원하는 기도를 주님께 드렸다. 아마도 지금은 그 어려움을 떨치고 일어나 참 신앙의 뿌리를 단단히 내리고 우리 사회의 대들보가 되어 잘 살아가고 있으리라.

십일조 생활

아내는 월급을 허투르게 쓰는 일 없이 알뜰하게 관리하면서도 십일조생활은 정확하게 지켰다. 월급이 50만 원이면 세금을 공제하고 대략 43만 원을 손에 쥐게 된다. 그러면 대부분 4만3천 원으로 십일조를 하는데, 아내의 십일조는 5만 원이었다. 그럼에도 우리 가정은 십일조 때문에 생활비가 모자란 적이 한 번도 없었다. 모자란다는 생각을 해 본 적도 없었다.

그런 아내를 뛰어넘는 사람이 있으니, 바로 우리 집 며느리였다. 며느리는 아들이 학위파견으로 뉴욕에서 유학 하던 시절에, 회사에서 보내주는 집세도 십일조로 낸 것이다. 하루는 아들이 너무하는 거 아닌가 싶어 말다툼을 한 적이 있다고 했다. 난 웃으며 말했다.

"십일조는 많이 낼수록 좋은 거야. 그런 교육을 어떻게 일일이 시키겠느냐, 오히려 고마워해야지. 록펠러처럼 십일조 계산해 주는 직원 하나가 왔다고 생각하면 돼."

문득 십일조생활에 대해 아내와 며느리가 주고받던 대화가 떠올랐다.

"우리 기독교인들은 믿지 않는 사람들과는 달리 두 집 살림을 해야 한단다. 하나는 내 집, 하나는 교회야. 교회를 섬겨야 하는 봉급쟁이들은 월급이 많아져도 항상 모자란 듯 살게 되니, 언제나 거기에 맞춰 살 수밖에 없단다. 하나님께서 우리에게 큰 부는 주지 않았지만, 우리 가정이 믿음의 부자임에는 틀림없으니까 범사에 감사함을 잊지 말고 살아야 한다."

신앙이 맑고 깨끗한 며느리는 대답도 예쁘게 했다.

"네, 어머니 잘 알겠습니다. 좋은 말씀 깊이 새기겠습니다."

나는 지금도 대광교회를 중심으로 신앙생활하면서, 어떻게 하면 교회 발전에 도움이 될까를 생각하며 기도한다. 기도하는 중에 성령의 인도를 받거나, 마음을 움직이는 내용이 있으면 기도수첩에 기록했다가 당회나 정기 제직회 등에 발의하곤 했다. 그 중 두 가지가 기억에 남는다.

하나는 심각한 저출산 문제 해결에 대광교회가 참여하자고 정기 제직회에 건의해 받아들여져, 2016년도부터 대광교회의 성도 중 출산하는 가정에 축하금을 주며 격려하고 있다.

또 하나는 지하 1층에 마련된 '강희홀'이다. 새 성전 건축 시 처음 설계에서 지하 1층에 마련하기로 한 '강희홀'이 어린이집 장소 부족으로 없어졌다. 나는 교회의 어느 한 홀이라도 '강희홀'로 지정해, 교회 창립기념일 때면 대광교회의 교인들이 故이강희 권사님의 헌신을 기억하고 기념할 팻말을 만들자고 몇 차례 당회에 건의했고, 그것이 이루어진 것이다.

난 지금은 없어진 강희수양관을 떠올릴 때마다 이강희 권사님을 기리게 된다. 한 사람의 고귀하고 아름다운 기부가 상상할 수 없는 일들을 이루게 했기 때문이다. 앞으로도 제2, 제3의 이강희 권사님 같은 분들이 나와, 대광교회를 통해 하나님의 놀라운 축복과 선물이

186

이웃과 민족, 사회와 나라에 전해지길 소망해본다.

또한 강희수양관은 나에게 특별한 기도의 장소이기도 했다. 희진과 성진이 고등학교 다니던 3년간 여름휴가를 강희수양관에서 보냈다. 일주일 동안 강희수양관 관리를 맡고 있던 고영학 장로와 강상규 권사와 함께 지내며 챙겨간 성경과 책을 읽었다. 또한 잣나무와 은행나무 사이에 자란 풀을 함께 베고 구약 성경의 다니엘의 세 친구처럼 하루에 세 번, 새벽 5시, 낮 12시, 밤 10시에 수양관 산속 소나무 아래 자리하고 앉아 찬송하며 간절히 기도했다.

"최선을 다하고, 그 다음은 하나님께 맡기자는 마음가짐으로 열심히 공부하는 아이들이 원하는 대학에 들어가 그들의 꿈을 펼쳐 나갈 수 있게 해 주세요. 최선을 다하는 아들딸에게 지혜와 총명을 더해 주시고 건강하게 지켜주세요."

얼마나 간구했는지, 소나무 뿌리가 뽑힐 정도였다.

주순옥 권사의 편지

2008년 우리 구역에 새로 편성된 남자 구역원은 이갑용, 최성균, 김약해, 김남철, 정삼정 집사였다. 당시 남자 구역원들은 구역예배에 처음 출석하는 사람들이 대부분이라 참석하는 데 의의를 두고 기도는 여자 집사들이 이끌어갔다. 현재는 남자 집사들만 참석해 기도도 차례대로 잘하는 훌륭한 안수집사들이 되었다. 그 중에서 지금도 우리 구역원으로 있는 김약해 집사의 아내 주순옥 권사는 2008년 6월, 우리 부부가 미국 유학 중에 있는 성진에게 한 달 간 여행을 떠날 때, 정성껏 준비한 귀한 여비와 감사의 편지를 써 주었다. 지금도 그 편지는 내 성경책 속에 소중히 끼워져 있다.

먼 여정 길을 떠나시는 장로님 내외분께
준비하시느라 분주 하셨지요.
장로님께는 감사해야 할 말이 너무 많습니다.
지면으로 표현하지 못해도 미루어 짐작 하실 줄 압니다.
두 분의 삶의 모습을 보면 늘~~~
하나님의 사랑과 사람과의 사랑을 엿볼 수 있어서 너무 좋습니다.
진솔함과 순수한 믿음,
성령의 충만한 결단과 용기로 충성하시고,

혼을 다하는 깊은 간구를 통해 사람의 마음을 시원하게 하며,

때론 사랑으로 권면하며 인간적인 정으로 다가오는 두 분께

감동과 도전을 받기도 했답니다.

진심으로 존경하며 사랑합니다.

김집사를 믿음으로 세우며,

지혜의 가정에 기도와 사랑을 아낌없이 주심에 감사드립니다.

부부의 날(지혜 3주년 결혼기념일)에 준비한 마음의 선물을 전합니다.

해마다 지혜를 위해 기도해주시는 분께 그날을 감사의 날로 정했습니다.

장로님, 권사님!

제 마음속 깊이 두 분의 사랑과 믿음을 묻어두고

삶이 기쁘고 즐거울 때나 때론 힘들고 지칠 때에

두 분의 모습처럼 함께 나누며 오래 견디며 행복하게 잘 살겠습니다.

미국 성진이네 가정에 안부 전해주시고

몸 건강히 다녀오시길 빕니다.

정말 사랑하고 존경합니다.

2008년 6월 2일 주순옥 권사 드림

통일을 노래하며 꿈꾸며

휴전이 된 채 남북으로 분단된 우리나라는 세계 유일의 분단국가로 강대국의 틈바구니에 끼어 늘 전쟁의 위험을 안고 살고 있다. 국내 많은 미래학자들의 연구발표에 의하면 우리나라는 고령화와 저출산으로 북한 핵보다 더 무서운 인구 대재앙이 닥쳐온다고 한다. 앞으로 14년 후인 2028년부터는 전체인구의 약 70%가 65세 이상 노인층으로 구성되기 때문에 남과 북이 통일되는 것 외에는 우리 민족의 장래에 대한 대안이 없음을 예고하고 있다.

수년전부터 새벽기도 때 나라와 민족의 통일을 준비하는 기도를 하며, 통일 관련 신문기사나 방송에 귀를 기울이고 있다. 2012년 6월부터 '통일회'라는 이름으로 3억을 목표로 모금 중에 있다. 언제가 될지 모르는 통일에 대비해 통일기금 준비 조성의 필요성을 느끼면서 2014년 3월에 발간된 대광교회 창립 40주년 기념 문학지 '한빛'에 '통일을 노래하며 꿈꾸며'를 실었다.

2012년 4월 27일 중앙일보의 한 기사가 눈에 들어왔습니다. 전라남도 고흥에서 33명의 동네 어른들이 고흥서초등학교 교장과 도 교육위원을 지낸 김갑수(83)씨를 주축으로 하루에 한 잔 자판기 커피마실 돈, 300원으로 매달 9,000원을 모아 4년간 통일기금으로 2,200

만 원을 모았다는 내용이었습니다.

한국산업개발 연구원장인 경제학자 백영훈 박사(84)의 강연을 듣고 실행에 옮긴 것이라고 하는데, 독일 통일에 큰 역할을 한 것이 독일 민간인들의 통일기금 모금운동이었다는군요. 민관합동 모금 사례가 되어 앞으로 전라남도 고흥을 통일운동의 성지로 삼겠다는 것이었습니다.

1989년 11월 9일 독일 베를린 장벽이 붕괴되는 장면을 TV를 통해 보면서 감동과 흥분에 사로잡혔던 저도 눈이 번쩍 뜨였습니다. 친하게 지내는 지인 4명과 함께 2012년 6월부터 월 1만 원씩 통일기금 모금을 시작, 나를 비롯하여 문영범, 김진환, 이상희, 채규현, 이종송, 김경일, 윤호원, 이미숙 등이 참여하여 현재 750만 원을 적립하였고, 그 중에 한국산업기계 이상희 사장과 통일열처리 채규현 사장은 생존 시에 통일이 된다면 1억 원씩을 기부하겠다고 약속하였으며, 기아자동차 윤호원 상무는 내 의견에 감동받았다며 101만 원을 보내왔습니다. 저는 지금도 만나는 사람마다 통일기금 모금운동에 참여해 달라고 권유하고 있습니다. 이런 배경으로 본 안건을 교회에서 발의하게 되었습니다.

전국에 약 1,200만 성도, 5만여 교회가 있지만 최근 신문 TV 각종 언론매체에는 총회장 선출문제, 교회의 세습화, 돈의 문제, 성직자들의 성문제 등 부끄러운 현실이 연일 보도되고 있습니다. 1907년 평양 장대현교회 부흥집회는 이런 세태에 경종을 울려주는 사례가 될 것입니다.

성령에 대한 갈급함으로 장대현교회의 부흥집회에 성도들이 모여들었지만 마지막 날이 될 때까지 아무런 역사도 일어나지 않았습니다. 그때 장대현교회 수석 장로인 길선주 장로가 "드릴 말씀이 있습니다."하며 앞으로 나왔습니다. 사람들은 그가 교회의 광고를 하러 나가는 줄로 알았는데 길선주 장로는 뜻밖의 말을 시작했지요.

"제가 아간과 같은 죄를 지었습니다. 저 때문에 하나님께서 부흥을 주시지 않으십니다."

웅성거리는 성도들을 바라보며 길선주 장로는 자기의 죄를 고백하기 시작했습니다.

"제 친구가 세상을 떠나면서 당시로는 거금이었던 유산 200원을 제게 맡겼습니다. 친구는 안심하고 맡길 사람이 저 밖에 없다면서 아이들이 크면 전해달라고 했습니다. 그렇게 맡긴 200원 중에서 급하게 막을 데가 생겨 100원을 써버리고, 자손들에게 100원만 주었습니다. 교우 여러분!!! 이 길선주는 도둑놈입니다. 제가 진실로 회개합니다. 유족에게 그 돈을 갚겠습니다."

길선주 장로의 말이 끝나자 갑자기 자리에서 회중들이 통곡하며 몸부림치는 회개의 역사가 일어나기 시작했습니다. 그날 저녁집회는 회개의 집회로 변했고 회개는 며칠이나 계속되었습니다.

길선주 장로의 회개를 계기로 일어났던 회개운동이 한국교회를 살리고 대한민국을 살리는 불씨가 되어 성령운동이 불처럼 일어나게 된 것같이, 설립 40주년을 맞이하면서도 '일어나라 빛을 발하라'는 표어 아래 수많은 영혼을 구원의 길로 인도하고 믿음의 방주 역할을 흔들림 없이 해 온 대광교회가 이제는 분단 조국의 평화와 통일에 앞장서서 기도하는 교회로 통일기금 조성의 시작에 불을 붙이는 교회로 발전함이 어떠할까요?

2013년 4월 7일 아름다운 동행 제150호에 실린 한스 할아버지의 글, '통일의 노래가 들리지 않네요'는 시사하는 바가 큽니다. 한스 할아버지는 독일의 신앙공동체에 있는 사람으로 한국의 신앙공동체에서 다양한 경험을 하고 있는 분입니다.

"한국에 와서 생활해 보니 안타까운 것이 하나 있어요. 한국의 마을과 골목길에서 통일의 노래가 들리지 않네요. 독일 사람들은 크리스천이나 비 크리스천이나 할 것 없이 한국의 남과 북이 통일되기를 간절히 기도하며 기원하는데, 정작 한국에 와 보니 한국 사람들은 통일에 대해 관심을 가지지 않는 것처럼 보여요. 통일에 대한 이야기도 들리지 않고. 심지어 청소년들은 오히려 통일을 꺼려하고 있으니 한국의 기독교는 무엇을 중시하고 있으며 어디로 향하고 있는지 궁금해요."

외국인도 이런 기사를 쓰며 우리나라를 염려하고 있습니다.

대광교회는 대형교회에 비하면 작은 교회입니다. 하지만 작은 꽃이 먼저 피고 작은 새가 먼저 노래하는 것처럼, 복수초가 겨울의 시샘을 과감히 뚫고 가슴과 영혼으로부터 봄을 먼저 여는 것처럼, 어린 소나무가 어느 좋은날을 기다리지 않고 언제나 푸른 정신으로 한결같이 서 있는 것처럼… 대광교회 담임목사님을 중심으로 전 교인이 십시일반의 정성으로 1,000원에서 10,000원을 통일기금으로 모아 통일을 기도하고 기원한다면, 우리의 작은 노래와 향기가 널리 퍼져 5만 여 교회가 통일의 포문을 여는 일에 빠짐없이 동참하게 되는 계기가 될 것입니다.

국가 부도사태인 IMF의 위기일 때 국민 전체가 금 모으기 운동에 협조한 것처럼, 청량리역 앞에 굶주린 노인을 보고 '다일 공동체 밥 퍼 나눔 운동'을 전개한 최일도 목사님처럼 직접 앞치마를 두르고 앞장서 땀 흘리며 수고할 때 모두의 도움의 손길이 쇄도하는 것 아니겠습니까?

최근 저명한 미래학자들은 20년 안에 우리나라가 통일될 것임을 예측하고 있습니다. 하버드대학의 폴 케네디 교수는 앞으로는 미국과 영국을 중심으로 한 대서양시대가 아니라 아시아 태평양시대가 올 것인데 그 주역은 일본이나 중국이 아닌 한국이 맡을 거라 예견하고 있습니다. 그 이유 중 하나가 우리나라는 기독교 바탕을 이루고 있기 때문이라고 합니다. 혼이 깃들어 있다는 우리나라의 문화가 '한류'라는 이름으로 전 세계에 수출되고 있습니다. 국제적으로 인기를 끌고 있는 대중가수 '싸이'와 '방탄소년단' 등의 등장도 예사롭지 않은 현상이지요.

이처럼 희망 가득한 대한민국의 꿈이요 면류관인 아들딸들이 통일 한국을 맞이하는데 힘이 될 수 있도록 우리의 작은 모금운동과 열정적인 기도로 응원해야하지 않겠습니까.

2015년부터 서해원 목사님은 전 교인을 대상으로 이 사업을 추진, 8월 해방의 주일에 설교 후 동영상을 상영하고, 통일 시에 북한 땅에 교회를 재건하고, 북한관련 선교사 지원하며, 탈북학생을 지원함을 선포하였다. 11월부터 감사하게도 70여 명이 한 달에 10,000원씩 5년 단위로 기금조성에 동참해 주어 모금이 쌓이고 있다.

이런 대광교회의 작은 운동이, 독일통일의 불씨가 된 '라이프찌히 니콜라교회'가 되기를 소망한다. 니콜라 교회는 1982년 매주 월요일 오후 5시 평화기도회를 열었는데, 처음엔 1,000명으로 시작된 것이 1989년 10월 16일에는 전국적으로 확산되어 12만 명에 달하는 사람들이 참가했다. 놀라운 것은 경찰과 군인들도 평화를 위한 시위에 참여한 것이다. 많은 사람들은 당시를 '예수그리스도의 영이 함께 하는' 승자도 패자도 없는 분위기였다고 회상한다. 실제 시위에 참여했던 그 많은 사람 중 단 한 명도 돌을 던지지 않았고 경찰도 단 한발의 총도 쏘지 않는 기적 같은 일이 일어났다. 더 이상 거짓으로 살지 않기 위해 두려움을 떨치고 일어났고, 이틀 후 동독 사회주의 정점에 섰던 호네커(Erich Honecker)는 권좌에서 물러나 재임 중 그토록 탄압했던 교회의 도움을 받아 동베를린 소재 소련야전병원으로 도피 후 소련망명길에 올랐다. 그로부터 3주가 지난 1989년 11월 9일, 베를린 장벽이 무너졌다.

또, 복음방송국인 극동방송도 모든 정책과 비전의 목표를 민족통일로 세우고, 24시간 뉴스 전에 '주여! 통일을 앞당겨 주옵소서!'라고 기도하고 있음을 볼 때, 우리나라의 통일은 꼭 이루어져야 하는 역사적 사명이다. 통일이 되어 중국과 러시아를 기차로 여행할 그날을 생각하면 가슴이 뛴다.

백혈병 소녀에게 내 혈소판을

1985년 5월의 따스한 봄날 아침, 새벽에 집으로 전화가 한통 왔다. 회사의 직속상사인 윤준 전무였다. 운전기사로 수년 간 수고하던 이 기사의 막내딸이 중학교 2학년인데, 백혈병에 걸려 연세대 세브란스 병원에 입원, 생명이 위독하다는 것이었다. KBS와 MBC에 긴급으로 A형 혈소판을 기증해 줄 사람을 찾는 방송을 내보냈다. 회사는 회사대로 300여 명의 사원을 상대로 A형 혈소판 기증자를 찾았지만 기증자가 나오지 않았다. 시간을 다투는 위급한 상태가 되자 주치의가 교회를 통해 알아보면 어떻겠냐는 말을 해서 내 생각이 났다고 했다.

"중고등부 학생 중에서 A형 혈소판 기증자를 찾는 광고를 목사님께 부탁해보면 어떨까?"

"우리 교회에 다니는 학생이면 몰라도 생면부지 학생에게 일반 헌혈도 아니고 혈소판을 선뜻 기증할 사람이 있을까요? 전무님, 제가 A형인데, 제가 하겠습니다!"

내 마음속에 성령이 임하셨음인지 바로 대답을 하고, 아내에게 상의도 하지 않은 채 신촌 세브란스 병원으로 갔다. 1차 정밀 피검사를 하는 동안 입원실을 찾았다. 침대에 맥없이 누워 있는 소녀는 백합꽃처럼 어여뻤다. 외할머니와 어머니가 침대 옆에서 가물가물 꺼져

가는 촛불과 같은 소녀를 지켜보며 눈물만 흘리고 있었다. 죽어가는 자식을 속수무책으로 바라보는 심정이 어떨까를 생각하니 가슴이 뻐근할 정도로 아파왔다. 학생의 손을 잡고 이마에 땀이 맺힐 정도로 간절히 기도했다.

"하나님! 천지 만물의 창조자요, 생명의 주관자이신 아버지여! 이 딸을 살려 주세요 … 죽은 자도 살리시는 아버지께서 이 생명을 소생시켜 주세요…"

검사 결과, 이상이 없다는 판정이 나왔다. 혈소판 채취를 위해 준비하는데, 주치의와 간호사가 서약서 한 장을 내놓으며 읽고 서명하라고 했다. 혈소판 기증 행위는 병원의 권유나 강요로 하는 것이 아니며, 기증자 본인 스스로 기증하는 것이고, 혈소판 채취 중에 기계의 오작동이나 갑작스러운 쇼크로 생명의 불상사가 발생할 경우, 병원은 책임지지 않는다는 내용이었다. 다 읽고 나서 잠깐이지만 깊은 망설임과 생각에 빠지지 않을 수 없었다.

'성령님의 인도 가운데 여기까지 왔지만, 내게도 사랑하는 아내와 딸, 아들이 있다. 만약 … 내가 여기서 잘못되면, 아내는 과부가 되고 내 자식들은 고아가 되겠구나 …'

고개를 들어 유리창 너머를 바라보았다. 초조한 얼굴로 날 지켜보는 학생의 부모와 눈이 마주쳤다. 내가 여기서 포기하면 소녀는 죽는다!

'어린 시절 깊은 물에 수영하다 물속에 빠져헤맬 때, 다리가 불에 탈 때도, 월남의 전쟁터에서도 저를 지키고 보호해주신 하나님! 지금 이 순간 여기까지 저의 발길을 인도하신 성령님께서 반드시 절 보호

해주시고 살려 주실 줄 믿습니다. 아멘'

마음속으로 간절히 기도한 후 서명했다. 옆에서 지켜보고 있던 주치의가 엄지를 올렸다.

"대단하십니다. 혹시 … 장로님이십니까?"

"아뇨, 안수집사입니다."

"저도 사랑의 교회를 20년 동안 섬기고 있지만, 단 한 번도 혈소판 기증을 하지 못했어요. 기증하러 와서도 정밀 피검사 후 적격판정을 받은 사람들 십중팔구는 서약서에 서명하려는 순간 포기하고 돌아가거든요. 정말 소중하고 귀한 일을 하신 겁니다."

혈소판 채취는 약 3시간이 걸렸다. 침대에 누워 오른팔에서 피를 뽑아 중간과정을 거쳐 봉지에 혈소판을 분리하고 남은 피는 왼손 팔로 재투입하기를 반복해 우유팩 1봉지 정도의 혈소판을 모은 다음, 급하게 환자를 향해 달려가는 간호사의 뒷모습을 바라보면서 안도의 숨이 나왔다. 건강한 육신으로 건강한 피를 나눌 수 있게 지켜주신 하나님에게 감사했다. 소녀의 어머니가 밖에서 나를 기다리고 있었다.

"정말로 감사합니다. 고맙습니다."

허리를 꺾고 인사를 하더니 돈봉투를 건넸다. 두 손으로 물리쳤다. 기쁜 마음으로 집으로 돌아와 아내에게 그간의 얘기를 했다. 아내는 놀란 가슴을 쓸어내리며 어떻게 가장으로 가족과 단 한마디 상의도 없이 그 어렵고 무모한 혈소판 기증을 했느냐며 걱정을 했다. 마침 와 있던 장모님은 그 얘기를 듣고 소꼬리와 족발로 곰국을 끓여주었다.

59살이었던 이기사는 평소에 나에게 자신의 환갑잔치에 축복기도를 해주면 예수를 믿겠노라고 이야기하던 사람이었다. 혈소판 기증을 한 그 주일에 성경책 6권을 사 들고, 여의도 순복음교회에 전 가족과 외할머니까지 등록하였다. 그러나 안타깝게도 이기사의 막내딸은 6년간 예수 잘 믿다가 구원받고 하나님 품에 안겼다. 나의 장로 장립식에는 온 가족이 큰 꽃바구니와 선물을 들고 와 진심으로 축하해주었다.

생명과 같은 보혈의 피를 두려움 없이 나누었던 나의 작은 헌신이 믿지 않았던 이기사와 그 가족에게 믿음생활을 하게 했고, 학생의 어머니는 그 후 시간 날 때 마다 수많은 영혼을 구원하는 전도에 힘쓰고 열중하게 되었다고 하니… 주안에서 땀 흘리고 피 흘림은 결코 헛되지 않고 하나님은 늘 나의 삶과 우리 가정을 푸른 초장과 물가의 쉼터로 인도하고 있음을 깨달았다.

그 후 김종연 회장은 온수기계 공단본부 수십 명의 사장들이 모인 이사회에서 회사를 경영하다보니 이렇게 한 사람의 생명을 살리는 의로운 일을 실천하는 사원이 있어 회사 경영에 많은 보람을 느끼고 있다며 나의 혈소판 기증을 자랑했다고 한다.

1988년, 하계올림픽이 벌어지던 해에 회사 매출목표인 88억을 초과하여 100억을 달성했다. 그 기념으로 김종연 회장은 1989년 8월에 회사 창립 후 처음으로 나와 여종진 부장 부부를 홍콩, 대만, 마카오, 태국 등 동남아로 여행을 보내주었다. 그리고 1996년, 대광교회 대친회 8가정과 함께 2주간의 성지순례(이집트, 이스라엘, 이탈리아, 프랑스, 스위스, 독일)일정이 잡혀 나는 부득이하게 김종연 회장에게 휴가를 요청했다. 김종연 회장은 흔쾌히 유럽시장조사차 떠나는 회사 출장으로 처리해주어 감사한 마음으로 여행을 떠날 수 있었다. 이런 모든 편의는 나의 성실함과 희생정신을 높이 산 김종연 회장의 배려로 가능한 일이었다.

대친회 성지순례

수포성 천포창 발병으로 죽음 직전까지

한국콘베어공업㈜ 체인사업본부장이었던 1998년, 우리나라는 국가부도사태인 IMF를 맞았다. 연일 일어나는 거래선 부도발생으로 스트레스가 이만저만이 아니었다. 또 종업원들을 얼마나 감축할 것인가로 연일 이어지는 경영진과의 대책회의도 고역이었다. 같이 일하던 현장 종업원들을 40%나 감원할 때는 나 자신의 살을 도려내는 듯한 고통스러운 아픔이 엄습했다. 그러는 와중에도 미국, 캐나다 등 북미지역 콘베어용 체인 수출 PR를 위해 1999년 6월 1일부터 6월 21일까지 김광순 부사장, 최대현 전무를 수행하고 출장길에 올랐다. 수출만이 회사가 살아날 길이라 여기고 신일본제철㈜의 수출 실적을 바탕으로 해서 북미 쪽 수출 길을 열어보기 위함이었다.

일본 합자회사 쯔바끼모토㈜ 미국 동부지역 및 캐나다에 소재를 두고 있는 5, 6개사를 방문하여 담당자들 앞에서 열과 성을 다하여 프리젠테이션을 잘 마치고 귀국할 즈음에 몸에 이상이 생겼다. 고뿔인가 했는데 입안과 머리에 물집이 생기는 것이 염려스러울 정도였다. 감기 말고는 아파본 적이 없던 터라 불안하고 당황스러웠다.

귀국해 바로 병원부터 가고 싶었으나 바쁜 일정이 기다리고 있었다. 미국에서 귀국한지 3일 만에 2박 3일간 일본 오사카로 출국했다. 일본 오사카 쯔바끼모토㈜ 본사에서 잡아놓은 중요한 국제회의에 참석해야 했기 때문이었다. 마지막 회의를 마친 오후 5시경 혀에 물집이 생기고 얼굴에 열이 나기 시작했다.

다음날 첫 비행기로 귀국해 인천국제공항에서 바로 서울대학병원 응급실로 달려갔다. 온갖 검사가 진행되었다. 아내는 성경책의 시편 91편, '지존자의 은밀한 곳에 거하는 자는 전능하신자의 그늘아래 거하리로다. 내가 여호와를 가리켜 말하기를 저는 나의 피난처요, 나의 요새요, 나의 의뢰하는 하나님이라 하리니 이는 저가 너를 새 사냥군의 올무에서와 극한 염병에서 건지실 것임이로다.'를 찢어 내 양복 안주머니에 넣어주면서 간절한 기도를 시작했다. 피부를 떼어 조직검사를 의뢰하고 집으로 돌아오는 심정은 착잡했다.

내 병명은 평소에 한 번도 들어본 적이 없는 '수포성 천포창'이라는 피부병이었다. 발병원인도 알 수 없었다. 주치의인 피부과 정진호 박사의 진단 결과, IMF로 인한 부도사태와 감원 등으로 인한 스트레스가 가장 큰 원인이라고 했지만 추측일 뿐이었다. 그날부터 길고 긴 고생길에 들어섰다.

얇은 표피 속에 물집이 생기고 나서 터지면 상상 못할 정도로 아팠다. 어찌 보면 문둥병 같기도 했다. 회사에 출근했는데, 식사시간에 사람들이 함께하지 않으려는 듯 했다. 몸에서 냄새가 나기 때문이었다.

"하나님 열심히 믿었는데, 왜 저렇게 돼버렸어?"

그렇게 웅성거렸을지도 모른다.

전염이 되는 것이 아니었는데, 회사에서는 물론 교회에서도 나를 피했다. 당당하던 성진이와 나의 아내는 졸지에 기가 죽고 힘이 빠진 모습이었다. 그런 모습을 보는데 정말 가슴이 많이 아팠다. 희진이는 세계적인 쌀 박사인 김경수 박사의 지도하에 농업진흥청 추천으로미국 아칸소대학교에 교환학생으로 가 있던 때라, 성진이만큼은 이 상황을 잘 몰랐다. 성진의 표현대로 말하면, 우리가 견딜 만큼의 아픔, 죽지 않을 만큼의 아픔이 온 가족을 짓누르고 있었다. 아내와 내가 할 수 있는 일은 오로지 하나님께 의지하고 기도하고 또 간구하며 매일 매일 기도에 전념하는 일이었다.

"어떠한 경우에도 강대진 이사의 병이 완치될 때까지 회사에서 책임지겠다."

김종연 회장의 철썩 같은 약속이었다. 그러나 회사 경영진은 부담이 컸는지 이듬해 2000년 3월 31일부로 권고사직을 명할 수 밖에 없었다. 26년간 다른 회사의 스카웃 제의도 물리치고 체인사업부 해외수입 사업부의 개설을 주도하는 등 청춘을 바쳐 동고동락했던 회사를 퇴직하게 되자 한편으로는 이해가 되면서도 많이 서운했다. 퇴직후 1년간 회사 비상임 고문직으로 약간의 보수도 지급해 주는 것으로 내 서운함을 그나마 달래주었다.

조금 나아지는 듯 했던 피부병은 2001년 5월, 새 아파트로 입주한 후 새집증후군 부작용으로 인해 재발되었다. 아내와 딸과 아들은 몇 년간이나 기다리고 기대했던 새 아파트라 참 좋아하고 많이 기뻐했다. 그러나 새로 지은 건물에서 내뿜는 온갖 화학약품의 독성에 온 머리가 세균에 감염되어 말로 표현할 수 없는 심한 냄새가 났다. 얼굴과 온몸이 사람이라고 할 수 없는 정도가 되어, 2001년 여름 서울대학병원에 입원하기 위해 수속을 밟는데 담당 간호사들이 지독한 냄새 때문에 숨도 제대로 쉬지 못했다. 아내는 고무장갑을 끼고 주치의가 처방한 특수약품으로 밤낮으로 내 머리를 감겼다. 결혼 후 27년 만에 가장 힘들고 견디기 어려운 고통을 아내에게 준 것 같아 미안하기 그지없었다. 밤이면 밤마다 머리의 고름으로 인해 베개를 몇 번씩이나 적시며 잠을 들 수가 없어 결국에는 수면제로 연명해야 했다. 구약의 욥과 같이 깊은 웅덩이와 깊은 수렁을 헤맸다.

그러자 주치의는 새로운 시도를 했다. 몇 년 간 복용하던 스테로이드제 투약을 중단하고 주사제로 변경한 것이다. 두 번의 주사제 투여와 치료를 받고 집으로 돌아오는 차안이었다. 갑자기 40도의 열이 오르내리고 눈앞이 깜깜해지며 아무것도 보이지 않았다. 두 번의 구토와 함께 정신이 멍해지면서 숨의 멈춤이 느껴졌다. 그때 내 입에서 나온 이름은 "성진아! 성진아…"였다. 그토록 사랑하며 같이 살아왔던 아내가 아닌 아들의 이름만을 몇 번씩 부르며 찾았다. 사람이 이렇게 죽는구나 싶었다. 죽음 직전까지 갔다가 겨우 정신이 들어 집으로 돌아왔다. 그날 밤, 지친 얼굴로 잠을 자고 있는 아내와 성진을 물끄러미 바라보고 있다가 유언장을 작성하기 시작했다.

유언장
여기 3가족에게 나 자신의 부탁을 적어둔다.
하나님의 뜻 가운데 하늘나라에 가는 날,

첫 째 : 내 육신의 전 장기는 전부 장기 기증기관에 즉시 기증하여, 한 생명이라도 더 예수님 안에서 살릴 수 있도록 기증할 것.

둘 째 : 육신은 화장하여 국립 이천 호국원에 안장할 것.

셋 째 : 희진, 성진은 이 땅에 사는 동안 철저한 주일성수와 십일조생활을 하고,

넷 째 : 성진이는 부모가 물려주는 신앙으로 내가 믿는 우리 아들, 요셉 같은 아들로서 대한민국은 물론 세계적인 CEO가 되어 주기 바란다.

다섯째 : 희진, 성진은 나 자신이 없는 며칠, 혹은 몇 년이 되더라도 두고 가는 어머니, 이땅위에 최고로 고상하고 지적인 어머니 한희숙을 왕비같이 받들고 잘 모시기를 부탁한다. 이것이 또한 너희 자손들이 축복받는 비결이고, 땅에서 잘 되고 장수하는 비결이리라.

　병실에서 회복시켜 주신 하나님께 감사하고, 더 신실한 주의 종이 되어 병중에 있는 자를 위하여 기도하고 돌아보며, 하나님과 함께 하는 자의 증거를 보여주며, 하나님 손잡고 일어설 수 있도록 권면하리라.

　또 강호호 친구에게 감사하고 배윤식 사장님께 감사하며 저들의 가족도 예수 믿고 구원받기를 기도하면서 이 귀하고 귀한 글을 적어둔다.

2001. 7. 27. PM 10시 45분 강대진

몇 차례 입원과 퇴원을 거듭하며 병에 지치고 지쳐 예수님을 믿는 장로만 아니면 아파트 옥상에서 뛰어 내려 투신하고 싶었지만 마음만 굴뚝같을 뿐 그러지도 못했다. 한남동에 살던 둘째형이 큰집 조카 문창이와 같이 병문안을 왔다가 돌아가려고 일어섰다. 난 둘째형의 바지를 붙잡고 그만 통곡을 하고 말았다.

"형님! 형님! 날 좀 죽게 해 주세요. 제발, 가지 말고 죽게 해 주세요!"

둘째형과 문창이가 울부짖는 나를 안고 함께 통곡했다. 조카가 시골의 어머니에게 가서 개봉동 삼촌이 얼마 못살 것 같다고 전했는지, 큰형수는 그길로 온갖 피부병에 좋다는 약재들을 준비해 득달같이 달려왔다. 내가 11살 때 우리 집으로 시집 와서 초등학교, 중학교까지 손수 도시락을 준비해 어머니같이 날 보살피고 키워주던, 내가 제일로 좋아하던 큰형수가 찾아온 것이다. 난 큰형수를 부여안고 하염없이 울었다.

힘겹고 고통스러운 나날이었다. 그런 인내의 터널을 뚫고 지나오면서 위로 받은 건 언제나 온 우주와 인간을 창조하시고 다스리시며 섭리하시는 하나님의 말씀이었다. "야곱아, 너를 창조하신 여호와께서 지금 말씀하시느니라. 이스라엘아, 너를 지으신 이가 말씀하시느니라. 너는 두려워하지 말라. 내가 너를 구속하였고, 내가 너를 지명하여 불렀나니, 너는 내 것이라. 네가 물 가운데로 지날 때에 내가 너와 함께 할 것이라. 강을 건널 때에 물이 너를 침몰하지 못할 것이며, 네가 불 가운데로 지날 때에 타지도 아니할 것이요, 불꽃이 너를 사르지도 못하리니 …(사43:1-2)"

하나님의 말씀으로 위로받으며 꼭 나으리라 믿으면서 2인실이었던 병실에 피부병 건선으로 입원한 옆 침대의 고등학교 1학년 남학생과 그 어머니에게 전도하는 것도 잊지 않았다.

"난 예수 믿는 장로입니다. 예수님만이 우리 인생들의 삶을 주관하시고 치료해주시고 나중에 천국으로 인도하실 분이니 예수님을 믿으십시오."

놀라운 기적이 일어났다. 사랑의교회를 섬기고 있는 며느리의 친정어머니 최혜숙권사를 통해 만난 여명근 권사에게 여러 차례 치유기도를 받고 난 다음 2007년 5월경이었다.

"강대진 장로님, 이제 장로님의 병을 깨끗하게 하나님께서 완치시켜 주셨습니다."

수십 년간 하나님의 강권적인 축복과 능력 가운데 예수님의 이름으로 온 세계를 다니며 각종 질병과 말기암 환자들을 치유 사역하는 하나님의 여종인 여명근 권사는 내게 완치를 선포하였다. 서울대학병원의 주치의 정진호박사도 많이 좋아졌다고 하며, "너무 집착하지 말고 청소년들의 여드름이 나는 것 같이 한두 개의 물집이 생겨도 그러려니 하고 넘어가라."고 권유했다.

7년의 세월동안 날 괴롭혔던 피부병이 드디어 완치되고, 건강이 회복되었다.

견딜 수 없는 아픔에 잠깐 흔들려 죽고 싶다는 생각도 했지만, 하나님께서 날 치유해 주실 거라는 강철 같은 믿음은 절대로 포기하지 않았다. 날마다 새벽기도를 했고 집 근처 구일초등학교 운동장을 밤마다 뛰면서 복음송 "나의 등 뒤에서"를 박수치며 크게 불렀다. 찬송하고 찬송하며 내 자신을 훈련시키고 연단했다. 나를 위해 중보기도한 아내와 딸, 아들, 대광교회 목사님과 교우들에게 너무 많은 눈물과 아픔을 안겨 준 세월이었다. 이런 시련을 통해 하나님은 부족하고 연약한 나를 치유의 은사와 도구로 사용하였음을 깨닫고, 교회 내 환우들을 보면 치유를 위한 간구를 드리고 있다.

하늘이 무너져 내리고 땅이 꺼질 것 같은 아내의 고통도 상상 이상이었다. 내가 아플 때는 마음이 무너져 내려 어떤 글도 쓸 수 없었던 아내였다. 완치가 되자 아내는 '아름다운 동행'에 감사수기를 썼다.

감사수기(하나님 말씀의 능력이 감사와 치유와 회복을 주셨습니다.)

'범사에 감사하라 이것이 그리스도 예수 안에서 너희를 향하신 하나님의 뜻이니라(살전 5:16)'

범사에 감사하라 하신 주님의 말씀을 수 없이 듣고 읽었습니다. 그러나 일상 속에서 좋은 일, 기대했던 일이 잘되고 아이들이 학교에서 공부 잘하면 우리는 감사했고 헌금을 준비하여 하나님께 드리곤 했습니다. 그러나 진정 눈물 흘리며 주일을 준비하는 토요일 밤에는 하나님 말씀을 붙잡고 눈물을 닦으며 감사헌금 봉투를 손에 들고 적을 제목이 없어 '범사에 감사하라 하신 주님, 말씀대로 범사에 감사합니다.'하며 기록했습니다.

남편은 한일 합자회사에서 나름 잘나가는 체인사업본부장

으로 근무하던 1999년 6월, 연거푸 해외 출장을 다녀오더니 병이 났습니다. 입안에 물집이 생기고 터지기도 했지요. 입 안의 병은 병이 아니라는 속설도 있고 해서 몸살 정도로 가볍게 알았는데, 스트레스로 인한 '수포성 천포창'(피부의 가장 얇은 표피에 물집이 생겨 터지는 병)이었습니다. 그렇게 시작된 남편의 병은 쉽사리 치료되지 않았죠.

많은 사람들의 권유만큼이나 병원도 많고 약도 많았지만, 우린 서울대학병원 정진호 박사의 치료와 성경말씀, 특히 시편 91편의 말씀과 최선을 다하여 병 낫기를 간구하는 기도가 우리의 치료방법이었습니다.

인간이 만든 최고의 명약이자 최후의 치료제로 복용하는 스테로이드제 부작용으로 인해 잘생겼다 자부하던 남편의 얼굴은 Full moon face 현상이 일어나 변형이 되어버렸습니다. 거기에 진물이 줄줄 흘러내려 실의에 차 주저앉기도 여러 번이었습니다.

밤이면 일어나 물을 마셔야 하기 때문에 식탁에 물을 준비해 놓고 물 컵 옆에 성경말씀을 기록해 두었죠. **'그의 노염은 잠깐이요 그의 은총은 평생이로다. 저녁에는 울음이 깃들일지라도 아침에는 기쁨이 오리로다.**(시30:5)'와 같은 말씀을 편지와 함께 써 놓고 기도하며 잠자리에 들기도 했는데, 건강한 나는 무정하게도 잠이 오니 미안하였으며 당사자는 그런 내가 야속하기도 했을 겁니다.

조금 나아졌다가 다시 심해지기도 하며 거의 6년간을 아픔과 함께 보내면서, 남편은 여전히 교회 장로로서 대표기도와 구역장의 직분을 감당하며 구역예배를 인도했습니다. 목요일이 지나면 안도의 한숨이 나왔고, 이제 다음 목요일이면 좀 더 나은 모습으로 구역원 앞에 앉을 수 있겠지 기대하곤 했지만, 한 주간은 너무 빨리 다가왔어요. 목요일, 여전한 모습으로 함께 앉아 예배드려야 했으니 구역원들에게 참으로 면목이 없었습니다. 당시 함께 기도해 주시고 그 시련을 잘 참아 주셨던 구역 집사님들이 너무 고마웠기에, 우린 그 소중한 분들을 위해 지금도 열심히 기도하고 있습니다.

완치되지 않은 중에 2002년, 딸은 훌륭한 명문가로 결혼을 하여 떠나고 2004년엔 아들이 또 사랑의 교회 특별새벽기도회(특새)에서 은혜로 만난 예쁜 딸과 결혼하여 잘 살고 있습니다.

'나를 지으신 하나님 곧 사람으로 밤중에 노래하게 하시며 (욥35:10)'

욥기서 를 읽으며 위로도 실망도 한 7년의 세월을 지나고 보니 흑암과 같은 그 밤중에도 노래하게 하시는 하나님은 가장 큰 인간대사, 딸과 아들이 결혼하는 축복의 기회도 주셨습니다. 고마운 사돈댁은 사람이 아플 수도 있다면서 대사를 진행시켜 주셨으니, 그 또한 하나님의 은혜였고 감사였습니다.

사람이 살아가는데 어려움 없이 만사가 형통하면 얼마나 좋겠습니까.

인간사는 크고 작은 슬픔과 기쁨이 교차하기 마련인데 '**우리가 알거니와 하나님 사랑하는 자 곧 그의 뜻대로 부르심을 입은 자들에게는 모든 것이 합력하여 선을 이루느니라.**(롬 8:28)'처럼 주의 이름을 부르는 자는 합력하여 좋게 해 주시고 결코 망하지 않는 법입니다.

내가 약할 때 가장 강한 자가 되는 것은, 전능하신 하나님을 전적으로 의지하고 가장 가까이에서 부르짖고 있었다는 것, 그 순간은 아무도 내 곁에 없어 가장 외롭고 아팠지만 지나고 보니 그 긴 시간에 하나님은 나를 강한 능력으로 잡아주셨고 업어주셨고 안아 주셨다는 것을 깨닫고 깊이 감사하게 되었습니다.

교회 출석하여 예배드리고 맡은 일에 최선을 다하며 사는 것, 그리고 그 안에서 모든 일이 잘 될 때 그것이 신앙의 힘이고 축복이라고 생각했습니다. 그러나 고난 중에 만난 주님은 우리 신앙의 깊은 은혜를 체험하게 해 주셨습니다.

'**고난당한 것이 네게 유익이라 이로 말미암아 내가 주의 율례를 배우게 되었나이다.**(시119:71)'라는 성경말씀처럼 고백의 의미를 깊이 깨닫게 되었습니다. 나의 작은 신음에도 응답하시는 주님께서 다 보시고 아시는 아픔의 고통을 우리는 가장 치욕적인 순간이었다고 생각했으나, 하나님은 그것까지도 감싸 안으시고 완전히 낫게 해 주셨습니다.

그 이전엔 우리 집 네 식구는 병원 갈 일이 없었고 가장인 아버지만 있으면 모든 것이 가능했는데, 그 아버지가 무너져 눕자 아내는 기도의 용사로, 훌륭한 간병인으로 최선을 다하게 되었습니다. 보호의 온실 속에서 행복하게 자란 아들, 딸은 고난을 겪으며 의젓한 버팀목이 되어 우리에게 힘을 주는 어른스런 급성장을 이루더군요.

아픔이 아픔으로 끝나지 않은 것은 하나님 은혜입니다. 힘 있게 세워주시는, 절절이 귀한 주옥같은 말씀의 능력에 감사합니다. 교회 목사님의 기도와 권면의 말씀, 여러 성도들의 중보기도의 힘에 머리 숙여 감사합니다.

눈물 머금고 범사에 감사하며 시편 91편 1절에서 16절의 말씀은 우리의 기도였고, 묵상은 바로 응답이 되어 그 말씀이 우리 삶에 깊숙이 스며들어 에스겔 골짜기의 회복처럼 피가 되고 살이 되어 이제는 완전히 치료되고 건강을 되찾았습니다. 남편은 20년간 봉직했던 장로직에서 은퇴하여 원로장로로서 주일이면 교회주변을 청소하며, 각 교육기관을 돌아보며 격려하고, 연세 드신 어른들의 손 잡아주며 다정한 주님의 종으로 기쁘게 섬기고 있습니다.

참 좋으신 하나님 아버지!

욥에게 친구의 위로가 때로는 아픔이 되었듯, 교인들의 위로가 아픔이 되기도 했습니다만, '그러나 내가 가는 길을 오직 그가 아시나니 그가 나를 단련하신 후에는 내가 순금같이 되

어 나오리라. (욥23:10)'는 말씀대로 고난 중에도 함께 하신 하나님께 감사합니다. 아픔을 만져주신 하나님의 손길에 감사하며, 아픔을 참고 인내하신 당신께도 감사합니다.

대진트란스파워, 폐업하다

2000년 3월 초, 회사의 경영진으로부터 31일부로 퇴사 통보를 받고 한 달 동안 아내와 가족들이 알면 당황하고 불안해 할 것 같아 말도 못하고 혼자 고민하다 재취업이 아닌 창업을 결정했다. 그동안 영업했던 콘베어용 체인을 주축으로 감속기, 모터 등 동력전달장치를 판매업으로 하고, 1년 전 회사를 그만두고 부천에서 홀로 자영업을 하고 있는 이태형 과장을 만났다. 누구보다 나를 따르고 신뢰하던 이태형 과장이었다. 나와 함께 힘을 합쳐 새롭게 시작하기로 했다. 큰 힘이 아닐 수 없었다. ㈜한국체인모터 배윤식 사장은 상당한 양의 물품 공급으로 도움을 주기로 협의가 됐다.

퇴사 후 4월 한 달 동안 아내와 같이 미국 여행을 떠났다. 결혼 후 26년간 내조하며 자녀들 교육에 많은 수고를 아끼지 않은 아내를 위로하기 위함이었다. 국내외 많은 출장으로 대한항공 마일리지가 30만마일 정도 적립되어 있어 항공료는 들지 않았다. 미국 서부 LA지역, 시애틀, 캐나다, 벤쿠버, 하와이를 여행했는데, 방송통신대학교에서 영문학을 공부한 아내의 영어실력이 빛을 발했다. 여행사의 안내나 통역 없이 둘만의 즐거운 여행을 할 수 있었다.

2000년 5월 16일 서울 구로구 구로공구상가 단지에 '대진트란스파워'라는 상호로 간판을 걸고 사업을 시작했다. 나와 이태형 부장,

214

그리고 아내는 경리와 관리담당 과장으로 열심히 노력하였건만, 우리가 목표하고 계획한 판매 실적을 달성할 수 없었다. 2001년 5월, 1년 만에 약 2,000만 원 정도의 부도를 맞았다. 이런 식으로 가다간 하나 밖에 없는 집도 날리고 빚더미에 앉게 될지도 모른다는 위기감이 들 무렵, 배윤식 사장이 손을 내밀었다. 나와 이태형 부장이 개척한 거래선과 부도까지 다 떠안아 주는 조건으로, 나는 전무이사, 이태형은 부장으로 ㈜한국체인모터에 근무하기로 했다. 아쉽게도 생애 처음으로 창업한 '대진트란스파워'는 2001년 11월 30일 폐업하였다. '대진트란스파워'의 창업과 폐업을 통해, 최선을 다해 직장생활을 하면서 업적과 나름 실적을 쌓을 수는 있어도, 내가 직접 경영하는 사업은 만만치 않다는 것을 알게 되었다. 하나님을 믿고 열심히 노력하면 안 될 일이 없을 줄 알고 기도하며 시작했는데 사업은 나의 달란트가 아니었다. 어떤 선택을 하기 위해선 충분한 준비가 필요한데, 그런 준비 과정 없이 시작했던 것이 패인이었다.

나에게 용기와 힘을 주고 도왔던 이태형 부장에게는 이 일이 늘 마음의 빚으로 남아 있었는데, 2016년에 만난 이태형 부장은 사장이 되어 동대문시장에서 의류사업으로 기반을 잡고 활발하게 사업을 펼치고 있었다. 니트류 디자이너인 아내와 함께 탁월한 능력과 뛰어난 경영수완을 발휘, 상계동의 5층 건물에 최첨단 기계 등의 설비를 갖추고 디자인, 제조, 판매는 물론 백화점 납품과 일본에 수출까지 하고 있었다. 그때를 회상하며 미안해하는 내게 이태형 사장은 오히려 그때 많은 것을 배워, 지금 원가관리며 경영에 도움이 되고 있다고 했다. 다행이었다.

하나님께서는 결혼 후 44년간 우리 가족이 살아가는데 필요한 만큼은 주셨지만, 재물에 대한 넘치는 축복은 주지 않았다. '항상 기뻐하라, 쉬지 말고 기도하라, 범사에 감사하라. 이것이 그리스도 예수 안에서 너희를 향하신 하나님의 뜻이니라.(살전5:16-18)'는 말씀을 마음 깊이 되새기며, 재물의 부요함보다 믿음의 부자가 된 것에 감사하며 자족하고 살아가고 있다.

유재춘 주례 목사님

1994년 2월 21일 우리 부부가 결혼한 지 20주년이 되는 날, 설날보너스로 받은 봉투를 준비해 부산 동래제일교회 유재춘 목사님을 찾아갔다. 순수한 두 사람의 사랑만 있으면 무엇이든지 할 수 있다는 신념과 패기로 결혼을 한 터라 여유가 없어, 유재춘 목사님과 길영애 사모님에게 변변한 선물 하나 못한 것이 늘 아쉬움으로 남아 있었다. 유재춘 목사님은 장인어른이 하나님의 부름을 받고 소천하였을 때도 찾아와 귀한 말씀으로 유족들을 따뜻하게 위로해주기도 했다.

반갑게 맞이하는 목사님 부부와 함께 부산 서면으로 갔다. 목사님에게는 감색 더블버튼 양복 한 벌, 사모님에게는 한복 한 벌을 선물하려 했으나 사모님은 극구 사양하여 자켓을 선물했다.

"금은보석보다 귀한 목사님의 주례사 말씀을 기본으로 삼고 살겠다 약속한 26살의 신혼부부가 어느 새 20년의 세월이 흘러 슬하에 딸 아들 남매를 둔 중년이 되었네요. 목사님의 축복기도와 언제나 저희들을 위해 중보기도를 해 주신 염려 덕분에 웃음이 가득한 예수만 섬기는 화목한 가정이 되었습니다. 고맙습니다."

유재춘 목사님은 30여 년을 목회활동하면서 수십 쌍의 결혼식 주례를 섰는데, 육신의 아들딸도 아닌데 20년이 되어 찾아와 잘 살았다며 인사하는 부부는 처음이라며 진심으로 기뻐하고 감동하였다. 우

결혼 40주년, 주례목사님과 함께

리 부부는 주일에 동래제일교회에 참석, 감사헌금과 특별 찬양을 하나님께 올렸다.

결혼 30주년인 2004년 3월에도 유재춘 목사님을 방문했는데 10년 전에 선물한 감색 더블버튼 양복을 그대로 입고 나왔다. 그때 나는 아직 피부병이 낫지 않은 때라 스테로이드제를 복용해 부작용으로 얼굴이 부어 있었다. 유재춘 목사님은 너무나 가슴 아파하며 우리를 자동차에 태우고 맛있는 식사와 미리 예약해 둔 동래관광호텔로 가서 로비에서 두 손을 꼭 잡고 어찌나 간절하고 뜨겁게 회복과 완치를 위한 기도를 하는지, 눈물이 펑펑 쏟아졌다. 목사님에게 이런 대접을 받고 보니 몸 둘 바를 몰랐다.

"하나님, 전능하신 하나님 아버지께서 당신의 종 강대진 장로를 치료하여 주시고 저는 잠시 손을 잡고 기도합니다만, 주님께서는 종의 손을 영원히 꼭 잡고 인도하여 주소서."

결혼 40주년인 2014년에 찾아갔더니, 담임목사에서 은퇴하고 원로 목사님이 되어 있었다. 유재춘 목사님은 목회생활 50년 동안 겪었던 일들을 회억하며, 내가 장로직을 은퇴하고 난 뒤에 해야 할 일에 대한 권면의 말씀을 해 주었다. 유재춘 목사님과의 인연은 이 세상 무엇보다 값지고 고귀한 하나님 축복의 선물이었다.

장로 직분을 내려놓으며

2014년 12월 28. 정년을 맞아 장로직분을 내려놓으면서 신도들에게 기도하는 심정으로 내 소회를 밝혔다.

참 좋으신 하나님의 풍성한 은혜와 축복과 계획과 섭리 가운데 미약하고 부족한 종이 대광교회 창립 40주년이 되는 해의 마지막 주일날 교회출석 40년, 장로 시무 20년간 열심히 섬기고 은퇴를 허락하신 하나님께 영광을 올리며 서해원 담임 목사님과 당회와 온 성도들과 축하하기 위해 오신 가족 친지 여러분께 감사 인사를 전합니다.

지난 40년을 돌아보면 이스라엘 민족을 광야 40년 인도 후 젖과 꿀이 흐르는 가나안 땅으로 인도하신 것 같이 대광교회 창립의 해 26살의 신혼부부로 등록하여 지금까지 대광교회 역사와 함께 40년간 달려온 것은 전적으로 하나님의 은혜요 축복임을 고백합니다.

오늘이 있기까지 26년간 김태환 목사님의 철저한 가르침으로 섬김의 본을 배웠고, 그 후 14년간 온유하신 서해원 목사님께 훌륭한 말씀의 은혜를 받았습니다. 40년 전 우리 부부의 주례목사님이셨던 부산 동래 제일교회 유재춘 목사님께서

장로 은퇴식을 마치고

는 친딸을 시집보낸 것 같이 결혼 후에도 아내에게 많은 관심과 기도로 격려해 주셨고, 20년 전 장로 장립 시에는 서울까지 오셔서 제게 십자가 금배지를 달아주시며 충성된 종이 되라고 권면하셨습니다. 그리고 지금까지 저희 부부를 위해 새벽마다 중보기도하고 계시지요. 이 세 분 목사님께 진심으로 감사드립니다.

교회 등록 후 맨 앞자리는 제 자리로 정해져, 특별한 일이 없는 한 열심히 새벽기도에 참여하며 신앙생활을 이어갔습니다. 딸 희진이와 아들 성진이가 태어나고 13평 개봉아파트에서 큰처남, 작은처남, 막내처제까지 불편을 감수하고 화목하게 지낼 수 있었던 것, 그리하여 5명 모두 원하는 대학교를 졸업하게 된 것 모두가 하나님의 은총이었습니다.

두 남매가 결혼적령기에 믿음의 명문가와 연을 맺고 믿음 충실한 사위와 며느리와 각각 가정을 이루게 하신 후 귀한 손자 손녀들을 선물로 주심에 감사합니다. 내일 회사 발령으로 미국 산호세 실리콘밸리 지사로 떠나는 아들 성진의 가족을 낮에는 구름기둥, 밤에는 불기둥으로 이스라엘 민족을 인도하신 하나님께서 선하고 복된 길로 인도해 주실 줄 믿고 감사하며 간구의 기도를 드립니다.

아내 한권사와 함께 이렇게 좋은 교회, 좋은 목사님, 좋은 성도들과 함께 새벽기도 때마다 크게 박수치며 기도하고 찬양할 때 한없는 축복과 헤아릴 수 없는 은혜를 주셨습니다. 지난 11월 감사의 달을 보내면서 **'주안에 우린 하나'**를 찬양으로 신앙고백하게 해 주셔서 한없이 감사했습니다.

지금은 대광교회가 하나님의 축복과 은총가운데 크게 부흥 발전하여 이렇게 훌륭한 건물에서 어려움 없이 예배드리지만, 교회 초창기 개척 시에 1년이나 2년마다 교회 주변 집들을 사면서 재정부족으로 은행대출을 받아야 했기 때문에 선배 장로이신 송태호 장로님과 한상철 장로님, 그리고 여러 장로님들의 집들은 은행 저당용으로 맡겨졌습니다. 만약 교회가 잘못되면 온 가족이 어려워질 수 있었지만, 김태환 목사님은 뜨거운 열정으로 빈틈없이 교회를 관리하였습니다. 각 가정에 먹을 것, 입을 것, 거할 곳을 걱정 없게 해 주시고 자녀들의 가정에도 풍성한 재물의 축복을 주신 하나님께 너무나 감사했지요.

한 때 힘들고 괴로워 가슴 아파 눈물 흘리며 고통스러워하던 때도 있었습니다만 우리 가족의 순종하는 모습을 보고 싶어 하는 하나님의 뜻이라 생각하여, 죽으면 살리라는 심정으로 죽기를 각오하고 기도를 시작했지요.

우리 네 가족의 눈물어린 기도를 들으시고 기가 막힌 웅덩이와 깊은 수렁에서 나를 끌어 올리시고 성령의 불길과 치료의 광선으로, 예수그리스도의 이름으로 이렇게 깨끗하게 완치되어 건강을 회복시켜 주신 것에 대해 감사의 간증을 하지 않을 수 없네요.

그때 교회의 많은 분들의 중보기도에 감사드립니다. 그때만 생각하면 떠오르는 두 여인이 있습니다. 제가 천사라고 부르는 김순배 권사님과 기도의 여종 주순옥 권사님의 깊은 관심과 기도에 특별히 감사의 인사를 드립니다.

오늘 시무장로 은퇴식을 하면서 대광교회 성도 여러분께 특별히 부탁의 말씀을 드리고 싶은 것은 대광교회가 민족통일을 위해 통일을 노래하며 기도하며 물질을 준비하는 교회가 되었으면 하는 것입니다.

대광교회 믿음생활 40년 동안 고마운 분들을 기억합니다. 저보다 몇 개월 먼저 교회등록 하셨고 희진이와 성진이가 태어날 때 직접 받아주셨으며, 저에게는 항상 믿음의 선배로 온유하고 너그러운 친형님 같으며, 저희 가정의 주치의인 송태호 장로님, 누님 같은 최옥순 권사님, 또 12년 동안 목요일마다 같이 구역예배 드리며 기쁘고 즐거울 때, 힘들고 괴로울 때마다함께 해 온 믿음의 동생 박성복 장로님, 김순배 권사님, 10여 년간 매주 목요일마다 각 가정을 돌며 초대교회와 같이 예배드릴 때 가족과 자녀들의 이름 한 사람 한 사람 부르면서 기도하고, 예배 후 언제나 따뜻한 차 한 잔에 떡을 나누며 서로 기도의 제목을 나누고 중보기도에 응답받을 때마다 같이 감사하고 감격하며 위로하면서, 소천국 같은 분위기로 동역하고 있는 현재 남자 1구역 구역원들과, 새 성전 입당 후 6년간 예배위원장의 소임을 담당하는 동안 안내위원, 헌금위원으로 매 주마다 기쁨과 즐거움으로 수고하신 예배위원들에게 다시 한 번 깊은 감사의 인사를 전합니다.

본의 아니게 저의 믿음의 부족, 인격소양의 부족, 온유하지 못한 다혈질의 성격 때문에 마음의 상처나 아픔이 있게 한 분들에게 진심으로 죄송하다는 사과의 말씀을 드리며 용서를 구합니다.

연말이라 바쁘고 분주한 가운데도 부족한 저의 은퇴식을 축하하기 위해 참석하신 많은 성도 여러분들과 가족과 집안 형제들에게 감사를 드립니다. 2주 전 발간된 대광교회 40년사 중 물난리에 나오는 1977년 7월 9일 대홍수 때 안양천 범람으로 당시 건축 중이던 교회가 물에 잠기자 밤 11시부터 새벽까지 저와 같이   김태환목사님 가족과 살림살이며 어린자녀들을 옮기며 물을 막았던 당시 대학교 1학년이었던 작은처남

한인섭교수와 안양감리교회 이종송 장로님 내외분께도 특별히 감사드립니다.

끝으로 아내 한희숙 권사, 1974년 2월 21일 결혼 후 40년간 저를 돕는 내조자로 믿음의 동역자로 우리 집 총감독으로, 처가댁의 맏딸로 4동생의 소중한 누나, 언니로, 딸 희진 아들 성진에 맹모삼천지교의 맹자의 어머니 같은 훌륭한 어머니로, 손자손녀들에게는 디모데의 외조모 로이스와 같은 기도의 할머니로 그동안 수고 많았습니다. 아내의 땀과 눈물과 기도로 여기까지 오게 된 것, 너무나 감사하고 고맙습니다. 더 많이 사랑하겠습니다.

끝까지 부족한 저의 두서없는 은퇴사를 경청해 주셔서 감사합니다.

장로 은퇴식을 마치고 가족들과

제4부

여호와 이레의 보물, 우리 가족

첫 번째 보물, 딸

1975년 3월 19일 우리 집 보배, 복덩이 딸 희진이가 송태호 장로의 남부고려의원에서 태어났다. 아내의 신실하고 굳건한 믿음 안에서 모태 신앙으로 태어난 희진은 모유 뿐 아니라 신앙의 젖을 먹으며 건강하고 총명하게 자라 김태환목사님에게 유아세례를 받고, 입교문답으로 세례교인이 되었다. 1982년 3월 2일 희진이가 초등학교에 입학하기 전날 밤 아내는 희진이를 가슴에 꼭 안고 하나님께 기도했다.

"전지전능하신 하나님 아버지! 우리 가정에 귀한 선물로 주신 이 딸을 주님 은혜 아래 잘 키우고 싶습니다. 우리에게 지혜를 주시고 부족한 물질은 채워주셔서, 지혜롭고 훌륭하게 잘 키울 수 있도록 도와주세요. 똑똑하고 총명하게 자라서 끝까지 공부할 수 있도록 길을 열어주시고 손잡고 동행해 주세요."

희진이는 아내의 기도가 끝나자 똑 떨어지게 '아멘!'을 하고 곤히 잠이 들었다.

작은 신음에도 응답해주시는 하나님이 아내의 간절한 기도를 들어주지 않을 리가 없었다. 2살 터울의 남동생 성진이를 살뜰히 챙기는 착한 딸로 우리 부부의 속 한 번 썩인 일이 없었다. 게다가 공부도 잘 해 초등학교부터 중학교, 여고를 졸업할 때까지 최상위 수준을 유지하였고, 학교에서 받은 각종 상장들이 공부방의 한 벽을 차지할 정도였다.

시험 결과가 나오는 날이면 희진이는 내게 전화해 자랑을 했다.

"오늘 또 100점이야! 전교 1등! 아빠, 힘내세요!"

그런 희진의 목소리를 듣는 날이면 내 몸은 하늘로 날아오를 듯 가벼워지고 그야말로 살맛이 났다.

희진이는 운동을 좋아하는 나와 달리 달리거나 구르기 등의 운동을 잘 못했다. 그래서 체육 한 과목에서 점수를 조금 잃었다. 운동에 소질이 부족한 건 아내의 집안 내력이기도 하다. 아내의 형제자매들이 모이면 이구동성으로 학교생활 중에 운동회 날이 제일 힘들었다 말하곤 한다. 아내는 결혼 후 수영, 골프, 탁구 등을 잘하게 되었다. 성과에 못 미쳐도 늘 120퍼센트 잘 한다고 추켜 세워주는 내 덕분이라고 그 공을 내게 돌리지만, 아니다. 아내의 집념과 노력이 뒷받침된 결과였다. 그런 아내의 집념과 노력을 희진이가 똑같이 닮았다. 희진이의 집중력과 탐구심은 따라올 사람이 없었다. 어려운 수학 문제를 자신의 힘으로 풀어보려고 몇 시간을 노력하다가 안 되면 선생님을 찾아가 기어이 그 문제를 풀어야 직성이 풀렸다.

희진인 성격도 좋았고 힘든 일도 마다하지 않아 주위 사람들을 행복하게 해주는 피스메이커(peace maker)였다. 대학생활도 즐겁게 꾸려나가며, 선후배와 관계도 나무랄 데가 없었다. 성진이가 종로학원에서 재수를 하고 있던 1995년, 희진이 대학 2학년 때였다. 아내는 희진에게 친구 중에 성진의 논술을 지도할 만한 친구를 찾아보라고 했다. 성진이는 고등학교 2학년 때 한국일보 '논술 고사의 실제'라는 섹션에서 공모한 논술로 최우수작에 선정되기도 했지만, 본고사 논술을 위해 좀 더 연마해야 했다. 아내는 희진에게 매주 한 번씩 첨삭 지도를 해 주는데 되도록이면 다니는 학교에 재학 중인 학생이면 좋겠다고 했다.

희진이는 친구로부터 대원외고를 졸업하고 법대에 재학 중인 학생 최석환을 소개받았다. 희진이는 성진이가 작성한 논술을 가지고 석환에게 가지고 가면, 석환은 첨삭을 한 성진의 논술지를 희진에게 주었다. 그렇게 성진이와 석환의 사이에서 논술지를 갖다 주고 갖고 오는 메신저 역할이 희진과 석환을 연인 관계로 이어주는 시작점이 되었다.

2000년 2월 25일 희진의 대학원 석사 학위 졸업식이 끝나고, 가족 식사모임에 처음으로 사위될 석환이 참석해 첫인사를 했다. 1년 뒤,

희진의 대학 졸업식

2001년 봄, 석환의 부모님과 우리 부부가 가족들과 함께 상견례를 하였다. 당시 나의 건강상태가 많이 좋지 않을 때였는데도 석환의 부모님은 개의치 않았다. 양가가 즐거운 시간을 보내고, 모임이 끝나갈 무렵, 난 하고 싶었던 말을 조심스럽게 꺼냈다.

"딸을 가진 아버지로서 드릴 말씀이 있습니다. 저희가 특별히 준비한 것은 없지만, 희진이가 27살이니, 될 수 있으면 올해 12월 31일을 넘기지 않고 결혼식을 했으면 좋겠습니다만…"

내 말을 들은 석환의 아버지는 고개를 끄덕이며 조심스럽게 말했다.

"저도 당장에라도 시키고 싶지만, 아직 결혼하지 않은 형이 있어요. 형의 혼사를 먼저 치르고 나서 하면 어떨까요?"

사정이 그러하니 어쩔 수 없는 일이었다. 그런데 2001년 10월 말 석환의 집에서 연락이 왔다. 아무래도 순서대로는 어려울 것 같으니 석환과 희진의 결혼을 먼저 하자고 했다. 양쪽이 다 기독교인인 만큼 예식은 교회에서 하기로 결정했다. 그러나 내가 출석하고 있는 대광교회는 주차면적이나 장소가 협소했고, 신랑이 출석하고 있는 주님의 교회는 연말까지 토요일 예약이 완료된 상태였다. 부득이하게 2002년 1월 호텔 예식장을 잡았다. 결혼을 준비하고 있는데 사돈이 만나자는 연락을 해 왔다. 예쁜 딸을 대학원까지 보내 잘 키워주셔서 감사하다고 인사를 하더니 특별한 청이 있다고 했다.

"예단은 양가 모두 생략하고, 신부 측에서 신랑 양복 한 벌만 했으면 합니다."

순간 난 어리둥절했다. 딸 가진 부모로서 사돈의 뜻을 어떻게 받아들여야 할지 조심스러웠기 때문이다. 사돈은 말을 이어갔다.

230

"사회적 폐단으로 거론되는 예단을 우리부터 하지 말아야지요. 제가 지역의 장애인 재활협회 회장을 맡고 있는데, 예단 비용에 쓸 돈으로 장애인 수십 명을 도울 수 있거든요."

그제야 사돈의 뜻이 진심이라는 것을 알고 기꺼이 따르기로 했다. 우리라도 솔선수범하여 작으나마 사회의 한 부분을 정화시키는 모범이 되었으면 좋겠다고 화답했다.

2002년 1월 19일 대광교회 서해원 목사님의 주례로 하나님 은혜와 축복 가득한 결혼식이 거행되었다. 결혼예배는 별도로 마련된 별실에서 참석을 원하는 사람들만 모여 엄숙하게 진행되었다. 피로연에서는 양가를 대표하여 신랑 측은 신랑 외할아버지가, 신부 측은 신부 큰 외삼촌이 축하 건배사를 했다. 또한 사돈이 활동하고 있는 실버 오케스트라의 연주는 결혼식의 감동과 기쁨을 더 고조시켜 주었다.

사실 결혼식이 있기 전까지 나는 사돈에 대해 잘 몰랐다. 할머니 때부터 신앙이 좋은 경주최씨 가문으로 사업하는 사람이라는 정도만 알고 있었다. 사돈 내외는 신앙 안에서 겸손할 뿐만 아니라, 말도 아끼는 사람들이었다. 알고 보니 사돈은 경남에서 덕망있는 기업인이었다. 김종연 회장과 함께 결혼식에 참석한 윤준 전무가 신랑측 하객으로 온 마산고 출신 친구들이 얘기해 줬다며 알려준 것이었다. 윤준 전무는 내 일처럼 기뻐하며 덕담을 건넸다.

"딸도 훌륭하게 잘 키웠고, 훌륭한 가문의 아들이 사위가 됐으니 진심으로 축하한다!"

은혜롭고 아름다우며 성대한 결혼식이었다. 부족하기만 했던 우리 부부는 결혼 후 지금까지 대광교회라는 믿음의 울타리 안에서 새벽을 깨우며 열심히 기도한 것뿐이었는데, 그 기도를 들으시고 훌륭한 가문을 사돈의 연으로 맺어주신 하나님께 무한 감사를 드렸다.

사위는 일본 동경대에서 박사학위를 받았고 희진이도 박사후(Post Doctor)과정을 마치고 지금은 둘 다 대학에 재직 중에 있다. 외손자와 외손녀와 함께 온 가족이 반포에 있는 남서울교회에 출석하며 믿음생활 또한 신실하게 하고 있다.

오랜 일본 생활을 마치고 초등학교 입학 3일전에 귀국한 손주가 한국말이 아직 서툴러 고민하는 딸에게 아내가 말했다.

"자식은 부모가 믿는 만큼 된다하니, 늘 기도하면서 칭찬과 격려를 많이 해 줘야 해. 절대 아이들 기죽이지 말고. 엄마가 하는 거 너도 보고 자랐잖아. 안고 기도해 주고 … 열심히 최선을 다한 다음, 나머지는 하나님께 맡기렴."

그랬다. 우리 아이들이 이처럼 바르게 자랄 수 있었던 것은 잠자기 전 아이들을 가슴에 꼭 끌어안고 기도하는 아내의 기도 덕분이었다. 나도 한마디 거들었다.

"너희 중에 누구든지 지혜가 부족하거든 후히 주시고 꾸짖지 아니하시는 하나님께 구하라, 그리하면 주시리라(약1:5-8)고 하신 주님의 말씀대로, 우리 열심히 기도하고 응원하자꾸나."

두 아이의 엄마가 된 희진이는 나와 아내에게 가끔 말하곤 한다.

"내가 100점 받아올 때마다, 우리 엄마아빠 얼마나 행복했을까?"

"아무렴, 우리 딸 어릴 때부터 효도 많이 했지."

아내는 아이를 키우는 일이 결코 녹록치 않다는 걸 미소 띤 얼굴로 화답하며 희진의 어깨를 다독여준다.

두 번째 보물, 아들

1977년 1월 15일 오후 7시경, 우리 부부의 두 번째 보물 성진이가 남부고려의원에서 우렁찬 울음을 터뜨렸다. 긴 진통 후였다. 요셉 같이 귀한 아들을 주실 것을 기도 중에 확신하고 있었기에 우리 부부의 기쁨은 더 말할 나위가 없었다. 나는 바로 공중전화 부스로 달려가 부산의 장인어른에게 큰소리로 외손자가 태어났음을 알렸다. 장인어른은 너무도 기뻐했다. 희진이도 둘도 없이 귀한 딸이었지만, 성진이가 태어나자 내 마음도 장인어른과 같이 든든했다.

하나님의 복음인 성경의 거룩한 성(聖), 진실하고 신실한 아들이라는 참 진(眞), 성진(聖眞)으로 이름을 정했다.

햇수로는 2년 차 성진이 태어나자, 3살이었던 희진이가 성진이한테 샘을 부려 아내를 잠깐 힘들게 한 적도 있었다. 그러나 우리 부부에게 각각 안겨 예배를 드리고 믿음의 울타리인 교회의 모든 행사에 출석하면서 신실한 교회의 일원으로 자랐다. 유아세례를 받은 성진은 대광교회 부설 대광유치원 제2회 졸업생이 되었다.

성진이는 초등학교 때부터 축구, 야구, 농구 등 못하는 운동이 없었다. 그 대신 공부는 그렇게 파고들지 않았다. 그래도 상위권은 유지하였고, 성격도 좋아 친구도 많았다. 시간 날 때마다 운동을 하는 성진을 보며 건강하고 씩씩하게만 자라주면 더 이상 바랄 게 없다고 생각했다. 그런데 누나 희진이의 초등학교 졸업식이 그런 성진이에게 큰 자극이 되었다. 졸업식의 각종 상장을 독식하는 누나의 모습을 말없이 쳐다보던 성진이가 집에 돌아와서 얘기했다.

"이제 저도 누나처럼 열심히 공부하겠습니다!"

기특하게도 6학년 때부터 중학교 이후 스스로 만족할 때까지 자리에 파묻혀 잠도 아껴가며 공부를 했다. 고등학교에 올라가서는 3년 내내 반에서 상위권을 유지하였다. 그러면서도 체육시간엔 좋아하는 축구를 신나게 했다. 운동장에 나갈 시간이 안 되면 집안에서 공부하다 나와서 양말을 돌돌 말아 공 대신 차곤 했다.

고등학교 2학년이었던 성진의 글이 1994년 6월 18일 한국일보 18면에 최우수작으로 선정되어 실렸다. '논술 고사의 실제'라는 섹션에서 '대학 입시와 고교교육에 대해 논하라'라는 주제로 공모한 논술이었다.

논술고사의 실제

청소년 시기는 한 개인의 인생의 방향을 좌우하는 중요한 단계이다. 그런데 개화기 이후 서양식 학교제도가 도입 되면서 우리 사회에서는 중고등학교가 청소년 교육을 담당하게 되었다. 그러면서 이들 중고교가 가치로 내세운 것이 "전인교육" 이었다. 즉, 올바른 사회 구성원을 키워내는 것을 그 의무로 삼은 것이다. 그러나 예부터 관료를 선호하는 인습이 전해오면서 고학력을 선호하는 사회의식이 팽배하여 대학입시가 이들 기관, 특히 고교교육을 좌우하게 되었다.

이글에서는 소위 "입시지옥"으로 불리는 현행 교육제도의 장, 단점을 살펴보고 올바른 교육의 정립을 위해 대책을 모색해 보겠다.

암기식 교육의 탈피와 전인교육을 위해 작년부터 "대학 수학 능력시험"과 "본고사"가 실시되었다. 물론 그 결과에 대해 비판적인 목소리도 많지만 풍부한 독서와 논리적이고 다양한 사고력을 중시하게 되었다는 점에서 긍정적이라고 할 수 있다. 그러나 아직도 교육제도에 고쳐야 할 부분이 많다. 특히 수학능력시험이나 본고사가 새로운 입시를 창출해냈음에도 불구하고 여전히 고교교육에서 전인교육이 인격 양성과 인간교육의 핵심이라는 점에서 가장 우려된다.

또한 본고사의 부활로 성행하고 있는 과외 때문에 학생들 간에 위화감이 조성되고, 그 엄청난 비용 때문에 국가 경제에 많은 폐단을 주고 있다. 그리고 이런 현실 속에서 성적을 비관하여 자살하는 학생이 늘고 부유층 자녀들의 도피 유학이 증가 하는 등 사회전반에 걸친 문제가 야기되고 있다. 그렇다면 고교교육의 정상화는 어떻게 가능할까?

우선 대학을 선호하는 국민의 의식 구조의 변화가 이뤄져야한다. 이를 위해서는 공고나 실업계고등학교를 더욱 세분화, 전문화시키는 것이 필요하다. 즉 이름뿐인 "大卒者" 보다는 "전문인"이 대접받는 사회를 이뤄 나가야 한다. 그리고 이러한 변화의 바탕위에 대학입시에 대한 고교교육의 상대적 자율성이 보장 되어야 한다. 즉 특별활동 시간의 적극적인 활용은 물론이고 인격 소양을 위한 다양한 프로그램을 개발해서 올바른 전인교육을 지양해야 할 것이다.

결국 모든 학생이 대학을 갈 수는 없는 것이다. 따라서 고교교육이 대학입시에만 얽매이지 말고 자율적으로 주체적인 교육으로 행해져야 한다. 그렇게 될 때 진정한 전인교육, 바람직한 고교교육이 이뤄질 것이다.

늘 회사생활에 바빠 아이들과 함께 책을 읽고 토론하는 일을 하지 못해 아쉬웠다. 희진이와 성진이가 책과 가까이 하고 책 읽는 습관을 들이는 방법은 없을까 고민하다가 아내와 함께 생각해 낸 것이 용돈을 주는 것이었다. 초등학교 때부터 책을 읽고 독후감을 쓰면 500원을 주며 격려하고 칭찬했다. 처음엔 용돈 받는 재미에 책을 읽는 것 같더니 나중엔 돈에 상관없이 스스로 다양한 책들을 찾아 읽었다. 성진이의 최우수작 논술을 읽으며, 재미로 시작한 책읽기가 습관이 되고 생활 속에 스며들어 체계적인 글쓰기가 가능했던 게 아닌가 하여 대견했다.

성진은 갈고 닦은 실력을 발휘해 입시를 치렀다. 수능시험도 잘 보고, 본고사도 잘 봤다고 했다. 하지만 합격자 발표 날, 벽보를 들여다보는데 합격자 명단에 성진의 이름이 없었다. 가슴이 쿵 떨어졌다. 아무리 찾아봐도 없었다. 눈앞이 하얘졌다. 결혼 21년 만에 처음 맞는 날벼락이었다. 자신만만했던 성진의 실망도 이만저만 아니어서 코가 쭉 빠져있었다. 그렇다고 나마저 당황하거나 실망하는 모습을 보여주면 안 될 것 같았다. 그날 바로 설날 명절 휴가를 내 우리 가족은 부산 해운대로 2박 3일간 여행을 떠났다.

성진과 함께 해운대 모래사장을 걷는데 아내를 처음 만났던 날의 감동이 되살아났다. 떨리는 마음으로 아내의 손을 움켜쥐고 첫 데이트한 장소이고 결혼하고 첫날밤을 보낸 곳이었다. 아내의 손을 부여잡듯 성진의 손을 꼭 쥐고 말했다.

"여기가 엄마와 첫 키스를 했던 곳이야".

성진은 내내 굳어있던 얼굴을 펴고 그제야 배시시 웃었다. 격려차 일부러 근사한 호텔을 잡았다. 호텔 로얄룸에서 2박 3일을 머무르며, 아침에는 바다 위로 떠오르는 붉은 태양을 보며 해맞이를 하고 밤에는 멀리 비치는 등대와 별들을 보면서 성진을 위로하고 격려했다.

"성진아, 사람은 누구나 실수도 하고 실패도 해. 그러나 실패가 실패로 끝나지 않고 훌륭한 반전이 되려면, 그걸 좋은 기회로 만드는 것이 무엇보다 중요하지. 아빠 널 믿는다. 우리 성진인 반드시 해 낼 거야. 다시 한 번 도전해 보자!"

성진은 내 뜻을 받아들인 듯 주먹을 꽉 움켜쥐었다. 서울로 돌아와 바로 서부역 뒤에 있는 종로학원에 등록했다. 성진이 재수를 하는 1년 동안 아내가 직접 운전해 등하교를 시켰다. 성진은 학원과 독서실만 오가며 밤낮없이 공부에 매달렸다. 그러면서도 고등학교 때와 똑같이 주일은 반드시 교회에 출석하여 정성껏 예배를 드렸다. 그건 희진이도 예외가 아니었다. 성진이의 책상 위에도 희진이처럼 우리 가족의 믿음, '최선을 다하고, 나머지는 하나님께 맡기자.'는 좌우명이 붙어있었다. 성진에게 재수생활은 자신을 성장시키는 좋은 계기가 되었다.

1996년, 연세대 법대와 서울대 경영학과 두 군데에서 합격 소식이 왔다. 성진이는 경영학과를 선택했다. 합격소식에 당시 김종연 회장은 한국콘베어 만세를 세 번이나 부르고 즉시 일본 합자회사에 소식을 알려 축하전문을 보내오기도 했고, 외숙모는 입학금을 내 주기도 했다.

대학생활 4년은 성진이가 많은 것을 찾아 누리는 시간이었다. 상과대학에서 경영대학으로 바뀌고 나서 없어졌던 축구부를 성진이가 주축이 되어 재조직해 스페인 무적함대의 이름을 딴 '아르마다(ARMADA)' 팀을 만들기도 했고, 경영대에서도 고시 공부를 하는 풍조에 문제의식을 갖고 경영대 지도교수님이 선도한 N-CEO라는 동아리에 학생으로 적극 뛰어들었다. 제대로 된 예비 경영자를 만들어 장래에 스타 매니저로 키우려는 경영대 지도 교수님의 열정과 후원으로 매주 국내외 기업의 경영사례를 공부하고, 실제 기업 경영인을 초청하여 강의를 듣고 경영자로서의 자질을 익혀 나갔다. 교수님의 설립 취지에 공감한 많은 경제계 거물들을 비롯한 최고경영자의 명강의를 눈앞에서 듣고 배우며 성진이는 기업가의 꿈을 구체적으로 키워 나갈 수 있었고 대학 졸업과 동시에 한국 경제의 성장에 기여하겠다며 대학 당시 유명했던 벤처기업의 파격적인 제안을 뿌리치고 대기업행을 선택했다.

성진인 어릴 때부터 유명한 축구 선수가 꿈일 정도로 축구를 좋아하며 즐겼다. 그런 성진에게 2002년 5월 31일부터 6월 30일까지 한국과 일본 공동주최로 열리는 2002 FIFA 월드컵은 꿈의 기회였다. 성진은 경기장에서 직접 선수들이 뛰는 장면을 보고 싶어 했다. 나도 월드컵 개막전만큼은 꼭 경기장에서 보고 싶었다. 하지만 싼 값이 아닌 입장권 구하기가 하늘의 별 따기였다. 몇 개월 전부터 입장권을 구하기 위해 모든 정성을 쏟아봤지만 입장권은 쉽사리 손에 들어오지 않았다. 그러던 어느 날, 습관처럼 온라인 예매창구를 들여다보는데, 취소표가 올라와 있었다. 5매 구매를 재빨리 클릭했다. 성공이었다!

2002년 5월 31일 프랑스와 세네갈, 월드컵 개막전이 상암 월드컵 경기장 메인 스타디움에서 벌어졌다. 아내, 성진, 나 그리고 대광교회 송태호 장로 부부와 함께 관전했다. 나와 성진은 세계 최강의 축구를 구사하는 선수들을 눈앞에서 본다는 설렘으로 경기 내내 들떠 있었다. 세네갈이 프랑스에게 1대 0으로 이겼다. 경기가 끝난 후 나오는데 놀라운 광경을 보게 되었다. 안내방송도 없었는데, 수만의 관중들이 자기 자리는 물론 주변에 있던 쓰레기를 수거해 질서 있게 퇴장하고

2002월드컵 폴란드전(부산), 아들과 함께

있었다. 그 넓은 경기장이 깨끗했다. 우리나라의 시민의식이 놀라울 정도였다. 내 눈으로 직접 보는데 도무지 믿겨지지 않았다.

며칠 후 부산에서 개최되는 한국과 폴란드전 입장권 2매를 사위가 구입해 주어 성진이와 함께 부산으로 달려갔다. D조에 속해 있던 우리나라 팀의 조별리그전이었다. 개막전과는 달리 우리나라 팀이 뛰는 경기였다. 우리는 운동장이 떠나갈 정도로 함성을 질러대며 한국을 응원했다. 우리나라가 2대 0으로 폴란드를 꺾었다. 그 기쁨과 흥분은 말로 표현 할 수 없을 정도였다. 나는 성진을 얼싸안고 운동장이 꺼질 듯 뛰었다. 개막전과 마찬가지로 관중들은 질서있게 퇴장하며 쓰레기를 들고 나갔다. 경기장 앞 맥주가게에서 승리 기념으로 맥주를 무료로 나눠주고 있었다. 축제의 밤이었다. 부산에서 새벽 1시에 출발, 동트는 아침에 영등포역에 내리니 수많은 젊은이들이 늠름하고 활기찬 발걸음으로 아침을 여느라 분주했다. 밝은 한국의 미래를 보는 것 같아 기분이 좋았다.

둥근 축구공 하나로 세계 60억의 인구의 대축제로 열렸던 2002 FIFA 월드컵을 성진과 함께 서울의 개막전과 부산의 한국 대 폴란드전까지 관람할 수 있었던 건 큰 행운이었다. 이런 행운도 따지고 보면 축구를 좋아하는 아들 덕분이었다. 지금도 그때 생각만 하면 가슴이 뭉클해지고 감격스럽다.

2003년 가을, 서초동에 있는 사랑의 교회에서는 40일간 특별새벽기도회(특새)가 있었는데, 성진이는 그 기도회에서 귀한 만남을 갖게 되었다. 성진이는 평생 새벽기도를 가는 나와 아내를 보며 본인도 엄마같이 신실한 믿음을 가진 아내를 만나고 싶다고 했었는데 우연하게도 그 때 친구 소개로 만난 주영은이라는 친구가 새벽기도를 한번 같이 가지 않겠냐고 제안해서 큰 감동을 받았다고 한다. 우리의 오랜 기도에 하나님께서 응답해 주신 것이다.

그 해 겨울 성진이 구미로 출근을 하게 되었고 이를 계기로 2004년 1월 1일 영은의 부모님과 호텔에서 만났다.

"지금 보시다시피 전 피부병을 앓고 있는 환자인데다, 직장도 없습니다. 중국에 진출해 보려는 꿈을 가지고 중국어를 공부하는 학생의 신분이라 아직 두 사람을 결혼시키기에는…"

신부의 부친인 주 변호사는 황급히 손사래를 치며 내 말을 막았다.

"그게 무슨 상관입니까? 제 친구 중에도 중한 병에 걸려 투병하는 사람이 있고, 일을 쉬고 있는 사람이 많습니다. 우리가 이제 그럴 나이 아닙니까? 그동안 소위 유능하다는 청년들을 많이 봤지만, 영은이 신랑감으로 성진이만큼 마음에 드는 청년이 없었습니다."

영은의 어머니도 교회 권사였는데, 성진이는 하나님의 응답이라며 둘의 결혼을 적극적으로 추진하였고 나와 아내 역시 매일 기도하면서 성진이와 영은의 결혼은 이미 하나님께서 준비하고 예비하신 축복, '여호와 이레'의 축복이었음을 깨닫고 받아들이게 되었다.

성진이와 영은의 결혼식을 준비하면서 사돈에게 일체 예단을 하지 말라고 당부했다. 희진의 시아버지인 사돈의 귀한 뜻을 따르고 싶었다. 사돈 내외도 기꺼이 동의했다. 예식장은 영은이 출석하고 있던 사랑의 교회로 하고, 교회를 설립한 옥한흠 목사님의 사랑을 듬뿍 받는 가정이라, 목사님이 결혼날을 정해주고 주례도 서기로 했다.

"신랑이 다니는 교회는 어딥니까?"

"구로구 개봉동 대광교회의 장로님 아들입니다."

사돈의 말을 듣고 옥한흠 목사님은 반가워하면서도 한편으로 아쉬워했다고 한다.

"대광교회는 나와 신학교를 같이 다녔던 둘도 없는 친구 김태환 목사님이 설립한 교회에요. 김태환 목사님 아래서 장로로 장립 받고 신앙생활을 한 가정이면 내가 100% 보증합니다. 잘 하셨습니다. 헌데… 이 결혼은 장소만 빌려주고 주례는 김태환 목사님께서 했어야 하는데, 안타깝게 돌아가셨으니 …"

2004년 3월 6일 결혼식은 사랑의 교회 본당에서 옥한흠 목사님이 주례를 서고, 대광교회 서해원 목사님이 기도를 하는 순서로 은혜롭게 진행되었다. 목사님의 주옥같은 말씀과 새 가정을 위한 권면의 말씀은 참석한 하객들에게도 큰 은혜가 되었고, 때 맞춰 몇십 년만에 3월 함박눈이 펑펑 내려 더없이 아름다운 결혼식이 되었다.

며느리가 들어오고 나는 건강을 되찾고 모든 일이 순조롭게 풀려나갔다. 무엇보다도 우리 가정의 귀한 선물, 손자 동원, 손녀 지우, 그리고 2017년 4월에 태어난 늦둥이 막내손자 준원이까지 생겨서, 모두 믿음 안에서 잘 키우고 있으니, 며느리는 우리 집 복덩이임에 틀림없다.

2007년, 우리 부부가 교회에서 성경암송대회에 참가하기 위해 마태복음 6-7장, 내용을 암송하고 있었는데 동원이와 지우를 키우느라 힘든 며느리까지 합세하여 세 식구가 열심히 성경을 외웠다.

242

나는 아내와 함께 교회의 각 기관이 주최하는 성경암송대회에 매번 참여했다. 정해진 말씀을 50번 이상 읽고 외웠다. 아내와 함께 호흡을 맞추며 외우기를 반복하는 것이 얼마나 큰 축복인지를 알기에 참여하지 않을 수 없었다. 찬송가 외우기도 마찬가지였다. 새벽기도 후에는 물론 잠자리에 누워서도 찬송하다 잠이 들 때면 주님 은혜가 충만하게 느껴져 더없이 행복해졌다. 성경을 묵상하고 외우는 것은 마치 은행에 돈을 저축했다가 필요할 때 인출해 쓰는 것 같다. 머릿속과 가슴에 차곡차곡 쌓아놓은 성경 말씀들이 필요한 순간순간 떠오르면, 그 말씀들은 믿고 나아갈 수 있는 신앙생활의 크고 놀라운 힘이 되었다.

마침내 우리 세 사람은 10월 13일 주일 오후예배 때, 제 3남전도회 주관으로 펼쳐진 성경암송대회에서 1등을 했다. 부상으로 받은 20kg 쌀 한 포대는 감사하는 마음으로 부교역자 목사님께 선물했다.

나는 바쁜 회사 생활 속에서도 퇴근하고 시간이 될 때마다 산업현장에서 벌어지는 다이내믹한 이야기들, 특히 일본 출장에서 보고 느낀 점들을 틈날 때마다 성진이에게 들려줬다. 알게 모르게 어린 시절 그런 경험들이 성진이에게 기업가로서의 꿈을 키워준 계기가 되었던 것 같다. 성진이가 30대에 접어들던 2007년에 중국 출장을 가게 되었는데, "하나님, 아버지처럼 세계를 누비면서 하나님께 영광 돌리는 사람이 되게 해 주세요."라는 기도를 했다고 한다. 우연히도 그 해에 회사에서 우수 인재들을 대상으로 글로벌 MBA 파견을 하는 프로그램이 생겼고 뉴욕에 있는 컬럼비아대학교 MBA과정에 입학

컬럼비아대학교 MBA과정 졸업식때

했다. 2009년 5월에 컬럼비아대학교 MBA과정 졸업식에 참여하기 1주일 전, 미국에 도착하여 컬럼비아대학교 투어를 하게 되었다. 멋진 캠퍼스 여기저기를 돌아보다가 어느 한 강의실에서 토론 수업을 하는 성진이의 모습을 보면서 뿌듯하고 감격스러웠고 졸업식 날, 세계 60여 개국 나라에서 모인 인재들이 졸업하는 현장에 우리 부부는 며느리와 손자 손녀와 함께 참석했다. 서울대학교의 입학과 졸업도 크고 감사한 일인데, 컬럼비아대학교 MBA과정을 회사의 배려와 후원으로 졸업하게 된 것이 정말 자랑스러웠다. 이 모든 일이 꿈은 아닌가 하여 아내의 손을 꼬옥 쥐어보았다.

미국 금융의 핵심 지역인 뉴욕에서 소중한 MBA를 마치고 한국 본사로 돌아왔던 성진이는 2015년부터 미국의 실리콘밸리에서 일하고 있다. 30대에 세계를 누비며 일하고 싶다고 했던 성진이의 기도에 하나님께서 좋은 길로 인도해 주신 것 같고, 이제 40대를 맞아 좀 더 성숙하고 세련된 모습으로 회사를 위해 불철주야 노력하는 모습을 보면 나의 40대가 떠오르며 뿌듯한 감정이 든다.

가족과 함께 행복한 가정을 꾸리며 살고 있는 성진이는 기도할 제목이 생기면 언제나 우리에게 연락을 해 기도 부탁을 하곤 한다. 작년 가을 나와 아내가 스페인여행 중이었는데, 성진이는 그때 한국으로 출장을 왔다고 하면서 문자를 보냈다.

"엄마, 아빠~ 14, 15일에 중요한 일이 있으니, 기도 해주세요."

우리는 여행 중에 성진을 위해 기도하고, 기도 중에 주신 말씀을 보냈다. 얼마 뒤 다시 문자가 왔다.

"일이 잘 끝나서 너무 감사합니다. 엄마아빠께서 믿음을 유산으로 주셔서 이렇게 작은 일도 감사할 수 있도록 해 주셔서 고맙습니다."

성진이의 문자를 받고 하나님 은혜를 알고 감사하는 것이 얼마나 중요한지 생각해 본다..

"하나님! 세계의 인재들이 모인 곳에서 만날 자는 만나고 피할 자는 피하게 하시고 성진이가 중추적인 역할을 담당할 수 있도록 솔로몬에게 주었던 하늘의 지혜를 주시고, 개인의 이익보다 회사의 발전과 국가와 민족에게 기여하고 큰 발자취를 남길 수 있게 도와주소서. 요셉과 같은 의로운 믿음의 아들로 하나님의 영광을 드러내게 하시고, 축복의 통로로 성진이와 믿음의 딸 며느리가 중보기도를 포함한 기도의 영웅이 되어 믿음의 명문가로서 자손천대까지 축복 받게 하소서."

아내의 만학 향학열

똑똑하고 자존심이 강했던 아내는 어릴 때부터 공부에 대한 열망이 가득했다. 하지만 집안의 경제형편이 어려워 맘껏 공부할 수가 없었고, 동생들 공부하는데 도움을 주기 위해 대학도 포기했다. 날때부터 효녀였던 아내는 착한 누나로, 결혼해서는 어질고 현명한 어머니로 남매를 키우느라 온 힘을 다 쏟으면서도 배움에 대한 열망은 사라지지 않았다. 그 열망은 직장생활을 할 때 배웠던 피아노에 그대로 드러났다.

"남다르게 할 수 있는 게 무엇일까?"

입대하기 전 아내에게 해주었던 말이었다. 똑똑한 아내가 결혼하고 나서 자신의 가치를 잃는 게 싫어 뭐든 하나라도 배워놓는 게 좋겠다고 했다. 그랬더니 아내는 어릴 때부터 배우고 싶었던 피아노를 선택했다. 출근 전 새벽 7시, 직장에서 가까운 중앙동의 부산음대 교수 집을 찾아가서 피아노를 배웠다.

그때 배운 실력으로 결혼해서 피아노 레슨을 시작했다. 당시엔 음악대학에서 피아노를 전공하지 않아도 실력만 있으면 피아노를 가르칠 수 있었다. 잠시라도 엄마와 떨어지지 않으려는 어린 성진이의 깜찍한 꾀 때문에 피아노 레슨을 그만 두었지만 이태원에서, 개봉동에서 여러 학생을 가르쳐 실력을 인정받은 피아노 레슨 선생이었다.

요즘엔 성가대원으로 연습할 때 피아노를 쳐보는 정도로 만족하고 있다.

희진이와 성진이가 손에서 떨어질 정도로 자란 1985년, 아내는 비로소 자신을 돌아보게 되었다. 동생들 뒷바라지와 가정, 그리고 신앙생활로 한 눈 팔 새 없이 달려온 12년이었다. 큰 처남이 결혼해 미국 하버드대학교로 유학간 것이 도화선이 되어 아내의 공부에 대한 미련이 슬그머니 고개를 들었다. 가족을 위해 애쓴 나머지 자신에게는 정작 아무 것도 한 게 없다는데 생각이 미치자 씁쓸함도 밀려왔다. 아내는 동생들처럼 서울대에 입학해 석사와 박사까지 마치고 싶었다. 누나, 아내, 어머니가 아니라 한희숙으로 당당하게 서고 싶었다. 더 이상 늦출 수 없는 일이었다. 아내는 외식으로 저녁을 먹고 오는 길에 꽁꽁 묻어두었던 폭탄 발언을 했다.

"나, 서울대학교에 갈 거예요."

난 순간 멈칫해 물었다.

"30대 후반인데, 대학을 간다고요?"

"지금 해도 늦지 않아요. 바로 입시학원에 등록하고 열심히 공부해서 들어갈 거예요."

오래 생각하고 결심한 듯 아내의 말엔 흔들림이 없었다. 의외의 반응이 초등학교 4학년이던 딸한테서 터져나왔다. 엄마가 대학에 도전하겠다는 말을 듣고 대번에 울먹이면서 아내에게 매달렸다.

"내가 1등을 할 수 있는 건 엄마가 날 위해 시간 다 쏟아서 기도해주고 보살펴 주기 때문이잖아, 그럼 난 앞으로 어떻게 해?"

아내는 고개를 흔들며 더 늦기 전에 공부를 해야 한다며 고집을 꺾지 않았다.

"엄마가 집에 없으면, 난 분명히 지금처럼 공부를 못하게 될 거야!"

희진이가 기어이 울음을 터뜨리며 협박 아닌 협박을 해도 아내는 쉽사리 물러서지 않았다. 한없이 달려보고 싶은 길이었다. 오래 된 소망을 실현하고 싶은 아내의 간절한 마음을 너무나 잘 알고 있기에 난 이러지도 저러지도 못했다.

하는 수 없이 작은 처남을 만나 상의했다. 내가 힘들고 어려울 때마다 의논을 하는 상대였다. 개구리복을 입고 장인어른에게 결혼 승낙을 받으러 갔던 중학교 3학년 때부터 처남은 내 편이었다. 내 말을 듣고 있던 처남은 며칠 뒤 아내를 만났다.

"큰누나! 누나 능력이라면 지금이라도 공부해 서울대에 갈 수 있어. 하지만, 그러기 위해서는 몇 년간 모든 시간을 대입준비에 전적으로 쏟아부어야 할 거야. 그럼 돌봐야 하는 희진이랑 성진이는 어떻게 할 건데?"

아내는 인섭의 말에 대답하지 않았다. 공부를 하겠다는 뜻이었다.

"… 그래서 말인데 방송통신대학교를 가면 어떨까? 누나 고등학교 성적이라면 누나가 원하는 어느 학과든지 당장 충분히 입학이 가능할 거야. 그런 다음에 대학원은 누나가 가고 싶은 대로 가면 어떨까 해."

아내는 역시 대답하지 않았다. 인섭이 고개를 숙이고 한참을 생각하다 이윽고 고개를 들고 어렵게 말을 이어갔다.

"큰누나, 난 이제까지 누나를 항상 그 자리에 서 있는 큰 나무처럼 생각했어. 형과 나, 그리고 인숙이와 조카들을 위해 기도하고 또 기도하던 누나가 대학을 가겠다는 말을 듣는 순간, 눈앞이 아찔하도록 미안했어. 생각해보니 어린 시절부터 늘 부모님과 동생들을 위해 희생만 하던 누나였잖아. 왜 내가 그동안 누나의 상실감을 미처 헤아리지 못했을까하는 미안함에 잠을 이루지 못했어. 누나, 미안해."

아내의 작은 반란(?)으로 누나의 삶을 되돌아보게 되었다고 허심탄회하게 토로하는 처남의 눈에 설핏 눈물이 비쳤다. 아내도 소리 없이 눈물을 닦았다. 진심으로 미안하고 안타까워하는 처남의 권유에 아내는 그제야 물러서서 방송통신대학교로 가기로 했다. 나는 아내가 대학엘 들어가면 졸업할 수 있도록 모든 지원을 아끼지 않겠다는 굳은 약속을 했다.

아내는 국문학과와 영문학과를 두고 망설였다. 평소에 글쓰기를 좋아했으니 국문학과를 가고 싶었지만 최종적으로 영문학과로 결정했다. 아내는 영문학과 합격증을 받아들고 한없이 기뻐하였다. 통신대 입학한 게 뭐가 대수냐 할지도 모르겠지만, 사람이 처한 상황에 따라 느끼는 감정과 울림의 폭은 크고 작음, 높고 낮음에 상관없이 똑같다고 생각한다.

"진주여중을 포기하고, 이반성중학교에 등교할 때마다 교회에 들러 대학까지 꼭 공부할 수 있게 해 주세요라고 기도한 응답이 이제야 당신을 통해서 이뤄졌어요!"

대학교에 합격한 것도 내 덕분이라 말하는 아내의 고운 마음이 너무나 소중해서 한동안 아무 말도 할 수 없었다.

1986년 3월 2일부터 아내는 영문학과 학생이 되었다. 고등학교를 졸업하고 17년 만에 영어단어와 씨름하는 생활은 아내에게 만만치 않은 일이었다. 매일을 새벽기도로 시작하고, 아이들을 키우고 교육해야 하는 주부로서의 삶을 살면서 해야 하는 대학생 생활이었다. 그럼에도 어느 것도 소홀함이 없이 해내는 아내가 그저 대견하고 대단했다.

"당신도 내가 키웠어요."

아내가 종종 웃으며 내게 했던 말이었다. 120% 맞는 말이다. 결혼해서 4학년으로 복학할 때 아내가 학비를 대주었다. 아내의 도움이 없었다면 내가 어찌 대학교와 직장을 병행해서 다닐 수 있었을까. 나와 동생들 뒷바라지에 이어 아이들 뒷바라지를 위해 모든 노력을 바치는 아내가 학업을 마칠 수 있게 최선을 다해 도와주는 것이 내가 할 일이었다.

당시의 근무지는 용산역 앞 국제빌딩 6층이었다. 아침 출근길에 포니2 자동차에 네 가족이 타고 각자의 목적지에 내릴 동안 차안은 언제나 움직이는 도서관이 되었다. 학교 도서관에서 스터디그룹으로 공부하기 위해 차에서 내리는 아내에게 점심값으로 천 원짜리 몇 장을 쥐어주며, "오늘도 점심식사 맛있게 하고 열심히 공부하고 오세요."라는 말과 함께 하루를 시작했다. 행복한 마음이 가슴까지 차올랐다. 그 행복은 초등학교 다니던 두 아이가 중학생이 되고, 고등학생이 될 때까지 계속되었다. 드디어 5년 만에 아내는 졸업을 하게 되었다. 젊은 학생들도 하기 어려운 방송통신대학교 졸업장을 아내가 따낸 것이다. 빛나는 졸업식에는 작은처남 부부와 아기 솔이, 처제, 장모님, 둘째형과 형수가 참석했고, 둘째형이 비용을 대고 모두를 초대해 세종문화회관 별관에서 축하파티를 열어주었다. 베트남에서 번 그 아픈 돈을 다 날려버린 것에 대한 보상을 받은 기분이 들어 고마웠다.

아내는 공부하기가 힘들고 어려울 때면 희진이와 성진이를 떠올리며 다짐했다고 한다.

'딸 아들은 전교 1, 2등을 하는데, 엄마가 졸업을 못하면 체면 구기는 일이지.'

아내의 이런 노력하는 모습은 함께 공부하던 희진이와 성진에게도 많은 도움이 되었으리라 믿는다.

영문학과를 졸업한 아내의 영어실력은 2000년도부터 세계 6대륙, 30여 개국의 나라들을 여행할 때 빛을 발했다. 능숙한 영어회화는 아니라도 여행을 하는데 불편이 없을 정도였다. 아내는 그 후 계속해서 대학원에 진학하려 애썼으나, 희진이가 고등학교에 들어가고 나서는 시간을 도저히 낼 수 없었다. 모든 일에 우선이 있는 법,

91년 방송통신대학교 영어과 졸업기념 기족과 함께

하나님의 귀한 선물 희진이와 성진이의 뒷바라지가 엄마로서 먼저 였기 때문에 대학원 진학은 포기하고 말았다.

아내는 대광교회에 출석하며 체계적으로 성경공부를 하면서 자식이야말로 하나님의 가장 귀한 선물이란 걸 깨달았다. 아내는 희진이와 성진이가 잠들기 전 안아주며 기도했다.

"우리가 모르는 학교 안에서의 일도 하나님은 다 알고 있으니, 하나님께서 우리 아이들을 지켜주세요."

그러면 아이들은 언제나 그랬듯이 밝고 환하게 아멘으로 화답하고 어느 새 스스르 잠이 들곤 했다. 아내는 여행지에서도 아이들이 잠들기 전 기도와 찬송을 잊지 않았다. 그런 아내를 옆에서 지켜보고 있노라면 사랑하는 마음을 뛰어넘어 존경스럽기까지 했다.

또 아이들의 도시락 속에 정성껏 편지를 써서 넣어주는 일도 잊지 않았다. 아이들은 아내가 써 준 성경말씀을 읽으며 힘을 내곤 했을 것이다. 아내의 이런 산교육은 굳건한 믿음 위에서 할 수 있는 귀한 행동이었다.

가정을 위해 기도하고 헌신하는 아내의 자녀교육 방법은 희진이와 며느리에게 잘 이어져가고 있다. 용준, 동원, 지우, 정원, 준원 등 5명의 손자손녀들이 훌륭한 성장을 할 수 있도록 기대하고 꿈꾸면서 우리 부부는 매일 새벽기도로 응원하고 있다.

우리 가족은 희진이와 성진이가 중학생 때까지는 휴가 때마다 차를 몰고 가족여행을 떠났다. 여름휴가 때는 바다로, 1월엔 온양, 수안보 등에서 온천을 즐겼다. 회사일이 바빠 아이들 교육을 아내에게 맡겼지만 휴가 때만이라도 아이들과 여행하면서 많은 경험을 하게

1988년 가족과 계곡에서 여름휴가를 보내며

해 주고 싶었다.

처음 해수욕장에 갔을 때 난 반바지를 입지 않았다. 왼쪽 다리에 있는 화상 흉터를 가족에게도 보이고 싶지 않아서였다. 흉터에 대한 트라우마는 가슴 한 구석에 똬리를 틀고 앉을 만큼 깊고 질겼다. 결혼 전에는 흉터를 보고 아내가 도망갈까를 염려했고, 베트남엔 흉터 때문에 가지 못할까 전전긍긍하기도 했다.

그런데 아내는 한 번도 흉터에 대해 언급한 적이 없었다. 더운데 왜 긴바지를 입느냐 물어오긴 했어도 반바지로 갈아입으라고 강요하지도 않았다. 얼마 가지 않아 아내가 다리의 흉터를 보게 되었다. 난 아무렇지도 않은 척 하며 물었다.

"어릴 때 불에 데인 상처에요. 혹시…

몰랐어요?"

"알고 있었지요. 하지만 당신이 감추려 하는 것 같아 일부러 모른

1996년 가족과 인도네시아 발리에서

척 했어요. 상처를 애써 건드리고 싶진 않았거든요."

아내는 그제야 내 다리의 흉터를 가만가만 어루만졌다. 그리고 절대로 흉하지 않다고 몇 번을 얘기했다. 난 오랜 체증이 내려가는 듯 가슴이 뻥 뚫렸다. 아내의 깊은 배려로 상처를 극복하게 된 것이다.

아내는 충돌이 생기면 당장에 가부를 가려 해결하는 것이 아니라 기도하면서 기다리는 끈기를 가지고 있다. 그런 참 신앙인의 자세로 하나님께 지혜를 구하며 주위 사람들에게 기꺼이 멘토 역할을 하고 있다. 아무리 들춰봐도 흠 볼 것 하나 없는 아내이기에 일상 대화에서도 나는 아내에게 칭찬을 하는 게 습관이 되었다. 아내는 가끔 나 때문에 자신이 부풀려 포장된다고 정색을 하며 나무랄 때가 있다.

"그러지 말아요. 팔불출 소리 들어요."

팔불출이라니! 어릴 때 홀로 신앙생활을 하면서 온 가족을 전도하고, 희진이와 성진을 잘 키워낸 현숙하고 지혜로운 아내가 자랑스럽기만 하다. 난 지금 이 순간에도 '여호와 이레'의 축복으로 아내와 짝을 맺어주신 하나님께 한없는 감사를 드리고 또 드린다.

희진이와 성진이는 어릴 때부터 말하곤 했다.

"아빠가 이 세상에서 가장 행복한 분이에요. 사랑하는 사람을 찾아 결혼해서 평생을 맘 편히 행복하게 사시잖아요."

우리 아이들이 결혼해 가정을 꾸려 우리 부부의 삶을 본보기로 삼아 기도하며 주님의 은혜 안에서 자녀를 잘 양육하고 있으니 난 정말 복이 제대로 터진 사람이다.

아내의 지혜로운 판단이 잘 드러나는 이야기 한토막. 2002년 6월 1일부터 전 직장의 선배가 운영하는 H사에 전무직으로 입사하여 약 1개월이 되어가는 6월 말경 퇴근 무렵이었다. 총무이사가 날 불렀다. 사장 지시라며 은행연대보증용 인감증명서를 제출해 달라고 했다.

아내에게 동사무소에서 준비하도록 부탁하였더니, 아내는 인감증명을 준비해 놓고 성진이가 다 성장했으니 성진에게도 상의해 보자고 조심스레 말했다. 우리 얘기를 들은 성진은 그 자리에서

"아버지, 그동안 수고 많이 하셨습니다. 이제 우리 집 경제는 제가 책임지겠으니, 그만 두세요."

아내는 영 마음이 내키지 않았지만, 선뜻 반대하지 못하고 우회해서 성진의 뜻을 묻는 형식을 취한 것이었다. 한 달도 되지 않아 회사의 보증을 선다는 건 매우 위험한 일임에 틀림없었다. 아내와 성진의 이유있는 반대에 나는 그 길로 회사를 그만 두었다. 이처럼 아내는 무슨 일이든 얼굴 붉히고 언성 높이지 않고도 현명하게 일처리를 해냈다.

진과 숙의 환갑 편지

    동갑내기인 우리 부부는 회갑을 같이 맞았다. 아내는 여전히 예쁜 나의 첫사랑이었다. 식구들이 모인 자리에서 곱게 미소 짓는 얼굴을 바라보며 지금까지 살아온 것처럼 행복하게 살아가자고 다짐을 했다.

회갑잔치, 서해원목사님 부부의 축하를 받으면서

사랑하는 엄마께

60세 회갑을 진심으로 축하드립니다.

늘 건강하게 하나님의 사랑을 듬뿍 받으며 남편, 자식에게 최선을 다하며 멋지게 60년 세월을 사셨네요. 축하해요.

앞으로도 더욱 건강하시고 즐겁게, 늘 인자한 모습 그대로 간직하며 사시길 기도합니다.

자식들 자라가는 모습을 뿌듯하게 바라보며 아빠랑 늘 재미나게 지내시길 기도합니다.

저를 이렇게 잘 키워주셔서 감사드려요.

엄마 아빠 그리고 가족들 사랑 듬뿍 받으며 자라, 지금도 신랑과 아들 딸, 그리고 시부모님께도 더욱 사랑받으며 잘 지내네요.

의사가 되길 바라며 최선을 다해 자랐는데 또 다른 뜻이 있었는지 서울대를 갔고, 여기까지

왔네요. 아직까진 의사가 안 된 걸 후회하지 않고 참 잘 자라 왔구나. 잘 여기까지 왔구나란 생각을 문득 문득합니다.

후회하지 않고 늘 감사하고 늘 겸손하게 아름다운 가정 키워가도록 노력하고 있습니다.

아직도 부족한 것 많지만 늘 친구 같은 우리 엄마가 있어서 감사하고 있습니다.

사랑하는 엄마, 나의 평생의 친구로 오래오래 사세요.

좋은 길로 인도해 주세요.

엄마. 사랑해요.

결혼하고 처음인가, 오랜만에 엄마 손잡고 여행도 가고,

비록 손자 손녀가 정신없게 했지만

　　그래도 그 속에서 즐거웠어요.

　　사랑받는 아내, 효도 받는 엄마로 앞으로도 더 행복하게
오래오래 사세요.

2009. 3. 회갑에 딸 올림

　　장인어른 장모님께

　　회갑을 축하드립니다. 오전에 차로 벚꽃 길을 지나며 이
계절이 돌아왔구나, 결혼 후 한 가족이 되면서 해마다 아름다
운 벚꽃 완상을 두 분과 함께 진해에서, 동경에서, 할 수 있었
던 것도 감사드리는 일 중의 하나입니다.

　　올해는 정말 오랜만에 꽃 쳐다볼 마음의 여유도 없이 바쁘
게 보내고 있었는데, 두 분 생신이 다가오면서 왠지 제가 호
흡도 가다듬고, 여유도 갖게 되어 화사한 체리핑크가 눈에 들
어오더군요.

　　늘 기도해주시고, 돌보아주시고 후원해주시는 덕분에 저
희 결혼생활, 가족생활도 주님 안에서 즐거운 날들로 채워지
고 있습니다. 늘 감사드립니다.

　　덕분에 군 생활도 유학생활도 별 탈 없이 한 걸음씩 착실
하게 연구자로서의 생활,

해 나가면서, 항상 두 분께서 베풀어주신 사랑과 관심을 기억하고 또 저도 주위에 그런 좋은 향기를, 따뜻한 웃음을 확산시킬 수 있는 사람이 되어야지 마음먹고 있습니다.

좋은 신앙의 유산을 가족들과 함께, 또 사회 속에서도 더욱 아름다운 것으로 지켜나갈 수 있도록, 또 그러한 사역을 일상 속에서 잊지 않고 하루하루의 삶속에서 실현시켜 나갈 수 있도록 기도하면서 사는 네 가족이 되도록 하겠습니다.

두 분께서 변함없이 매일의 실천을 통해 보여 주시는 참 그리스도인의 생활처럼 각자의 생활이 이루어지도록 앞으로도 기도하여 주십시오.

올 한 해도 벌써 사월, 곧 벚꽃은 지겠지만 남아있는 한 해가 보다 아름다운 시간들이 되기를, 그 속에서 두 분의 삶도 더 멋진 날들이기를 소망합니다.

다시 한 번 생신을 축하드립니다. 내내 건강하세요.

사위올림

언제나 큰 힘이 되어주시는 아버지.

어린 시절 언제나 이른 새벽부터 새벽 기도를 위해 교회로 그리고 회사로 부지런히 뛰어다니시던 당신은 슈퍼맨이셨습니다. 바쁜 시간에도 저를 위해 축구 야구 씨름 권투 등 만능

스포츠맨으로 변신하기도 하셨고, 성탄절에는 언제나 저의 꿈을 이뤄주던 최고의 산타할아버지셨습니다.

너무나 바쁜 회사생활 속에서도 부랴부랴 수요예배에 참석하시기 위해 퇴근 하시던 모습, 목요일마다 구역예배를 인도하시던 모습 등은 저에게 훌륭한 믿음의 본보기로 다가왔습니다.

어김없이 찾아왔던 사춘기를 항상 하나님의 말씀과 뜨거운 기도 가운데 때로는 편한 친구로 때로는 엄한 학생주임 선생님으로 훈계 해주신 아버지 덕분에 잘 극복 할 수 있었습니다.

"최선을 다하고 나머지는 하나님께 맡기자"는 좌우명으로 새벽까지 공부했던 고등학교 시절. 혹시라도 잠을 깨울까 봐 조용히 교회로 향하시던 아버지 덕분에 힘들지 않았습니다. 하지만 불합격이라는 충격적인 결과를 받았을 때 바로 휴가를 내시고 부산 해운대로 데려 가셔서 떠오르는 태양을 보며 큰 힘을 주셨던 아버지가 너무나 감사 했습니다. 그렇게 다시 재수라는 짧고도 긴 시간을 통해 보다 성숙된 시각과 함께 합격의 영광을 나눌 때 보여주신 너무나 기뻐하신 모습을 평생 잊을 수 없을 겁니다.

모든 것이 부족할 것 없어 보이던 어느 날 원인을 알 수 없는 피부병으로 인해 거의 평생을 바치셨던 직장을 떠나게 되시고 많은 이들이 아버지를 피할 때 정말 피눈물이 났습니다.

왜 그토록 최선을 다해 사셨던 우리 아버지에게 이런 시련을 주시는지 하나님께 원망할 때도 있었지만 우리가 감당할 만큼의 시련을 통해 더 강한 믿음과 사랑을 갖게 해주신 하나님의 크신 사랑을 깨달을 수 있었습니다.

어느새 대광교회 유치부에서 신나게 뛰어놀던 아버지의 아들 성진이가 저랑 똑같이 생긴 동원이와 지우의 아버지가 되어 있네요. 세상 그 어떤 재산과 지위보다도 소중한 믿음의 유산을 물려주신 아버지 감사합니다. 비가 오나 눈이 오나 멈추지 않으셨던 아버지 어머니의 눈물의 기도 덕분에 두 분을 본받아 훌륭한 가정을 이룰 수 있었던 것 같습니다.

아직 너무 젊은 우리 아버지가 60번째 생일을 맞으셨다는 게 믿기진 않지만 진심으로 축하드리고 이제부터 더욱 멋진 하나님의 아들로서의 삶을 사시길 기원합니다.

저를 위해 늘 기도하셨던 것처럼, 요셉같이 조국과 민족을 위해 크게 쓰임 받으면서 하나님의 영광을 높일 수 있는 사람이 되도록 최선을 다하도록 하겠습니다.

너무나 뜻 깊은 날을 같이 하지 못해 죄송하지만 그만큼 미국 오시면 잘 모시겠습니다.

사랑 합니다.

이 세상에서 가장 멋있고 든든한 우리 아버지.

아들 성진 올림

아주버님 형님.

환갑을 진심으로 축하드립니다.

평소 금슬이 좋았던 것처럼 환갑도 나란히 함께 맞으시니 기쁨도 두 배, 축하도 두 배를 드립니다.

100세 장수시대라 환갑은 청춘이라고들 하지만 60돐은 역시 지나온 인생을 돌아보는 좋은 계기가 될 듯싶습니다.

결혼 후 지켜본 형님 내외분은 어느 누구보다도 부지런하고 성실하며, 하나님을 뜨겁게 믿고 따르는 모범적인 신앙인이셨습니다. 정성스런 기도로 하루를 열고, 고단한 일에서 놓여난 일요일에도 하루 종일 교회에서 헌신하는 모습은 하나님께서 보시기에 좋았을 듯 싶습니다. 훌륭하게 자란 희진이, 성진이, 그리고 토끼처럼 예쁜 네 손자는 바로 기도에 응답하신 하나님의 은총의 결과라고 생각합니다.

부지런하기로 둘째가라면 서러울 아주버님.

새벽에 영어, 일어학원 갈 때도 뛰어다녔다는 얘기를 언젠가 형님으로부터 전해 듣고 크게 감탄한 적이 있습니다. 그 성실함에다 항상 긍정적이고 솔직하며 상대방을 편안하게 해 주시는 장점은 아주버님의 인간적 매력으로 기억하고 있습니다. 무엇보다도 넉넉지 않던 생활에도 학창시절 솔이아빠를 잘 돌봐주셔서 항상 감사한 마음을 간직하고 있습니다. 비록 마음만큼 보답하지 못해 죄송스런 마음이지만요.

믿고 의지하는 우리 큰형님!!

감사하다는 말씀 외에 달리 더 좋은 표현이 없는 듯싶습니다. 한국의 어느 가정이나 큰딸은 크고 작은 희생과 헌신을 한다고 하지만 형님만큼 가족을 위해 혼신의 노력과 봉사를 했을까요. 그 노고와 동생에 대한 큰 사랑, 앞으로도 잊지 않을게요. 그리고 잘 해드릴게요.

마음에는 있었지만 막상 글로 쓰고 보니 좀 쑥스럽습니다. 시간이 허락하면 예쁜 카드라도 사서 여유 있게 잘 써 보려 했는데 결국 쫓기듯 쓰고 말았네요. 그래도 제 마음과 정성은 알아주시겠지요. 다시 한 번 두 분의 환갑을 진심으로 축하드립니다.

언제나 건강하시고 남은 30-40년 삶 또한 이제까지 그랬던 것처럼 하나님의 크신 사랑 속에서 함께 하시길 빕니다.

솔이 엄마 드림.

여보, 사랑하는 숙이에게.

진심으로 당신의 60회 생일, 회갑을 축하합니다.

결혼 후 지난 35년간을 달려오면서 참 많이 수고했네요.

주님이 사랑하는 딸로 60년을 지켜주신 은혜가운데 아름답고 귀한 모습의 내 평생 사랑하는 아내의 회갑을 맞게 해

주신 하나님께 먼저 무한한 감사와 찬양과 영광을 돌립니 다. 숙!

연애시절 그렇게 많이 불러보고 글로 적어왔던 이름을 군에서 쓰던 기분으로 지금 혼자이렇게 35년을 돌아봅니다.

진이는 숙이를 나의 평생 내 운명으로, 아내로, 참 잘 선택했다고 생각합니다. 하나님 잘 믿는 아내 덕분에 주님을 영접하게 되었고 부족한 가운데 장로의 직분도 받았습니다. 무엇보다 나의 사랑하는 나의 달 희진, 나의 태양 성진이 두 남매를 명문대학에 이어 참 좋은 가정의 자녀들과 결혼하게 하시고 세계속의 아들과 딸로 키워가고 있음을 생각할 때 감사, 감사 감사밖에 더할 말이 없습니다.

오늘 일본 동경에서 아내를 감동시키며 회갑연을 주관하는 사위 최석환, 또 멀리 미국에서 마음껏 축하를 보내고 있는 착한며느리 주영은, 용준, 동원, 지우, 정원이가 많은 축복을 보내주었습니다.

여기까지 오기에는 무엇보다 당신의 수고와 눈물의 기도 덕분이었음을 압니다. 또 이 못난 남편이 욥과 같은 질병의 고통과 아픔에서 놓여나게 해 주신 하나님께 먼저 감사하고 숙이의 수고와 노고에 다시 한 번 감사합니다.

당신 덕분에 40대 중반의 젊은이 같은 열정과 건강한 모습의 근육을 숙이 앞에 자랑하며 뽐내고 으스대고 있지 않아요. 어쨌든 참 고맙기도 하고 감사하고 또 감사합니다.

겸손하고 열심히 노력하고 또 기도하며 하나님 앞에 나아갈 때 우리의 미래가 진정 자손 천대까지 믿음의 명문가의 가정이 이루어지리라 확신해 봅니다.

숙!

힘들고 어려워도 열심히 운동하고 노력하여 이번 종합 건강검진에 나타난 콜레스테롤의 수치도 낮춥시다. 아이들이 항상 하나님 앞에 기도 하는 것 같이 10년 젊게 레바논의 백향목 같이 장미와 같이 예수님 향기를 발하면서 살아갑시다.

성경에서 솔로몬이 술람미 여인을 기술한 것 같이 숙이의 입술은 홍색실 같고 입은 예쁘고 너울속의 숙의 뺨은 석류 한 쪽같이 아름답고 우아하게 늙어가면서 … 밤마다 진의 오른팔로 숙의 머리를 고이고 왼손으로는 숙이를 안아주면 잠시 후 코---하고 잠드는 행복을 함께 누려요. 부족하지만 진은 숙에게 청혼하면서 약속했던 것들을 다 지켜주면서 세상에서 제일 행복한 왕비와 같이 남은 생을 이끌어가고 싶습니다.

오늘도 감사하는 마음으로 의논도 상의도 않았지만 퇴근길에 아파트 입구 정관장에 가서 숙이의 건강을 생각하여 홍삼을 주문하여 정성껏 마음의 선물로 준비하였으니 기쁜 마음으로 잘 챙겨 먹고 더 건강하고 젊고 아름답게 살아가요.

한 달간 열심히 건강하게 잘 준비하여 진의 약속대로 남미 대륙을 진과 숙이 손에 손을 잡고 걸어보고, 또 힘찬 모습으로 달려가 봅시다.

장미 7송이는 숙이 귀국하는 날 퇴근길에 사 오겠습니다.

내 운명, 내 평생의 친구인 아내 숙이의 60회 생일, 회갑을 진심으로 축하합니다.

일본 도쿄에서 사랑하는 딸 희진, 석환, 용준, 정원, 용섭이의 축하를 받는 당신에게 이렇게 정성껏 글로서 바칩니다.

2009. 3. 21. 11시 50분 남편 강대진.

둘만의 여유를 즐기며

제5부

하나님의 빛을 전하는 청소부

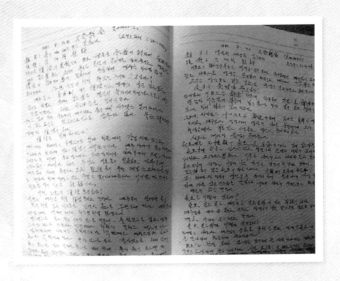

21세기의 아침을 맞이하며

해는 어김없이 동쪽에서 뜨고 서쪽으로 진다. 이는 날마다 변함 없이 반복되는 우주 운행의 원리다. 그러나 새해 새아침에 떠오르는 태양은 사람들에게 특별한 의미를 갖는다. 그래서인지 전국의 해맞이 장소는 새해의 꿈과 소망을 기원하는 사람들로 붐비곤 한다.

20세기가 끝나고 새로운 100년이 시작되는 2000년의 새해 아침을 가족과 함께 뜻깊고 의미있게 맞이하기 위해 오래 전부터 남태평양의 아름다운 섬으로 갈 계획을 세웠다. 아마도 내가 건강했다면 2000년 1월 1일 아침의 태양을 남태평양에서 맞이했을 것이다. 남태평양은 아니지만 서울의 좋은 곳에서 21세기의 새아침을 가족과 맞고 싶어 10개월 전인 1999년 2월, 서울의 하얏트호텔 로얄룸을 일찌감치 예약해 두었다.

12월 31일 오후 5시에 가족과 함께 호텔에 체크인을 했다. 식당에서 한식으로 저녁을 먹고, 밤 11시에 시작하는 대광교회 송구영신 예배에 참석하였다.

"희망찬 21세기를 하나님의 놀라운 축복과 은총 가운데, 독수리가 날개 치며 힘차게 창공을 날아오르는 것처럼 살아갑시다!"

김태환 목사님의 생애 마지막 주옥같은 은혜의 말씀을 듣고 새벽 1시에 호텔로 돌아왔다. 미래를 펼쳐나갈 삶의 계획을 쓴 편지를 각자 발표하고 가족 부흥회를 열었다. 찬송가 559장에 나오는 내용과 같이 '사철에 봄바람 불어 잇고 '믿음의 반석 든든한 우리 집은 즐거운 동산'이었다. '예수만 섬기는 우리 집'으로 살아온 26년이었다. 어떤 환란과 역경의 파도가 몰려와도 참 목자이신 하나님께서 우리 가정을 푸른 초장으로, 쉴 만한 물가로, 믿음의 명문가로 이끌어 주실 것을 확신하며 성경말씀을 읽고 찬송 가를 부르고 가족 부흥회를 마쳤다. 다음은 20세기의 끝자락에서 아내가 내게 쓴 편지다.

사랑하는 나의 당신에게.

여보, 당신은 참으로 소중한 사람이요, 그곳에 꼭 있어야 할 귀한 사람입니다. 고통 중에 그 사실을 절실하게 느꼈지요. 아픔으로 모든 것을 잃는다 할지라도, 합력하여 선을 이루시는 주님께서 얼마나 크고 비밀한 것으로 그 자리를 채워 주실지… 주님 날개 아래에서 기대해 봅니다. 하나님의 자녀가 되어 그 보호 속에 있는 것이 얼마나 큰 은혜인지 모릅니다. 최상의 꽃밭이 이렇게 일궈지고 가꾸어져 가는 것인가 싶네요. 잘 다듬어야지요.

여보, 새 천년에는 모든 아픔을 훌훌 털어버리고 독수리의 날개 같이, 활기차고 당신답게 살아가요. 우리의 남은 생을 하나님의 사랑을 받는 자의 축복이 무엇이며, 하나님이 함께 하는 자의 능력이 어떠한지를 보여주면서 믿음으로 살아갑

새벽의 응답

시다. 많은 사람들에게 주님의 사랑과 은혜를 나누어 주는 능력 있는 장로님으로 살아갈 수 있기를 기도합니다.

우리의 귀한 자녀들이 주님의 축복과 계획 속에서 아름답게 성장하는 모습에 감사하며 찬송합니다. 아이들이 우리의 희망이요 태양이며, 하나님이 동행하시는 산 증거가 되길 바랍니다.

새로운 가정을 이루어 여기까지 인도하신 주님이 너무나 좋은 것만 주셨다는 것을 우린 때로 잊고 지내기도 했지요. 우리에게 주신 축복에 걸맞게 품위 있고 활기차게 살아가려는 소망이 주님 안에서 이루어지길 간절히 기도드립니다.

여보, 우리 주님의 사랑 안에서 인간의 것을 초월하여 보다 큰 안목으로 지혜롭게 살아가요. 이 세기의 마지막 날에 우리의 무거운 짐을 날려 보내고, 다시금 떠오르는 태양과 함께 그리스도의 빛이 우리에게 드리운 어둠을 걷어내고 능력의 광선으로 역사하여 우리를 회복하시고 시온의 대로가 열려 주께서 온전히 다스리시는 당신과 우리 가족이 되길 진심으로 기도합니다.

여보, 당신이 그렇게 자신하던 것처럼 이제 건강하세요.

당신을 사랑하는 숙이가. 1999. 12. 31

21세기를 맞으며 1(하얏트호텔에서)

　2000년 1월 1일 떠오르는 아침 해를 호텔에서 맞으며 가장으로 남편과 아버지의 자리를 지킬 수 있어서 하나님께 감사하고 감사했다. 한치 앞도 내일 일어날 일도 모르는 인생의 여정에서 다가 올 21세기를 각자의 신분과 위치에서 열심을 다해 달려가 보자는 벅찬 계획을 세우고 다짐을 했다.

　표현할 수 없는 고통과 눈물의 연단, 길고 긴 질병의 터널을 지나게 해 완치시키고 회복시키심도, 우리 부부가 새벽기도로 하루의 삶을 시작하게 하심도 하나님의 은혜요 축복이었다.

　2016년 10월경, 회사 업무 차 미국 구글 팀과 함께 하얏트호텔에서 며칠 묵게 된 성진이가 전화를 했다.

"가족이 모여 21세기의 아침 해를 맞이하던 그때가 생각납니다. 엄마 아빠, 시간 되시면 오셔서 쉬었다 가세요!"

아쉽게도 성진과 나의 일정이 맞지 않아 가보지는 못했다.

21세기를 맞으며 2(하얏트호텔에서)

38세의 인생계획표

2017년 가을, 우리 부부는 대광교회 청장년부 모임에 강사로 초청받아 참석한 15가정에게 한 시간 반 정도 얘기할 기회가 있었다. 그 자리에서 나는 1986년, 38세에 만든 인생계획표를 모두에게 나눠주고 계획표의 99%가 그대로 이루어졌음을 간증했다.

누구나 저마다 인생을 계획하며 살아간다. 하지만 그 계획대로 딱 떨어지지 않는 것이 삶이다. 오죽하면 작심 3일이란 말이 생겼을까. 그냥 흐르는 대로 삶을 산다고 해서 누가 뭐라 할 사람은 없겠지만 기왕이면 10년에서 50년의 중장기 계획을 세우고, 그 계획을 달성하기 위해 기도하고 기대하면서 살다보면 성공 여부와는 상관없이 내 삶이 좀더 달라지지 않을까 생각해 본다.

내가 38세에 인생 계획표를 만든 이유는 조금은 엉뚱했다. 40대까지 헐리우드의 삼류배우였던 레이건이 30년을 준비해 70세에 미국 대통령이 됐다는 뉴스를 보며, 저렇게 오랫동안 준비해서 뜻을 이루는 사람도 있는데 대통령은 안 되더라도 따라 해보고 싶다는 생각이 들었다.

'우리의 연수가 칠십이요 강건하면 팔십이라도 그 연수의 자랑은 수고와 슬픔뿐이요 신속히 가니 우리가 날아가나이다.(시90:10)'는 성경말씀처럼 인생을 80세까지 산다고 가정하고 38세 이후의 내 삶을 신중하게 적어보았다. 45세까지는 방송통신대학교 영문학과에 재학 중인 아내의 대학 졸업, 그리고 혹시 들어가게 된다면 대학원 졸업을 적었다. 그 다음 우리 부부의 건강진단과 보험 가입, 60세 이후에 떠날 세계여행을 대비한 적금을 들기로 했다. 55세까지 희진과 성진이 대학 입학과 졸업을 하고 결혼을 했으면 하는 바람을 적었다. 그 사이에 일본어, 영어, 중국어를 유창하게 할 수 있도록 지속적인 공부를 하겠다고 적었다. 그리고 이 계획이 꼭 이루어지길 기도하며 서명을 했다. 만들어놓고 보니 60세까지의 내 인생계획표가 아주 근사했다. 틈이 날 때마다 들여다보면서 계획표대로 이루려고 노력했다.

계획표가 있어서 행동한 게 아니라 내 본래 성격이 어머니를 닮아 책임감이 강하고 부지런했다. 한 번 정한 약속은 무슨 일이 있어도 지키려 애썼고, 해야 할 일은 내일로 미루지 않았다. 신문을 사설까지 정독하는 습관은 신혼 때부터 지금까지 계속되고 있다.

이처럼 한 눈 팔지 않고 나를 채찍질한 것은 어쩌면 용섭과 인섭이 때문이었는지도 모른다. 학벌이나 학문적으로는 처남들을 따라갈 수 없었지만, 다른 면에서는 절대로 지지 않겠다고 수 없이 다짐했다.

9년 전 아내와 함께 우 리부부 회갑기념 남미대

브라질 이구아수폭포에서

류 여행 중 브라질의 이구아수 폭포 앞에 섰을 때였다. 건강이 좋지 않아 수년간 아내와 가족들을 힘들게 했던 일이 떠올랐다. 장엄하게 쏟아지던 물줄기를 보며 다시는 건강을 잃지 않도록 운동을 하기로 결심했다. 혈서를 쓰고 베트남전에 참전했던 때와 똑같은 생각으로 굳게 다짐했다. 그때부터 지금까지 윗몸일으키기 1,000번, 25Kg 역기 100번, 10Kg 아령 200번, 하체 허벅지 강화 스쿼트 자세 3,000번, 벽에 기대 물구나무서기 40초 등을 새벽기도 후 출근 전 아내가 아침식사를 준비하는 30분 동안 계속한 덕에, 작년 스페인 일주 여행을 40대의 체력과 근력으로 다녀올 수 있었다. 복부에는 젊은 사람들처럼 식스팩 근육이 유지되고 있어 만나는 사람마다 부러워하니 나이는 그저 숫자에 불과할 뿐이다. 때문에 내가 믿는 예수님뿐만 아니라 기회가 될 때마다 지금 내가 9년째 하고 있는 운동법을 전하는 건강전도사로도 달리고 있다.

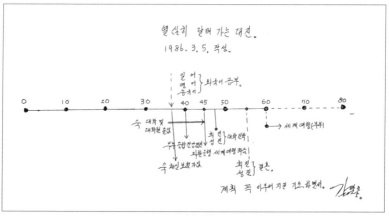

인생계획표

새벽의 응답

60대 중반에 서원기계에 입사

2013년 10월 1일 인천 서구 불로동에 소재하고 있는 서원기계에 전무의 직책으로 출근하게 되었다. 2001년 (주)한국체인모터에 전무로 재취업했다가 3개의 회사를 거친 후였다. 서원기계의 문영범 사장은 존경하는 사회 선배로 회사의 관리를 총괄하는 업무를 내게 맡겼다.

문영범 사장은 나를 포함하여 김진환, 이상희 등 4명과 함께 골프도 함께 치는 사이였다. 4명은 나의 주창으로 2012년에 시작한 통일기금 모금운동의 '통일회' 회원이기도 해, 4명의 총무일은 내가 맡아했다. 특별한 일이 없는 한 주말에는 스크린골프를 치고 등산도 하며 어느 모임보다도 즐겁고 기쁘게 모이고 있었다.

2013년 7월 초 아내와 같이 골프연습장에서 운동하고 있는데 문사장이 찾아왔다. 점심식사를 같이 하며 찾아온 용건을 말했다. 경영을 맡아 하던 아들이 적성이 맞지 않아 다른 직장으로 옮겨갔다며, 내가 관리자로 왔으면 했다. 그동안 내가 근무했던 직장들보다 규모도 작고 근무환경이 좋지 않으니, 3개월 정도 하나님께 기도 해보고, 가능하면 2013년 10월 1일부터 출근했으면 좋겠다고 했다.

나는 아내와 함께 기도하던 중, 성령의 인도하심으로 마음의 결정을 내렸다. 내 나이 환갑을 지나 60대 중반, 대부분 은퇴하고 집에서 소일하거나 아파트 경비원도 서로 하려는 현실이다. 나를 필요로 하는 곳이 있다는 것을 기쁘게 받아들이지 않을 수 없었다.

서원기계는 설립 된 지 25년이 된 회사로 자동차 부품을 생산하여, 자동차업계 1차 밴더(vendor)에 납품하고, 건설 토목 분야에서 지하 터널공사에 사용되는 빔 제작 및 메샤를 전문 제작하여 대형 건설회사 1차 밴드에 주로 납품하고 있었다.

회사는 우리 집에서 대중교통으로 1시간 30분 정도 걸렸지만, 들판을 지나 산속에 위치하고 있어 주변 환경은 나무랄 데가 없었다. 회사에 출근을 해 보니 직원들의 인성은 좋았으나, 정리정돈이나 청결 면에서 많이 부족해 보였다. 특히 공장 여기저기 널려있는 담배꽁초들이 눈에 거슬렸다. 일주일이 지나고 본격적인 정리정돈에 들어갔다. 회사의 청결을 위해 담배는 정해진 휴식시간과 지정된 장소 외에는 절대로 피우지 말라고 했다. 깐깐한 상사의 잔소리로 듣고 귀찮아 할 줄 알았는데 직원들이 적극적으로 협조해주어, 지금은 깨끗하고 정갈하게 유지되고 있다.

출근 할 때는 농촌의 들판을 걷는 것처럼 쾌적하기 이를 데 없고, 고추, 오이, 토마토, 들깨, 고구마 등을 심어 텃밭을 가꾸고, 닭 ,오리, 거위, 염소 등을 몇 마리 기르고 있다. 각종 채소와 동물들이 자라는 것을 보며 관리하고 수확하는 재미 또한 쏠쏠하다. 공장 주변에 뽕나무가 많아서 봄이면 오디를 따는 일도 즐거운 일 중의 하나가 되었다. 점심 식사 후 혼자 40분 정도 산책을 하다보면 계절마다 들판의 벼가 풍성하게 자라는 것을 볼 수 있다. 봄에 모내기를 해 여름의 햇볕 속에 푸르게 자라다가 가을엔 황금물결로 출렁이는 모습은 한 폭의 수채화 같다. 또 들판 사이로 흐르는 물가에 야생오리, 가마우지 등의 철새들이 만드는 풍경은 또 얼마나 아름다운지… 때로는 내가 소설속의 주인공이 된 듯한 착각에 빠지기도 하고, 온 들판이 다 내 땅인 것처럼 마음이 넉넉한 땅 부자가 되기도 한다. 그러면 하나님에 대한 찬송, '주 하나님 지으신 모든 세계…'가 절로 흥얼거려진다. 부족한 힘이나마 문 사장을 돕고 직원들을 관리하는 선한 청지기, 축복의 통로, 구원의 디딤돌이 되기 위해 새벽을 깨우며 역사하시는 하나님께 열심히 회사 발전을 위해 중보기도로 간구하고 있다.

하나님의 빛을 전하는 청소부

대광교회에 출석하며 세례교인이 되고, 안수집사로 본격적인 신앙생활을 하게 되자 처음엔 형제들과 마찰이 빚어지기 시작했다. 부모님 기일에 제사상이 차려지면 전에 하던 절을 하지 않았다. 제사는 큰형수와 둘째형이 주도하고 나는 뒤에 서서 마음속으로 기도를 했다.

"제사에 절 안 하려면 뭐하러 왔나?"

둘째형은 화를 내지는 않았지만 못마땅한 표정으로 내게 말하곤 했다. 그렇게 3년의 세월이 흐르자 형제들은 나의 신앙생활을 잘 이해해주었다. 특히 큰형수는 날 위해 제사상에 올리지 않은 음식을 따로 준비했다. 큰누나 외에 부모님과 형, 누나가 다 예수님을 영접하지 못하고 세상을 떠 안타까운 마음에 큰형수만이라도 꼭 주님을 영접했으면 한다는 말을 하면, 큰형수는 가야지가야지 대답만 할 뿐 아직 믿음생활은 하지 않고 있다. 큰형수가 살고 있는 시골집 바로 옆에 교회가 들어섰는데, 큰형수는 교회의 목사님을 찾아가 종종 내 자랑을 한다고 한다.

"어릴 때부터 공부도 잘 하고 착실했던 도련님이, 하나님 잘 믿고 믿음생활 잘 하고 있어서, 복 많이 받았습니다."

부모님 외에 형과 누나들의 제사엔 가지 않고 있지만, 추도예배로 한다면 참석하겠다고 했다. 제사를 지내던 오랜 관습을 믿음생활을 하면서도 벗어버리기가 쉽지 않다면 추도예배를 하는 것도 바람직하다고 생각한다. 하지만 그보다 더 좋은 건 죽고 없는 사람의 제사를 지내는 것보다 살아있을 때 최선을 다해 잘 해 주는 게 더 낫지 않을까 한다. 기독교인이 된 후로 그 생각을 실천하기 위해 부모님과 형제자매들의 생일을 달력에 적어놓고 지난 40여 년 동안 빠지지 않고 생일을 챙기고 있다. 나는 오늘도 내가 사랑하는 모든 이들이 예수님을 믿는 신앙인이 꼭 되게 해달라고 간구한다.

몇 해 전 CBS 복음 방송에서 순복음교회 조용기 목사님의 은혜로운 말씀을 들었다. 목회생활 수십 년 동안 '여호와는 나의 목자 내게 부족함이 없으리로다'로 시작하는 구약성경 시편 23편의 말씀을 하루에 세 번씩 식사하기 전에 반드시 외운다는 것이었다. 그 이후로 나도 아내와 함께 새벽기도 갈 때마다 교회 가는 자동차 안에서 시편 1편과 23편의 말씀을 외우고, 돌아올 때는 복음성가 '오늘 집을 나서기 전 기도했나요'와 '낮엔 해처럼 밤엔 달처럼'을 찬양하며 하루의 일과를 시작하고 있다. 성경 말씀에는 우리가 말할 수 없는 능력과 은혜가 있음을 알고 예수님을 구주로 믿는 우리 믿음의 신앙인들은 늘 말씀 안에서 말씀을 읽고 외우며 삶의 현장을 누비며 살아갈 때 반드시 승리할 줄 믿는다.

'수포성 천포창'에 걸려 유서까지 썼는데도 지금처럼 건강해지고 자녀들이 무탈하게 잘 자란 걸 보고 사람들은 내게 말한다.

"장로님이 하나님을 잘 모시고, 눈에 보이지 않는 선행을 많이 했기 때문이에요."

그러나 난 그 반대라고 말한다.

"저를 통해 하나님이 역사하심을 보여준 거지요."

사람들은 가끔 내게 흐트러짐 없이 반듯하게 살면서 일탈하고 싶단 마음이 정말 한 번도 없었느냐고 묻곤 한다. 그러면 난 스스로에게 반문해 본다. 하나님이 날 부르지 않았어도 난 지금처럼 똑같이 행동했을까? 물론 그때마다 난 망설임 없이 고개를 끄덕이며 그렇다라고 대답한다.

"신앙인이 아니더라도 자형만큼 성실하고 바르게 살면, 안 되는 일이 있겠습니까?"

작은 처남이 사람 좋은 얼굴에 빙그레 미소를 띠고 증인이 되어 준다.

주변에서 잘한다잘한다 부추기는 말을 그대로 믿고 살아온 70년 세월이었다. 잡고 있는 끈을 놓아 버리고 싶은 힘든 상황도 있었지만, 오로지 주님 안에서 기도하며 쉼 없이 달려왔다. 살아오면서 시기와 질투도 받지 않았으니 하나님의 영광을 가리지도 않았다.

장로 직분을 통해서도 많은 교우들과 만나 소통했다. 미국에 가 있을 때도 직장에 갈 수 있게 기도해 달라는 청년의 전화를 받기도 했고, 어떤 성도는 새벽에 전화를 걸어 "장로님! 지금 저 중환자실에 있습니다 저 좀 살려주세요 저를 위해 기도해주세요."라고 부르짖기도 했다. 성의를 다해 쓴 편지를 받고 감동의 눈물을 흘렸다고 말하는 교우도 있었다. 장로은퇴식을 하던 날 새벽기도 시간에 간절한 마음으로 기도를 드렸다.

'하나님! 이렇게 대광교회를 40년을 섬기고 은혜롭게 은퇴하게 되어 감사합니다. 은퇴 후에 무엇을 할까요?'

그때 환한 빛이 온몸을 감싸는 듯한 감동이 일면서 청소부라는 말이 떠올랐다. 청소부는 장로 피택에 떨어져 나를 내려놓게 하고, 쉼표를 깨닫게 해주신 하나님께서 내게 주신 소명, 준비된 하나님의 선택이었다. 죽는 그날까지 순종하여 하나님의 빛을 전하는 청소부가 되리라.

첫사랑 아내를 찾아 결혼해 한 직장에서 26년 간을 근무하고, 어린 희숙이 초등학교 4학년 때 성극의 주인공을 맡은 것으로 말미암아 내가 대광교회의 일꾼이 된 일들 모두가 내 뜻이 아니라 온전히 하나님이 준비하시고 섭리하신 일이었음을 깊이 깨닫는다.

에필로그

나라와 민족을 위해.

국정을 다스리는 위정자들을 위해.

민족분단의 아픔을 넘어 민족통일을 위해.

새벽 5시에 시작한 새벽기도를 마치고 매 주일마다, 나는 목장갑을 끼고 빗자루를 든다. 원로장로가 되어 시작한 교회청소를 하기 위해서다.

아내는 1부 호산나 찬양대라 아침 7시 30분까지, 나는 8시 10분에서 50분까지 오전 9시에 시작하는 1부 예배 전 지하 2층에서부터 교회 주변까지 담배꽁초며 쓰레기들을 봉투에 담는다. 교회 안에 아침 햇살이 환하게 비쳐들자, 내 손에 들려있는 쓰레기봉투에도 밝고 환한 빛이 스며든다. 밝은 미소를 띤 성도들이 하나둘 교회로 들어오기 시작한다.

청소를 마무리하며 오늘 해야 할 일들을 정리한다. 대광교회의 발전에 조그마한 힘이 되고자 해왔던 일들이다. 먼저 1부 예배 전 대광 앙상블 현악팀을 위한 축복기도 후 2부 예배 전 연세 많은 할머니 권사님들 한 분 한 분 손잡아 드리며 인사를 한다. 11시부터 시작하는 전교육부서 영유아부, 유치부, 유년부, 초등부, 중고등부 등을 돌아보며 전담교육자 및 교사들과 귀하고 귀한 미래 통일대한민국 대들

보가 될 나의 친손자 손녀와 같은 어린학생들을 위해 중보기도를 한다. 그리고 만삭된 임산부, 아기와 함께 교회에 온 가족들에게 달려가 따뜻한 축복기도를 한다. 예배가 끝난 뒤에는 중고등 학생들이나 청년들과 함께 대화하고 상담하며, 특별히 기도 제목을 부탁하면 중보기도로 응원한다.

또한, 90세가 넘었는데도 늘 찬송하고 하나님 말씀에 감사하는 장모님이 입원해있는 요양원에서 매주 월요일 오전에 예배인도를 맡아 진행하고 있는데, 나와 아내가 장모님과 함께 예배드리는 것을 본 원장님 요청에 따른 것이다. 나이 많은 할머니 10여 명이 함께 찬양하며 예배드리는 모습을 보면서 우리 부부가 더 많은 은혜를 받고 있다. 특별한 일이 없는 한 장모님을 위해 정성껏 예배를 인도할 것이다.

사랑하는 아내, 한희숙 권사와 주안에서 멋지고 아름답게 성장해나가는 딸 희진, 사위 석환 외손자 용준, 정원, 아들 성진, 며느리 영은, 손자 동원, 지우, 준원이를 위해 기도하면서, 나야말로 지상 최상의 꽃밭에 머무르고 있음에 감사하고 있다.

누군가 내게 강대진, 당신의 호가 뭐냐고 묻는다면, 2005년 10월 31일 업무 차 미국으로 출장 가는 비행기 안에서 떠오른 나의 또 다른 이름 '죽암(竹巖)'이라 대답할 것이다. 대나무처럼 곧고 바위처럼 단단하고 변함없는 사람으로 나의 남은 길을 지금처럼 달려가고 싶다. 함께 칠순을 맞은 사랑하는 아내와 언제나처럼 다정하게 손잡고, 아직 가보지 못한 해외로 여행을 하면서 창조주 하나님이 빚은 놀라운 솜씨를 보고 느끼고 싶다.

언제가 될지 모르겠지만, 이 땅의 삶을 마감하고 천사의 인도에 따라 천국 가는 날에는 2011년 4월 7일에 재단법인 사랑의 장기 기증 본부에 서약한 바와 같이, 사후 뇌사 시 모든 장기(각막, 신장, 간장, 심장, 폐장, 췌장 등)를 김수환 추기경처럼 예수님의 사랑으로 필요한 분들에게 기증하고 유골은 국립 이천 호국원에 고이 묻히고 싶다.

새벽기도

새벽의 응답

덧붙임. 아내의 감사기도

인간의 나약함과 한계 끝에서 손잡아주시는 가장 든든하고 무슨 일이든지 해 주실 수 있는 나의 아버지. 그 분은 내 육신의 아버지였고 또 그분의 부족 너머에서 채워주시는 전능하신 하나님 아버지는 너무 감사했습니다. 내 모든 것을 보시고 아시는 그분은 내 부르짖는 기도에 응답하여 도와주셨고 내 작은 신음에도 응답하시는 전능하신 하나님, 우린 새벽을 깨우며 아버지의 집 대광교회에서 아버지께 기도하지 않을 수 없었습니다.

7, 80년대 민주화 학생운동으로 사회는 불안하고 대학가의 젊은 열정은 끝없이 불타오르고 어려움을 당하고 있을 때, 서울대생인 3명의 친동생들이 한 가족이 되어 함께 살아가고 있다는 것이 경제적, 정신적인 어려움은 표현이 안 되었었지요.
그때 하나님 아버지 집에서 한 가족이 되어 함께 기도로 도와주신 김태환 목사님과 황정자 사모님, 대광교회 온 교우들께도 감사드립니다.

어느새 인생 70에 도달하고 보니 참 많은 짐을 지고 많은 일을 이루어 왔습니다.
내게 주어진 짐이 너무 무겁고 버거워서 은밀하게 하나님께 울부짖기도 했습니다.

'**네 입을 넓게 열라 내가 채우리라.**(시81:10)'하신 하나님께서 때로는 함께 동행해주셨고
포근히 안아주셨고 또 업어서 여기까지 오게 되었습니다.

그 힘든 짐 때문에 성경말씀을 읽고 그 능력의 말씀에 의지하여 신실하게 살려고 노력했습니다. 부족한 부분을 채워주심을 바라고 더 열심히 열심히 기도해야했습니다.
이 책에서 불러진 소중한 이름들, 나를 힘들게 했던 그 이름들이 감사하게도
모두 성실하게 열심히 노력하여 훌륭하게 우뚝 서 나라와 민족을 위하여 쓰임 받고,
자기분야에서 큰 사람이 되어 지금은 우리의 자랑이 되어 있으니
그동안의 수고가 주님 은혜안에서 헛되지 않았고 아름다운 결실로
여기저기서 생각만 해도 좋은 사람들로 자리매김하고 있으니 참으로 감사합니다.

그 짐은 무겁고 터널은 끝없이 길고 긴 줄 알았는데 지나고 보니 이제는 범사에
감사하고 그렇게 아름다운 결실을 이루어 준 내 사랑하는 아버지 어머니와 동생들.
그리고 그 가운데서 잘 자라준 우리의 소중한 선물, 희진이와 성진이…
"네가 네 손이 수고한대로 먹을 것이라. 네가 복되고 형통하리로다.(시128:2)"
우리가 수고할 수 있을 때 수고하고 나눌 수 있을 때 나누면 모든 선한 일은 부메랑이 되어 내게로 돌아오게 되는 법…

"네 하나님 여호와께서 네가 하는 모든 일에 네게 복을 주시고, 네 하나님 여호와께서 이 사십년 동안을 너와 함께하셨으므로 네게 부족함이 없었느니라. (신2:7)"
감사합니다. 주님!

그리고 사랑이란 이름으로 희숙이를 찾아와 함께 짐을 져 주신 '여호와 이레' 강대진.
내가 어떻게 찾은 사람인데 하며 사랑으로 함께 수고해 주신 '여호와 이레' 강대진.
하나님의 은혜를 알고, 그분의 능력을 알고 기도하고 모든 것을 나누며 살아온 그대.
이 땅의 장로로 더불어 성문에 앉은 강대진 장로님에게 진심으로 고마움을 전합니다.

딸 아들 내외와 손자 손녀들

강대진

1949. 경남 진주 출생
1975. 한양대학교 기계공학과 졸업

약력
1969. 한국타이어제조(주)
1974. 한국 콘베어공업(주) 입사
2000. 한국 콘베어공업(주) 사업본부장 이사 퇴사
2002. (주)한국체인모터 입사
2009. (주)한국체인모터 전무이사 퇴사
2013. 현재 서원기계 전무이사 재직
교회
1974. 대광교회 등록
1982. 안수집사 임직
1994. 장로 장립
2014. 장로 은퇴 및 원로 장로 추대

새벽의 응답

초판 1쇄 발행 2018년 4월 25일
초판 2쇄 발행 2021년 5월 10일

지 은 이 강대진
정   리 박경회
펴 낸 이 신학태
펴 낸 곳 도서출판 온샘

등록번호 제2016-000049호
주   소 서울시 용산구 한강대로 208-6 1층
전   화 02-6338-1608 ｜ **팩   스** 02-6455-1601
이메일 book1608@naver.com

ISBN 979-11-959139-9-2 03800
값 15,000원